SHADY CHARACTERS

THE SECRET LIFE OF PUNCTUATION, SYMBOLS & OTHER TYPOGRAPHICAL MARKS

英語符號・・・趣味學

有了電話才有 #，
有了電腦才有 ——，
@ 原來是從打字機上
被選中！

[illegible]
凱斯・休斯頓
Keith Houston

目錄

推薦序

英語符號的千年奇幻漂流

文◎江文瑜（台灣大學語言學研究所教授）

開始思考該從哪個角度來推介這本《英語符號趣味學》時，正好台灣的媒體為了從台東漂到內湖的漂流木疑雲，鬧得沸沸騰騰。到底這些木頭是漂流木，還是盜墾的木材？漂到內湖之前有無被調包？後來被運送到三義時，是否再經歷了一次調包？其中參與者眾說紛紜，讓此案蒙上神祕色彩，檢調單位因此啟動了調查真相的行動。

以「奇幻漂流」的譬喻來形容這本書所涉及的英語符號之演變／演化過程，或許是個比較容易了解全書旨意的切入方式。「奇幻漂流」的說法近年來源起於李安電影《少年Pi的奇幻漂流》，書中的主人翁經歷了完全超乎日常想像的驚奇冒險，在海上度過驚濤駭浪、幾乎葬身海底的時光；有與老虎的生死搏鬥，也有瀕臨絕望之際，因為擁有救生書籍而逃離垂死的命運；也曾漂流到某個詭譎小島，最後主人翁再度隨著海浪，在另外的陸地上醒來獲救……。由此譬喻出發，《英語符號趣味學》中的每個符號都經歷了屬於自己獨特的數千年「奇幻漂流」，彷彿把李安電影中的種種元素重新排列組合。閱讀整本書，猶如重新搭上了歐洲文明的數千年文化、文學、藝術、科技與經濟發展歷史的船隻，隨著時光海洋浮沉，每個符號和少年Pi一樣，在漂流過程中，幾個競爭因素會促成Pi的轉化、生存、死亡，與再生：各個時代的文字形式（例如羅馬黑體字）、各個時代的偏好（基督教的興起、文藝復興等）、文字抄寫員在手抄時是否精確、是否能被放在打字機上、是否能順利存活於十五世紀開始出現的印刷術後的排版、能否符合最新的電腦與網路需求等。可以說在漫長的歷史遞嬗中，只要一個環節的環境改變，整個演變與演化的過程可能完全改觀。

書中所涉及的符號之各種演變或演化過程，也如漂流木事件般撲朔迷離。本書的作者猶如特偵組的主席，在一團迷霧中試圖逐一爬梳出每個符號可能的漂流路徑與經歷，雖然仍有許多未解之謎，但至少輪廓已經成形。例如，看似單純的「井號」（#）如果仔細探究，作者形容它是：「狡猾令人挫敗的異獸。它無所不能，同時涵蓋宏偉高尚和荒誕不經的用途。」

作者臆測，此符號源自於表示磅重的羅馬詞彙「libra pondo」，之後libra 縮寫成lb後，上面還可加上波浪符號的橫線，但抄寫員於潦草塗鴉之際，竟變成了「#」！接下來這個磅重符號還風光參與了歐洲漫長的貨幣發展史……。作者更花了許多篇幅，說明#號如今從磅重符號「漂流重生」為美國電話電報公司選作電話按鍵之一的過程，加上推特採用#號來辨識「標籤功能」，#號的勢力日益壯大，幾乎是所有符號在漂流演變的過程中，身分轉化成功的最佳案例。

作者善於以諷刺方式把這些符號比喻成人或動物，既是人或動物，最不堪的經歷可能就是死亡！例如歷來想為「反諷與嘲諷」所創造的各種符號，最後都宣告失敗。反諷符號在人類幾乎消失死亡，這是所有的符號中結局最慘烈的一種。不過，作者在書末認定眨眼笑臉的表情符號「；）」是反諷符號，也以該符號放在全書的結尾，猶如絕處逢生的譬喻，為全書既嘲諷又幽默的筆調，下了最佳的注腳。

本書的英文版出版於二〇一三年，中文版翻譯本也將在二〇一五年出版，這個出版的時間頗為符合世界語言研究目前重視語言與演化兩者關係的潮流。二〇一二年我到京都參加「語言的演化」會議，這個會議從一九九六年開始，每兩年輪流在世界各城市舉辦，吸引各界跨學科學者的參與，包括來自語言學、生物學、古生物學、生理學、心理學、考古學、認知科學、人類學、靈長類學等各領域的學者，宣示了重視語言與演化的學術議題之時代來臨。過去的語言學界受到形式語言學的影響，較不重視語言如何演化，反而是跨學科的學者開始以高科技研究自語言誕生以來，語言如何逐漸演化。尤其有些學者從猩猩的語言行為推論人類的語言演化，引起相當大的關注。然而，在語言與演化的議題成為顯學後，與文字（含符號）相關的演化，相對較少受到重視。這幾乎是整個西方語言研究中，過去一個世紀來的普遍現象，亦即把文字視為人造的符號，與人類的認知較無關聯，因此文字研究長久以來淪為語言學的邊陲地帶。本書的作者另闢蹊徑，透過精密釐清英語符號的「漂流路徑」，也算把符號的研究加入了語言與演化的行列，從這個角度出發，本書的出現，對人類的文字與認知的發展，增添了另一個重要的文化視角。

最後，想補充說明本書英文標題的妙處：*Shady Characters: The Secret Life of Punctuation, Symbols & Other Typographical Marks*。我認為主標題的Shady Characters是一語雙關，英語字典定義「shady character」為「一個可疑、幽暗、不可信賴的人、通常是偵探電影中的邊界罪犯（borderline criminal）。」這裡的「character」正好可指「符號」之意，所以主標題既指那些「陰暗的」符號，又可被擬人化為上面的字義，而這呼應作者在本書中大量使用譬喻，也經常將符號擬人化的現象。應該說，在作者眼中，這些「身世模糊」的符號，猶如不可信賴的邊界犯罪者。如果回到前面「奇幻漂流」的類比，作者要說的是，這些符號在漫長的漂流演化中，他們的起源、變化、現代面貌等的「身分」，已經歷經各種「變身」，即使是偵探可能也難以破案他們的整個生命歷程。如果生命本是「漂流」，生命就如「漂流木」一樣，勢必在經歷風霜之後，外形產生了各種變化，甚至有各種「分身」的變體。

從語言學的角度觀之，任何語言的聲音、語法、語意、形式等都會受制於內在變化與外在因素影響的雙重變化，「永恆的變化／無常」才是語言的本質。我們除了敬畏人類語言的偉大外，對於語言的無常也心存感激，因為那是語言之所以如此令人讚嘆，如此令人感到美的終極原因。我們永遠要相信，語言會往好的方向進化，人類的智慧會帶領語言往對人類最有益的演化方向邁進與靠近，不過不確定的因素也會如影隨形，陪伴語言演化繼續無邊無盡的漂流之旅……

前言

幾年前朋友推薦《關於排版印刷的二三事》（*An Essay on Typography*）這本書給我，是英國最著名的現代字型設計師之一艾瑞克．吉爾[1]於一九三一年所寫的。雖然此書輕薄短小（吉爾偏好論述而非提出實用性建議），饒富哲理的旁白和精緻的手繪插圖仍令讀者享受其中。最重要的是，有個像反向大寫P字母的符號總高深莫測地不斷出現在文句中，引起了我的興趣。這個¶是做什麼用的呢？為何會出現在段落開頭？為何有時出現在句子之間，有時又不登場？

我在《印刷排版桌邊指南》[2]中探究此符號，但它提供的制式解釋令人費解。據其解釋，這符號叫做「段落符號」，過去用於分隔段落：

段落符號

一種現已罕用的舊式符號，代表段落或章節的開頭。現今為文字處理程式中用以區隔段落的隱形符號。又稱盲P符號（blind P）、反向P符號（reverse P）或段落標記（paragraph mark）。

這段簡短的描述引致的疑問甚至多過其解答的事實。我留意到四處皆有此符號蹤跡，包括各種網頁、印刷排版參考書籍的術語表，甚至微軟文書處理器（Microsoft Word）之類的電腦程式中。

段落符號（pilcrow）的反向P外形是怎麼來的？《印刷排版桌邊指南》似乎暗示它與字母P相關，究竟果真如此？或另有蹊蹺？它那簡練又似曾相識的名字根源為何？而又是何種因素使這個「舊式符號」被打入冷宮？更甚者，既然這個符號「現已罕用」，艾瑞克．吉爾又為什麼看似隨意地將它放進他出版的唯一印刷排版著作？

簡言之，段落符號究竟是怎麼回事？

一旦上網查資料就會累積長串的待閱書籍清單以及待讀網頁列表，消化完這些資料後，我的手邊就會出現大量筆記，以及更多有待確認來源的資料清單。這個符號的故事牽涉到標點符號的誕生、古希臘語、基督教的興起、查理曼大帝、中世紀文學，以及英國二十世紀最偉大的字型設計師。除了瀕臨滅絕的段落符號，我還開始研究平日常使用的破折號（—）、連字號（&）與星號（＊）等其他符號。影響符號發展的是各式各樣的意外插曲、使用符號的參與者、各種人為因素——例如網際網路的興起、古羅馬塗鴉、文藝復興、冷戰時期雙面間諜，甚或是麥迪遜大道[3]的絕頂力量。這些不為人知的小故事描繪出語言發展史和字型排版學（typography）發展史之間相互平行的迷人蹤跡。

我忙於筆記與搜索的曲折旅程在二〇〇九年二月突然有了焦點，當時我正在研究一九六〇年代出現、混合問號和驚嘆號的疑問驚嘆號（‽），查到了它的專屬網站www.interrobang-mks.com。乍看似乎不值一提，該網站只有一個頁面，列出疑問驚嘆號的圖片和寥寥數則相關故事，但頁面底下有個名為「PennSpec」的電子郵件信箱。我不假思索地去信詢問PennSpec是否知道更多關於這符號的事，隨即繼續瀏覽其他網頁。

次日真相從天而降[4]。顯然該網址www.interrobang-mks.com中的「mks」所指正是疑問驚嘆號的創造者馬丁・K・斯貝柯特[5]。而寫信時不習慣署名的PennSpec，自然就是馬丁的遺孀潘妮了。一想到我竟然與數十年前（而非數百年前）發明疑問驚嘆號者的妻子通信，便覺得驚詫不已，疑問驚嘆號的故事瞬間從歷史中活了起來。

我一鼓作氣找出其他創制特殊標點符號的人，也與他們進行了更多對話。我曾和發明諷刺符號（sarcasm mark）的紐約記者喬希・格林曼（Josh Greenman）、空白字元（如果你願意承認那算隱形標點）專家保羅・森格爾（Paul Saenger）通電話。此外，替字型設計公司安德威（Underware）設計反諷符號（irony mark）的荷蘭設計師巴斯・雅各（Bas Jacobs）、與電話按鍵上的井號（hash mark）大有關聯的美國電話電報公司[6]工程師道格・克爾（Doug Kerr），以及威廉・謝爾曼（William H. Sherman）這位在指標符號（manicule）、食指符號（pointing hand）創造過程中最重要的人，都在我困於詞源死巷時幫了我一把。

這些排版印刷上的難解謎題，以及神祕不為人知的符號大隱隱於市，太過精巧別緻而難以如同句號和逗號那般廣泛使用。我打算藉本書讓這些符號重見天日，並自許能為潘妮・斯貝柯特，以及其他曾在寫書過程中幫過我的人討個公道。

注解

1 譯注：艾瑞克．吉爾（Eric Gill，一八八二年～一九四〇年），英國字型設計師、雕塑家、石匠、版畫家，曾獲頒英國設計師最高頭銜英國皇家工業設計師（Royal Designer for Industry）。

2 譯注：《印刷排版桌邊指南》（*The Typographic Desk Reference*），李奧多爾．羅斯朵夫（Theodore Rosendorf）著，收錄以拉丁文字書寫系統為主的印刷術語、字符列表，剖析字母及其各種形式、實例和分類，為重要印刷排版參考書籍。

3 麥迪遜大道（Madison Avenue）位於紐約市，曾為廣告業聚集地，因而成為廣告業的代稱。

4 作者此處使用英文諺語「The penny dropped」，可雙關指後文所提潘妮．斯貝柯特（Penny Speckter）。

5 馬丁．K．斯貝柯特（Martin K. Speckter，一九一五年～一九八八年），美國廣告大師。

6 美國電話電報公司（AT&T）為美國最大的通訊商。

閱讀指南

怎麼讀都行，但請留意有些章節會用到前文解釋過的詞彙。已盡可能加上交互參照注釋，以便讀者任意選讀章節。

第一章　段落符號¶
The Pilcrow

段落符號可不只是用來妝點視覺設計類書籍的花瓶，或在貸款協議中指明段落的怪符號，它可是一個有血有肉的字符，源於標點符號剛開始發展的早年。它誕生於古羅馬時期，精煉於中世紀抄寫室，由英國最具爭議的現代字型設計師挪用，最後又因個人電腦重新復甦。段落符號的演變進展與近代寫作的進化史相互交織，是個典型的幕後神祕符號。

¶ 本章關鍵字

阿里斯多芬的點號系統

促成標點符號整合進化的基督教

段落符號的出現與消失

在藝術家艾瑞克・吉爾的手中

其他領域中的活潑表現

¶ 就是段落符號（pilcrow）。時而變化字型點綴網頁，時而在法律文件中結合分段符號（section symbol）形成§3、¶7這般畫面。段落符號出現率高得驚人，它也常出現在微軟文書處理器（Microsoft Word）中，顯示空白鍵和確認鍵[1]等按鍵打出的隱形符號。

段落符號四處散布，在排版印刷和標點符號的相關書籍中卻普遍受到漠視。經過一番查詢，通常也只能找到寥寥數行的簡短解釋，稱之以「為簡潔呈現才使用的『段落標記』」。有些較仁慈的解釋可能會說明這個符號已不再通用，現在偶爾用來標示注腳。但對其反向P外形或名字從何而來仍無解釋，而這樣的待遇對於段落符號來說已經非常好了。

這可真是奇恥大辱，段落符號可不只是用來妝點視覺設計類書籍的花瓶，或在貸款協議中指明段落的怪符號，它可是一個有血有肉的字符，源於標點符號剛開始發展的早年。它誕生於古羅馬時期，精煉於中世紀抄寫室，由英國最具爭議的現代字型設計師挪用，最後又因個人電腦重新復甦。段落符號的演變進展與近代寫作的進化史相互交織，是個典型的幕後神祕符號。

阿里斯多芬的點號系統

古希臘的字型世界零亂古舊。與荷馬同時代的希臘知識分子閱讀當代手稿時必須面對成串沒有分隔且全數大寫的字母（當時沒有小寫），以及左書與右書交替的雙向交互書寫體[2]（即「牛耕體」）文句，該書寫方式因類似農夫駁牛耕田的方向而得名。或許最殘酷是今日我們習以為常的所有標點符號盡皆付之闕如，從密密麻麻的曲折字母中爬梳詞彙與文句，是當時讀者的悲慘宿命。

讀者往往必須透過朗讀來完成解讀文本這項艱鉅任務，但那與近代學術說法背道而馳。彼時文字附屬於口語，默讀是例外而非常規。實際朗誦音節對於讀者解碼、摘譯含意大有幫助、也益於發掘隱藏在未斷句中的韻律和抑揚頓挫。

第一個為讀者提供換氣餘裕的是拜占庭的阿里斯多芬[3]，西元前三世紀亞歷山卓城那座偉大圖書館的館長。他曾創造出一套系統，用以標記根據古典修辭學寫成的冗長文章。藉此，文句被區隔為長度不一、意義獨具的子句，而有技巧的朗誦者可透過停頓或換氣來強調各個子句。阿里斯多芬定義出點號系統（或曰分隔符號[4]系統）來標記適宜的停頓位置。此舉大大造福母語非希臘語的讀者，比如亟欲解碼希臘文獻的羅馬人。一世紀之後，語法學家狄奧尼修斯．特拉克斯[5]在其著作《讀寫技巧》中如此描述這套系統：

標點符號有三：完成符號（˙）、中介符號（.）及從屬符號（·）。完成符號表記完整語意，中介符號表記可換氣之處，從屬符號表記語意未臻完整，仍有缺續待補。完成符號與從屬符號有何差異？它們標記了間隔時間長度，完成符號標記較長時間的間隔，從屬符號自然是標記較短時間的間隔。

中介符號、從屬符號及完成符號，分別被稱為「komma」、「kolon」、「periodos」[6]，標記於其修飾的修辭單位之後，分別表記較短、中等及較長的停頓。雖然這些標點符號經過數世紀才轉化為我們今日熟知的模樣，其現代名稱倒沒太大變化，和古希臘文相仿，分別稱為「comma」（逗號）、「colon」（分號），以及「period」（句號）。

現代寫作者運用標點符號使文句意義更清晰，但阿里斯多芬的標點僅為了便於朗誦而創制，只有朗誦者準備公開朗讀的講稿才會加上分隔符號。例如，中介符號並未真正形成修辭意義上的逗號，只是為朗誦者標明可換氣的停頓處。而文句也並非由完成符號收尾，因為最後一個字母之後已經無字可標注，亦無字可朗誦。其實今日許多標點符號仍完全（或多半）足以擔綱發聲的舞台指示，例如：括號乃旁白的同義詞，驚嘆號意謂驚奇而上揚的聲調，問號同時標示出音調抑揚變化和疑問之意。

一開始沒什麼人使用阿里斯多芬發明的系統，等羅馬迅雷不及掩耳地取代希臘後，他的分隔符號被迫承受羅馬人對於標點符號的蔑視。例如西元前一世紀的演說家、哲學家兼政治家西塞羅[7]，在所有關於標點和語法的論述中均不遺餘力地輕之賤之，他認為句子末尾「不應由讀者換氣停頓或抄寫者揮筆一劃而定，應依循文句韻律規則而定。」雖然曲折的雙向交互書寫體已被成為規律的左書取代，但為時不長且與羅馬人無涉[8]，以・點・號・區・隔・文・句・的風格亦結束在西元二世紀末，遭希臘人單調無間隔的連書[9]取代。羅馬人通常不與標點符號打交道。

一切既以朗讀為重，那麼或許遠在阿里斯多芬繁複的點號系統出現之前，文句段落（未對應於口語的純粹語意結構）早已獲得標記，且仍存續於羅馬人手中的標點符號黑暗時代。

段隔符號（paragraphos）最早大約出現在西元前四世紀，其名源於希臘文para-（即「側邊」）與graphein（即「書寫」），為注解於主文左側頁緣的一橫或一左折橫符號。段隔符號沒有確切定義，取決於上下文和作者喜好，不過它通常用以標示主題或結構變化。在劇本中或許表示說話者改變，在詩歌中表示新的一節，而日常文書中它能在完成符號標示的句末劃出新段落。有時這符號用以標示新章節開頭，有時只用在某行中強調斷句。

段落的概念影響標點符號偏好變遷遠勝字詞、子句和斷句，直到西元二世紀，已有許多用以標記段落的方式，恐怕連阿里斯多芬的點號也會發覺自己被排除在外。段隔符號逕自衍生出如Γ或γ等各式外形。也有些讀者不另做標記，只凸排或放大每個段落的前幾個字母，此即所謂「首字放大」，拉丁文litterae notabiliores字面意義為「需留意的字母」。也有些人插入代表拉丁文kaput（意即「頭」）的字母K，標記一段論述或文章的「開頭」，正是這特殊慣例催生出段落符號。

第一個千禧年的初始之際，五花八門的段落標記正可做為當時標點符號的典型代表。一個人寫文章，標記文章的卻是另一人（該人很有可能和西塞羅同樣對此深惡痛絕），文章要不就是被隨意句讀，要不就沒有標記。然而在羅馬帝國劇烈動盪之際，書寫確實也受到影響。耶穌死去數十年之後出現的基督教信仰大幅改變書寫語言，而段落符號之後在其漫長演化歷程中，之所以能從代表kaput的字母K漸漸成為形式完熟的獨立標記，亦是基督教信仰給了它臨門一腳。

促成標點符號整合進化的基督教

相較於羅馬過去的傳統信仰，基督教可謂異軍突起的猛獸。非基督宗教依賴口述傳統，儀式因地制宜，基督教卻一致強調經文抄寫。若說猶太教是《聖經》中的原型宗教，將神的話語拆解並書寫下來，基督徒則以前所未見的活力建立並鞏固具體書面的教條，在體現宗教理想的同時，也促成標點符號的進化，畢竟傳遞神的話語必須盡可能精確無歧異。

羅馬時代基督教徒那些葬身獅吻、受刑於十字架上或備受羞辱的難熬時光終於在西元四世紀走到盡頭。西元三一二年，在一場即將決定羅馬一統的戰役前夕，據說即將成為皇帝的君士坦丁大帝[10]目睹天際出現十字架[11]。若君士坦丁對天際出現此符號有絲毫疑問，這個符號在繪畫紀錄中一般還伴隨著如此說明：「汝據此得勝。」(原文為「HOC SIGNO VICTOR ERIS」，上帝之所以如此濫情地使用大寫字母情有可原，畢竟你應該也還沒忘記，彼時祂的臣民尚未發明小寫字母吧！）君士坦丁見此奇景當夜便得一夢，上帝在夢中指示他行軍時記得以十字架為記號。次晨君士坦丁依夢行事，果真大獲全勝，於是他隨後就此投身於新宗教。

作為第一位基督教皇帝，君士坦丁撤回基督徒已承受兩百五十年的制度化迫害。先使其合法化，豁免教堂土地賦稅且由國家提供勞力和物資建設新教堂。君士坦丁雖已奠立基督教合法之途，但他死後其政治遺產卻受到後代威脅。他的侄子朱利安[12]打算再給傳統的非基督宗教第二次機會。

朱利安在西元三五五年成為羅馬皇帝，他帶進和非基督宗教之間的祕密掛鉤，並促使羅馬宗教回歸多神論的盼望日漸復甦。

他以各種法令力行宗教寬容，以此為幌子，巧妙降低基督教對於整個帝國的影響力。這些倡導傳統宗教復興的人和他們的同行基督徒一樣，都深知書寫文字的價值，足以藉以反擊來自君士坦丁信仰的侵犯。有些羅馬貴族家庭甚至竭力保存、編撰並闡釋古老異教文本。朱利安的改革在他死後遭到逆轉，而於西元三八〇年到達轉捩點——這一年，羅馬正式接納基督教為國教。傳統宗教復興失敗了，但書寫系統獲得了強化。

這個多話的新宗教席捲了歐洲，許多現代寫作看來理所當然的發展皆同時由其帶動。例如西元四世紀文法學家多納圖斯[13]復興了阿里斯多芬可敬的點號系統，而西元七世紀的聖依西多祿[14]進而推廣之。在聖依西多祿那部八百年內始終為西方最重要書籍之一的著作《詞源》中，他描繪出已整頓過的系統，其中今日仍存的逗號、分號和句號分別位於文句末尾、中間和開頭，然而這些符號所注記的詞句仍緊密相連沒有間隙。整頓後的分隔符號系統導入新的標點，而某些舊符號獲賦予新含義。古時形似「7」的段末符號（positura）如今標示文字段落的末尾（此與標示段落開頭的段隔符號不同）、疑問句以問號（punctus interrogativus／？）做結、單尖號（diple／>）旨在強調摘自聖經的語錄，隨之發展出引號（“”）和許多非英語語言採用的雙尖號（«»）[15]。書寫技法也有所變革，歐洲北部的宗教學者遠離尼羅河三角洲的蘆葦叢，拋卻埃及的粗皺莎草紙，投入平滑羊皮紙的懷抱，藉此得以用平滑的安色爾字型[16]寫出各式抄本。

西元八世紀，一線曙光首次照耀在主宰書寫系統將近千年的連書上。英國和愛爾蘭牧師開始在詞彙之間添加空格，試圖幫助讀者解譯以陌生拉丁文書寫的內容。同樣在西元八世紀，好戰的法蘭克國王查理曼大帝[17]啟用第一套標準小寫字母創制統一抄本，方便他轄下的知識分子閱讀。來自約克的僧侶阿爾琴[18]運用抄寫員靈活的羽毛筆，將神聖羅馬帝國各地分歧的抄本統一為「加洛林王朝手寫小寫體」（Carolingian minuscule），使之不再侷限於僅適於石匠鑿刻，且嚴肅端整的「手寫大寫體」（majuscule）。阿爾琴式抄本包含靈動自如的上下伸展和花式捲曲，是今日羅馬小寫字體的直系先祖。

一切創新整併之際，段落標記也終於正式到來——在修道院抄寫室豐饒的學術世界中，段落符號誕生了。

段落符號的出現與消失

一如拉丁文kaput負責標記章節與段落，之後拉丁文capitulum（字面意義「小個頭」）也開始擔綱同樣工作。儘管羅馬字母C在西元前三百年看似取代了古伊特拉斯坎字母[19] K，但代表kaput的字母K仍在書面文獻中孤守了數世紀。到了西元十二世紀，代表拉丁文capitulum的字母C終於取代K的位置，形塑大多數西方文明的宗教文獻加入了字母C，代表拉丁文的capitula（章節），以明確區分段落。

基督教和其典籍之間彼此的緊密依存已無需贅述，教會僧侶煞費苦心複寫教會典籍時積極納入代表capitulum的字母C，使用capitulum來指涉文句段落，最後引導我們獲得「章節」（chapter）此一概念，並為之命名。既然「章節」與教會文獻如此緊密相關，自然很快就以令人眼花撩亂的多種面目滲入教會術語。諸如僧侶前往「ad capitulum」，其字面意為「參與章節」，代表前往集會聆聽某一章出自宗教教條典籍的內容，典籍又稱「章節書籍」，且朗誦地點為「章節室」。

修道院抄寫室的運行原則如同工廠的生產線，製造書本的各個階段由專人分別負責，此流程依據各修道院財力差異，有時可能並非始於抄寫員落筆，而是從準備利用修道院飼養的牲畜生產獸皮、製作羊皮紙開始。無論是修道院產物或另由專業「羊皮紙廠」製作，只要羊皮紙在手，抄寫員便能在油燈下勤奮複寫文本（通常禁用蠟燭以避免火災）。抄寫員會小心預留空間，以便稍後描紅師（rubricator）能填入精美的開頭變形大寫字母（versals）、標題，和其他章節標記。「描紅師」一詞由拉丁文rubrico（意為「著上紅色」）演變而來，他們運用色澤鮮明的紅墨水為書籍增添花俏綴飾，如此亦能將讀者目光引導至文本重點上。透過描紅師之手，代表capitulum的字母C被飾以豎線，當時其他放大字體（litterae notabiliores）亦隨此風潮仿效之。之後，符號中的開口被填滿，於是代表capitulum的 ¢ 成為大家熟識的反向P，也就是今日的段落符號「¶」。

符號的外形和作用都會隨著時間改變，初時只用來標示章節，不久它可能開始將文本拆散，使其成為段落甚或句子，在寫作者認定無虞的範圍內，將連續文本打散為有意義區塊。段落符號的這種新用法對於精練文本大有助益（或許會讓人聯想起不久之前流行的連書），當段落的效用凌駕於追求效率的需求，換句話說，當文字內容的重要性達到某一程度，就必須為該段落另起一行，並以段落符號為首。

段落符號由代表capitulum的字母C轉化而來，成為獨立自主的段落符號「¶」，而那簡練、熟悉又古典的名字亦隨之演變而來。由希臘文paragraphos（意即「段隔標記」）演變為無新意的古法語paragraphe，接著先變形為pelagraphe，又變為pelagreffe。西元一四四〇年，它進入中古英語，成為pylcrafte，第二個音節或許受到英語詞彙crafte（意即「技巧」）影響。隨後迅速一躍，成為目前的名稱，至此，形式、功能、名字——段落符號終於三者齊備。

段落符號雖然獲致如此重要地位，接下來的舉動卻更為驚人——它竟然在排版印刷中自殺了。

段落符號傲然作為所有新段落的開頭，在中世紀晚期書寫的中心地位上據有一席之地。而描紅師墨染段落符號卻使增添段落符號顯得複雜而費時。不幸的是，截稿日並非現代才出現的產物，有時，描紅師來不及完成工作，於是頁面便只好留下屬於段落符號、開頭字母，以及其他需描紅標記的空白。印刷術於十五世紀中期出現後，問題更形複雜。首批印刷書籍盡可能模擬手寫作品在印刷文本中留下空白待描紅師手工描繪。但隨著印量倍數增長，後來幾乎無法再顧及此事。

等待描紅的段落符號終於成為幽靈，它統御段落標記的短暫生涯已然結束，改由「段落縮排」竄位。

在藝術家艾瑞克・吉爾的手中

即使屈辱地受到主流應用驅逐，段落符號仍拒絕就此退出。其存在價值遭受掠奪，然而它改以校對符號之姿生存下來（恰如其標示段落應當一分為二的位置）、在法律文件中生存下來，或作為精美符號，替書本呈現具備歷史感或花俏風格的排版。

段落符號最耐人尋味的面貌之一，就在英國知名雕塑家艾瑞克・吉爾的作品《關於排版印刷的二三事》中。吉爾生於一八八二年，身為基督新教牧師之子，在三十一歲改信天主教，力行苦行生活，成為修道士般的藝術學者。他的個人魅力和犀利觀點吸引志同道合的追隨者，進而發展出以吉爾為中心的農村社區（幾乎是個人民公社）。

吉爾和他的印刷夥伴勒內・海牙（René Hague）在一九三一年發行《關於排版印刷的二三事》，當時吉爾對工業社會的懷疑已凝聚成非常符合當代美術工藝運動[20]的理念，讚揚手工工藝、唾棄大量生產。此書本身既是宣言也是教科書，且其誕生可稱體現理念之典範。吉爾書寫文字，並使用自己設計的字型排版，最後由海牙手工印刷初版。

吉爾在此書中豪爽提出他的見解，同時大膽在首行對現代讀者使用段落符號：

> 本書的主題是印刷排版，及一九三一年為止印刷排版受到的影響。工業主義和古老手工技藝的衝突導致十九世紀的亂象已達到妥協。
>
> ¶雖然工業主義現已大獲全勝，但手工技藝並未遭到殲滅，而且也無法真正消失。因為手工技藝能夠滿足深植於人類天性那些堅不可摧的永恆需求。（即使有人整天受工業意識奴役，但他在餘暇時間還是會動手做點東西，就算只做個窗台花圃也好。）

此書以創新方式使用段落符號，回顧其中世紀鼎盛之姿，同時微妙導入語意上的額外層次。置於行首的段落符號引導新論述，在此同時置於連續文本中的段落符號卻分隔論述段落。於是文句乍看雜亂無章（為何段落符號一下在行首、一下在行中間？），但它媒合極簡外在與豐富內涵，與美術工藝的意識形態相互呼應。吉爾書中有許多線索提示相同理念。大多數書籍「調校」文句（使文句在頁緣左右一致對齊）以提供整齊劃一的外觀，但吉爾卻模仿手寫文稿將頁面設定為「右側參差」[21]。使用諸如「&」（及）、「tho'」（然而）和「sh'ld」（不該）等由中世紀抄寫傳統中發展出來的縮寫，巧妙防止右側頁緣過度參差。插圖均採自作者本人的雕刻作品。眼見此書初版五百本中之一，文句右側參差的頁面和書本末頁海牙與吉爾褪色的親筆簽名，都看得出這是項吃力不討好的出版工作。

《關於排版印刷的二三事》使用吉爾的Joanna字型，稜角分明而優雅，部分根據在他早期設計的Perpetua字型，藝術家本人描述「此字型不帶一絲花俏」。然而不只如此，Joanna字型與所謂樸實本質相悖，蘊藏令人觸動的特質。異於傳統羅馬字型，吉爾使用寬度一致的橫豎筆劃結合一個世紀前流行的方正襯線。也許最引人注目的是其纖窄斜體微微傾斜約三度角，同時未採用F，K，V，W和Z等字母傳統的斜體形式。Joanna字型讓《關於排版印刷的二三事》呈現獨特氛圍，清爽易讀。

¶ Gill Sans *italic*

¶ Joanna *italic*

¶ Perpetua *italic*

圖1.1

艾瑞克．吉爾最著名的字型：由上至下為Gill Sans、Joanna、Perpetua。

縱使今日吉爾最廣為人見的作品是他設計的字型，他的本業畢竟還是雕塑家，而他許多作品看似積極算計，引誘當代的邪佞之徒。他的第一件大案子是為威斯敏斯特主教座堂[22]雕刻基督苦路（關於基督在世最後時刻的傳統天主教主題），教堂禮拜者震驚於這些作品之坦然寫實缺乏神性。吉爾在教堂中進行苦路的雕刻工作時，一名女人走近並告訴他，她不認為這些是好雕刻。而他回答，以特徵形式而言，這不是好主題。

吉爾另一件作品為真人大小的情侶纏綿擁抱雕像，在一九一〇至一九一一年間完成，無論創作或展覽期間都碰上麻煩。吉爾被迫在他妹妹葛萊蒂與妹夫恩斯特為該雕像擺姿勢時，派遣學徒駐守在人像工作室外。最初雕像賣給愛好情色藝術作品的當地私人收藏家，直到一九四九年，大眾口味才自由到足以讓這尊雕像擺到拍賣會上出售。即使如此，大眾仍認為吉爾原打算賦予這雕像的標題（記錄在他的私人日記中）太過露骨。對消費大眾來說，太過歡快直接的〈他們（大）集團性交〉成了較為謹慎含蓄的〈狂喜〉[23]。

儘管頻繁挑戰當代禁忌主題，吉爾死後主要仍因其藝術成就和對天主教的堅定信仰而聞名。然而對吉爾的親人和其追隨者來說，他公私兩面的判若兩人令人驚異。一九六一年，正值吉爾過世二十一年之際，英國廣播公司播出關於這位藝術家長達一個小時的廣播紀錄片，在紀錄片中便可隱約一窺吉爾的人前表象與私生活樣貌之間的鴻溝。該節目訪問吉爾的工作夥伴瑞勒．海牙，他娶了吉爾的女兒喬安。海牙如此談論岳父對邪惡的態度：

我很懷疑艾瑞克是否真正把邪惡當一回事。他會談論工業主義的邪惡、談論偏差的事物，但他似乎不認為世上真有什麼「壞事」，他並不真的認定所謂邪惡的存在，在那個概念下所有事物都可能是邪惡的。也因此他樂意嘗試所有事物，一切事物，我可絲毫沒有誇大。無論是非，或被認定為是或非，他總會說「試試看嘛，總之就試一次看看呀！」

直到一九八九年，海牙這番言論背後的可怖真相才浮上檯面，一份關於吉爾家庭的可靠傳記資料揭露他通姦、亂倫、性侵孩子甚或進行人獸交。藝術家死後的名聲受其震動，即使如此（或者部分來說正因如此），吉爾在印刷界中依舊名氣響亮，而《關於排版印刷的二三事》是他影響最為悠久的貢獻之一。

其他領域中的活潑表現

儘管偶爾以段落標記之姿嶄露頭角（比如在《關於排版印刷的二三事》中），段落符號與其傳統形象仍大異其趣。或許它對於相識者來說已獲得某種守護力量作為補償，特別在於排版印刷、設計和文學界。字型設計公司霍夫勒暨弗里爾瓊斯公司（Hoefler & Frere-Jones）的強納森・霍夫勒[24]曾執筆撰寫一篇關於設計段落符號之樂的短文（該公司最有名的字型或許是用於歐巴馬二〇〇八年總統競選獨特海報的Gotham字型）、「段落符號文學節」（Pilcrow Lit Fest）直接以該符號命名，英國小說家亞當・瑪斯・瓊斯[25]第二部與段落符號同名的小說中，主角以「段落符號」（Pilcrow）作為自己的筆名，因這符號像個旁觀者而得到自我安慰。

關於段落符號的前世之謎仍湧現許多令人意想不到的線索。英國教堂使用的《公禱書》（*Book of Common Worship*）採用段落符號標記區段、標明要點，令人憶起中世紀capitulum的用法。若試著點擊文字處理器中無傷大雅的段落符號按鈕，它會把隱藏在空白和換行處的點號及段落符號全都顯現出來，賦予平淡的電腦文件端正嚴肅的中世紀風貌。

若說段落符號還能再次翻身，顯然電腦科技的下一輪革新正是其絕佳機會。網路的興起培養出字型排版學的新熱潮；平價電

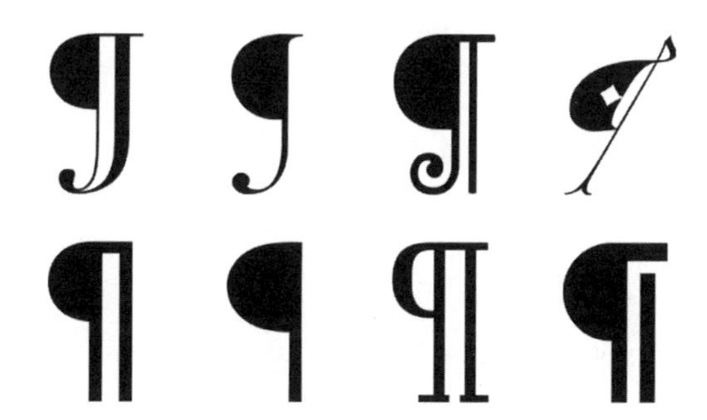

圖1.2

這就是藏身現代電腦字型角落的現代段落符號，上排字型復刻自古代字型，左一為Linotype Didot，由阿德里安．弗魯提格[26]於一九九一年解繹菲爾曼．狄多[27]十八世紀後期設計的法文字型。左二為屬於卡特與康恩字型公司（Carter & Cone Type）的Big Caslon，是麥修．卡特[28]根據十八世紀初威廉．卡森[29]設計的字型演變而來。左三為Hoefler Text，由強納森．霍夫勒於一九九一年為蘋果電腦打造，此字型受十七世紀幾種字型啟發，如Garamond和Janson。最右邊造型奇特的字型是由赫爾曼．查菲[30]設計的Linotype Zapfino，是一款以書法筆觸為視覺設計基礎的電腦字型，最早可追溯自一九四四年查菲自己的設計。至於下排是任務明確的現代字型，左一為現代典型的Helvetica[31]，左二為麥修．卡特設計來替蘋果電腦炫示最新顯示技術的Skia[32]，左三為Courier New[33]，由阿德里安．弗魯提格為IBM的打字機重新打造的字型，現為微軟電腦視窗系統使用的主要字型之一，最後是Museo Slab，這是由Jos Buivenga設計的Slab-serif[34]。

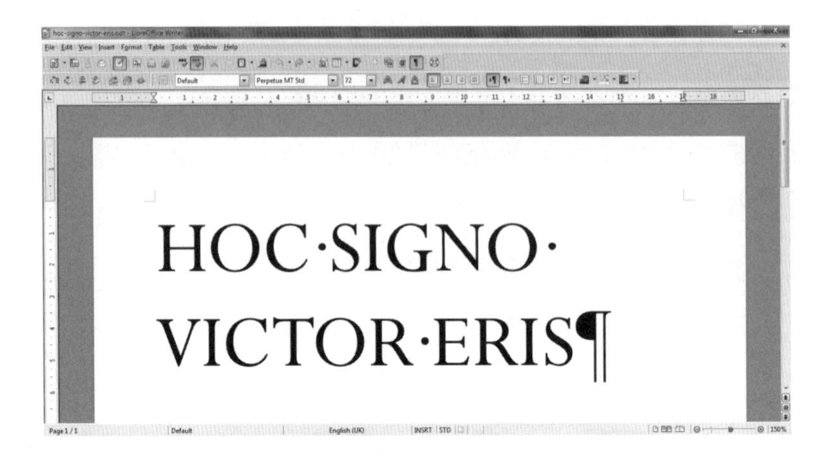

圖1.3

文字處理器中顯示隱形符號的模樣。採用艾瑞克．吉爾的Perpetua字型。

腦中附有無數業餘字型設計師設計的新字型；今日個人網頁設計編排的自由幅度已遠非古騰堡[35]或吉爾可以想像；原遭廢棄的符號重見天日，轉為為每天的資訊情報交流增添調劑或氣質。段落符號再次為自己刻劃屬於段落標記的榮耀地位，並在閃耀的電腦螢幕前重返其昔日榮光。

注解

1 譯注：確認鍵（carriage returns），即俗稱Enter鍵。

2 譯注：雙向交互書寫體（boustrophedon），原文為希臘文，字面意義即指牛耕時交互轉向。

3 譯注：拜占庭的阿里斯多芬（*Aristophanes of Byzantium*，約前二五七年～約前一八五年至前一八〇年之間）為希臘化時代的學者，曾任埃及亞歷山大圖書館館長，擅語法學和文學評論。

4 譯注：分隔符號（d*istinctiones*），原文為拉丁文。

5 譯注：狄奧尼修斯．特拉克斯（Dionysius Thrax，前一七〇年～前九〇年），羅馬語法學家，《讀寫技巧》（*Art of Grammar*）為西方第一部文法書籍。

6 譯注：komma、kolon、periodos三者皆為古希臘文。

7 譯注：西塞羅（Marcus Tullius Cicero，前一〇六～前四三年），古羅馬哲學家、政治家、辯論家、律師、政治理論家，支持古羅馬的憲政，以演說和寫作能力聞名，翻譯許多古希臘哲學作品，並奠立了古典拉丁語的文學風格。

8 原注：羅馬人何時開始見異思遷地在文句（主要為墓誌銘）中使用點號已不可考。一般學術推論直指希臘的影響。顯然可疑的應該是西元前三世紀阿里斯多芬的點號系統，但未必如此。一般認定羅馬石匠拾回並修訂了更古老、西元前五世紀希臘人零星採用於區隔文字的縱向三點符號（⋮）。

9 譯注：連書（scriptio continua）原文拉丁文，字面意義為「連續文本」。

10 譯注：君士坦丁大帝（Constantine，二七二年～三三七年），羅馬帝國第五十七任皇帝，拜占庭帝國創立者，第一位信仰基督教的羅馬皇帝。

11 原注：君士坦丁大帝在天空中看到的符號並非十字架，而是由希臘字母chi（X）和Rho（P）疊成、代表基督之名、早期基督教徒稱為「凱樂符號」（Chi Rho／☧）的標記。

12 譯注：朱利安（Julian，三三一年～三六三年），於君士坦丁大帝三個兒子任後繼位羅馬皇帝。因提倡宗教自由遭教會稱為叛教者朱利安（Julian the Apostate）。

13 譯注：多納圖斯（Aelius Donatus，活動於四世紀前後），修辭家、文法學家。其語法著作流傳演變為現代語法學的基礎。

14 譯注：聖依西多祿（Saint Isidore of Seville，五六〇年～六三六年），西班牙教會聖人、神學家，曾任塞維拉總主教，勸化入侵的西哥德人，後文《詞源》（*Etymologies*）為其重要著作。

15 譯注：原注說明此處需參閱本書第十章〈引號〉。英文中的雙尖號（guillemet／«»）有別於中文的書名號（《》），故另譯名作區隔。

16 譯注：安色爾字型（uncial），是西元四世紀到八世紀之間用於拉丁、希臘、歌德語手抄本的全大寫圓弧花體字型，拉丁文原意又指「一吋高」（inch-high）。

17 譯注：查理曼大帝（king Charlemagne，七六八年～八一四年），法蘭克王國加洛林王朝國王。

18 譯注：阿爾琴（Alcuin，約七三五年～八〇四年），或譯阿爾昆，英格蘭學者、牧師、詩人、教師。曾任加洛林王朝宮廷教師及法國杜爾（Tours）聖馬丁修道院院長。

19 譯注：伊特拉斯坎字母（Etruscan），又譯埃特魯斯坎，由希臘文演化之變異體，然為非印歐語系的古字母系統，屬古義大利字母。古伊特拉斯坎字母中原有K字母，之後隨音韻演變，K遭到系統原有的C字母（或譯G）取代。現通用的羅馬字母即由此系統發展而來。

20 譯注：美術工藝運動（Arts & Crafts movement）一八六〇～一九一〇年間起源於英國的設計改良運動，由工業革命帶來的大量生產降低了設計水準所引發。

21 譯注：右側參差（ragged right）即排版時僅在左側對齊，放任右側參差不齊。

22 譯注：威斯敏斯特主教座堂（Westminster Cathedral），又稱威斯敏斯特寶血主教座堂。建於一八九五年，英國最大的天主教堂，採新拜占庭風格。並非西敏寺（Westminster Abbey）。

23 譯注：〈他們（大）集團性交〉原文為They (big) group fucking。〈狂喜〉原文為Ecstasy。

24 譯注：強納森．霍夫勒（Jonathan Hoefler，一九七〇生），美國知名字型設計師，曾於《時代雜誌》受訪，上過電視節目。

25 譯注：亞當．瑪斯．瓊斯（Adam Mars-Jones，一九五四年生），英國小說家、評論家，處女作曾獲毛姆小說獎。

26 譯注：阿德里安．弗魯提格（Adrian Frutiger，一九二八年生），瑞士字型設計師，其職業生涯跨越鉛字、照相排版及電腦排版三個年代，咸認其影響了電腦印刷的方向。

27 譯注：菲爾曼．狄多（Firmin Didot，一七六四年～一八三六年），法國印刷商、雕刻師、字型的創始人。家族擁有印刷廠及設計工作室，家族成員多為字型設計師。

28 譯注：麥修．卡特（Matthew Carter，一九三七生），英國字型設計師，其父亦為英文字型設計師。其創辦公司之一「位元流」（Bitstream）屬於研發電腦字型之主要廠商。

29 譯注：威廉・卡森（William Caslon，一六九三年～一七六六年），英國軍火商、字型設計師。

30 譯注：赫爾曼・查菲（Hermann Zapf，一九一八年生），德國多產字型設計師，其妻為字型設計師兼書法家。其設計廣受歡迎，因之常遭抄襲（抄襲者甚至包括微軟）。

31 譯注：Helvetica字型，由瑞士字型公司推出，其名在瑞士語中即為「瑞士的」。此字型可謂當代最受歡迎的無襯線字型，許多知名品牌採用此字型設計logo，包括3M、BMW、Fendi、雀巢、微軟、無印良品、豐田汽車等。圖中範例為萊諾鑄排用字型。

32 譯注：Skia字型，希臘語意為「影子」，此字型係參考西元前一世紀的希臘文書寫而設計。

33 譯注：Courier New字型為Courier字型之變體，用於IBM的電子打字機。Courier字型原即為IBM公司早期為打字機設計的字型，但由於IBM選擇不維護其專利，遂成所有打字機的標準字型。

34 譯注：Slab-serif字型，一八一五年左右出現並流行的襯線文字，特色為筆畫幾無粗細差異，因之襯線也粗大醒目。Courier字型亦屬這種類型。

35 譯注：古騰堡（Johannes Gutenberg，約一三九八年～一四六八年），德國印刷商，第一位發名活字印刷術的歐洲人。

第二章　疑問驚嘆號‽
The Interrobang

由於愈來愈多撰稿人傾向結合驚嘆號和問號來表達驚訝或反詰，敗於此潮流下的斯貝柯特在《字型雜談》上寫了篇〈誰會如此句讀文句?!〉提供解決方案。刊載於一九六二年三、四月號的〈製作一個新點號，或者我們還可以這樣做〉則主張建置單一標點符號來取代粗製濫造的醜陋組合物。根據該文，這個預想的符號係用以表達混雜驚訝和懷疑的特定情緒。

‽ 本章關鍵字

誕生：從斯貝柯特的設計到雷明頓蘭德打字機

問世後的強力餘波

推廣普及的困境

命運雷同的先例：反詰符號

非正規標點

誕生：從斯貝柯特的設計到雷明頓蘭德打字機

對美國來說，一九六二年是值得紀念的一年。約翰・葛倫[1]成為第一個進入地球軌道的美國人（也是有史以來第二人）；甘迺迪政府與古巴談判，成功解決古巴的核彈危機；美國太空總署發射美國電話電報公司的電星（Telstar）通訊衛星（世上第一顆通訊衛星），開啟全球即時通訊的新時代。消費社會[2]受廣告宰制達到了新高峰，身處歷史顛峰的廣告人得以意氣風發。

冷戰風暴和科技革命如火如荼之際，一位麥迪遜大道的高階主管將注意力轉向層次較高的事。馬丁・K・斯貝柯特擁有自己的紐約廣告公司，他的書銷售量不比《華爾街日報》的訂戶少。身為一位直覺敏銳的字型設計愛好者，他還編有探討字型排版學如何應用於廣告的雙月刊雜誌《字型雜談》（*Type Talks*）。由於愈來愈多撰稿人傾向結合驚嘆號和問號來表達驚訝或反詰，敗於此潮流下的斯貝柯特在《字型雜談》上寫了篇〈誰會如此句讀文句?!〉提供解決方案。刊載於一九六二年三、四月號的〈製作一個新點號，或者我們還可以這樣做〉則主張建置單一標點符號來取代粗製濫造的醜陋組合物。根據該文後述，這個預想的符號係用以表達混雜驚訝和懷疑的特定情緒：

直至今日，我們仍不知哥倫布基於什麼樣的心情喊出那句「陸地」(Land, ho.)。大多數歷史學家堅稱他是吶喊而出「陸地！」(Land, ho!)，但另有人聲稱應為「陸地？」(Land, ho?)。也很有可能那無畏的發現者既興奮又狐疑，然而無論彼時或此時，我們都還無法明確地統整融合疑問與感嘆。

斯貝柯特展示了一組由藝術總監傑克·立普頓 (Jack Lipton) 依據他概念創作的未來性設計。斯貝柯特暫且將新符號命名為「驚嘆提問號」(exclamaquest) 或「疑問驚嘆號」(interrobang)。文章結語處，他邀請讀者「加入阿杜斯[3]或波多尼[4]等人的尊貴行列」，對這符號提供圖像解讀及新名稱，以便和他自己的提案進行比較。

此文章造成直接而熱烈的迴響，數週內各大報皆已開始報導這個新標點的起源。例如四月六日的《華爾街日報》在社論中介紹這個新符號，直接以漫畫示範其預設用途：「是誰忘了幫車子加油‽」。《紐約先驅論壇報》[5]亦可見其相關報導，一位記者約瑟夫·凱斯洛 (Joseph Kaselow) 用上一整欄介紹斯貝柯特發明的新符號，並譽之為「真正的天才發明」。只不過這溢美之詞並非全無反諷之意，文章發表日是四月一日，這究竟是不幸的意外或編輯刻意為之？實情已不可考。但這也明確昭示創建疑問驚嘆號一事有所疑義。

接下來數月間，《字型雜談》持續收到其他廣告商和平面設計師提供的各式命名和草圖。受到第一篇文章的迴響激勵，斯貝柯特在《字型雜談》的一九六二年五、六月號發表了後續文章，藉機針對那些認為新符號難登大雅之堂的建言，堅定溫和地批判。

> **這麼說吧，《字型雜談》樂於嘗試一切有助溝通效益的方式，所以我們的提案不可不慎重。……廣告的讀者比書籍更多，難道，期待廣告為標點符號系統引薦新角色，真有那麼過火？**

第二篇專文中提及一些讀者命名，從「加強疑問」（emphaquest）、「疑問驚點」（interrapoint），到拗口的「驚嘆疑問」（exclarogative），多屬「合併詞」[6]。而在其他提案中，有人以「rhet」來標示該符號的反詰（rhetorical）語氣，並用含混幽默的「驚恐標記」（consternation mark）來顯示刻意的曖昧。然而無論這些提案多麼創新，斯貝柯特原文中創造的詞彙之一「疑問驚嘆號」（interrobang）已在報章雜誌之間成為焦點，這個字循拉丁文interrogatio而來，可粗略譯為「反詰問句」，而英文中「砰」（bang）又恰好是俚語中的驚嘆號，更見其適任。

第二篇文章同時轉載了一些平面設計師和印刷商提案的設計圖。這些設計圖就像那些命名提案，有些較抽象、有些較直接，但無論如何都走在時代尖端。不管怎麼說都是能夠反映並定義當代文化產業的創造物。法蘭克．戴維斯（Frank Davies）的熱汽球設計以及賴瑞．奧提諾（Larry Ottino）稜角分明、上下顛倒的問號，彷彿為了索爾．巴斯[7]的電影海報或時尚雜誌封面量身訂製。然而最後脫穎而出的是傑克．立普頓簡單將問號和驚嘆號相疊而成的設計，似乎完美映襯了「疑問驚嘆號」之名，以及其他大量同類命名提案，終於成為這符號的代表形象。

雖然疑問驚嘆號在作家和廣告商之間大受歡迎，但仍需竭力爭取主流社會的接納。雖然只要打出一個問號，接著重複輸入驚嘆號，便能在打字機上模擬出疑問驚嘆號，但對於紙本印刷的排字員來說卻沒有任何捷徑。若這符號有幸獲得寫作者青睞，用於廣告單、宣傳冊和書籍[8]，就得另外插入手工製作的疑問驚嘆號，有些由插畫者繪製，有些用刀片雕橡皮印製成。斯貝柯特創制的符號從一開始就有些窒礙難行。

疑問驚嘆號問世四年後終於逮到機會。美國迎向建國兩百年紀念之際，印刷業巨頭美國印刷創建會[9]為此委託平面設計師理察．依斯貝爾（Richard Isbell）創制新字型作為紀念。依斯貝爾這套手工金屬字型在一九六六年釋出，被稱為Americana，且是首套在大規模生產時於標點符號中加入了疑問驚嘆號的字型。依斯貝爾對傑克．立普頓設計的進一步優雅演繹亦使Americana出類拔萃，足以於一九六七年七月號的《時代雜誌》上獲得一篇專文簡介。《時代雜誌》提及此符號的簡史，並宣稱「此符號潛力無窮，令美國印刷創建會甚感欣慰，並計畫將這個符號納入轄下所有字型。」

然而，依斯貝爾在設計字型時加入疑問驚嘆號一事，可能有誤導大眾且模糊事實之嫌，此事使斯貝柯特與美國印刷創建會之間略有齟齬。例如，在一九六八年九月出版的商業專刊《出版商之友》（*Publishers' Auxiliary*）中，一篇文章誤植斯貝柯特遊說美國印刷創建會採用此符號。事實上，《時代雜誌》早在一年前就解釋過依斯貝爾選用這符號純屬一時興起，很可能只是無意看來的。不僅如此，雖然疑問驚嘆號在美國印刷創建會的宣傳活動中分量吃重，發明者的名字卻詭異地始終留白，而他創造的術語也遭美國印刷創建會偏好的「疑惑驚詞」（interabang）取而代之。直到印刷公司在《美術設計》（*Art Direction*）雜誌刊登滿版廣告，將這符號的創制歸功於斯貝柯特，且勉強認同他賦予這符號的名稱，風風雨雨才告平息。

姑且不論這段紛擾，疑問驚嘆號在商業字型中得到一席之地，成功往主流媒體邁進一大步。正如《華爾街日報》所報導，下一步發生在一九六八年秋天。著名的打字機製造商雷明頓蘭德公司[10]宣布以下消息：

雷明頓蘭德公司將於二十五型電子打字機之字型推出全新標點符號「疑問驚嘆號」(？和！的組合)。

既然這符號已逐漸廣為人知，或許這消息在成篇各式商業報導中確實只值那麼一行，但如此簡單的一行會讓人忽略此事其實深具意義。撰稿人的桌前到印刷機之間已清出一條康莊大道，疑問驚嘆號已然醞釀出一波熱情的新浪潮。

問世後的強力餘波

疑問驚嘆號出現在雷明頓蘭德公司二十五型打字機鍵盤上，一夜之間便賦予這個符號全新地位且易於採用，這也激發了人們對它的興趣。這符號之所以能夠從熱燙的金屬鉛字印刷躍升至打字機鍵盤，正如同它出現於理查・依斯貝爾設計的Americana字型，得歸因於一連串令人振奮的巧合。雷明頓蘭德的平面設計師看到了美國印刷創建會宣傳小冊的字型，決定讓這個新符號出現在他們公司的打字機上。使用者可依需要自由替換二十五型打字機的按鍵字符，這也讓尚未受大眾接納的標點符號獲得試水溫的機會。雷明頓蘭德公司以新的疑問驚嘆鍵來導入創新的標點概念，並在內部簡報時闡釋如下：「疑問驚嘆號能夠表達現代生活中的精妙難信之處，已在字型設計師之間廣受好評。」

此話聽來或許稍嫌誇大，但在雷明頓蘭德的疑問驚嘆鍵問世後，世間興起一股熱衷於馬丁・斯貝柯特發明的熱潮。畢竟打字機是這時代的文字輸入霸主，辦公室中往往迴盪著成群打字員敲打報告的聲響。美國媒體也並未遺忘它，一九六八年到一九六九年的秋冬，全國的報章雜誌隨處可見關於這符號和其輔助角色的專欄文章。這些文章長度和態度各不相同，相對於《新聞週刊》（*Newsweek's*）謹慎樂觀的篇幅，《華爾街日報》僅以一句實事求是的聲明撇清：「疑問驚嘆號並未完全得到文法學家及字典編纂員的認可。」文學評論家威廉・辛史[11]頗受動搖，於《生活》（*LIFE*）雜誌寫了半頁長的文章，既不可置信（看看西班牙文吧。問個問題前後都需要問號嗎？太荒謬了！）又哀怨懷舊（我們只需簡樸言語來表達簡樸真理……問題就是沒人這麼做）。也有人認為辛史堅信「寫作能夠成正比改善我們自外於己的事物」，心中對現代文化的抨擊早已醞釀許久，疑問驚嘆號不過是個現成藉口。

倒也並非所有文章都充滿勸戒或戰意。為《堪薩斯人報》（*Kansas City Kansan*）[12]撰稿的唐・奧克雷（Don Oakley），認為「疑問驚嘆號對作家而言是值得歡迎的新利器」，而密蘇里州《地球報》（*Globe*）的喬普林（Joplin）也宣稱「我們已等不及看到它出現在一般打字機鍵盤上，它合乎時宜，何況如今新的危機和災難日日頻傳，它還來得有些遲了呢。」一九六八年《字型雜談》十一、十二月號上，斯貝柯特提供了一篇關於雷明頓蘭德疑問驚嘆符號設計師肯尼斯・懷特（Kenneth Wright）的訪談。作為六年前首次刊登這個符號的雜誌，歡迎其回歸是再恰當不過了。

無論斯貝柯特本人是否有機會「加入阿杜斯或波多尼等人的尊貴行列」，如同他一九六二年對讀者所諄諄善誘，但至少在某些觀察家心中他已然成功，創造了數世紀以來第一個新的標點符號。

推廣普及的困境

不幸的是，促使一般作家開始使用疑問驚嘆號的雷明頓蘭德打字機按鍵，竟然已是疑問驚嘆號的登峰造極之境，一九六〇年代末到一九七〇年代初，它造成的騷動轉瞬即逝。疑問驚嘆號受一群人認定為沒有必要的廣告界產物，在文學和學術界面臨阻力，且幾乎次次遭遇更乏味的技術困境。

多切一塊金屬鑄字，就好像美國印刷創建會在Americana字型中加入疑問驚嘆號那樣，並不困難。最大難處在於缺乏熟悉此符號者，以及確保符號的使用者。不過當時的障礙大多來自主導報紙雜誌印刷的自動排印機器。繁複新穎、以鍵盤驅動的萊諾鑄排機（Linotype），能夠從「字匣」將個別的鉛字排行付印[13]，只包含一百八十個字符。蒙納鑄排機（Monotype）也只多了四十五個，總計兩百二十五個字符。大寫和小寫字母、數字、標點、小型大寫、斜體字、粗體字紛紛爭奪容身之地，沒留下什麼空間給疑問驚嘆號這樣深具實驗性質的符號。儘管後繼的冷式排版機器（cold type）採用光學投射而非鉛字排鑄，如萊諾底片鑄排機（Linofilms）和蒙納照相鑄排機（Monophotos），這些機器在鉛字排列和尺寸上彈性更多，但新設備卻引進了同樣有限的字符集，沒比前代產品好多少。若要騰出空間給新貴疑問驚嘆號必得排除既存符號，但大多印刷商寧守舊而非創新。舊有符號如蝴蝶e（æ）、劍號（†）或分段符號（§）無論多罕見，地位通常不受動搖，幾乎輪不到新人上場。因此疑問驚嘆號試圖打入自動排鑄機的進程十分緩慢。

從手工熱熔排鑄到照相排版以降，依斯貝爾Americana字型的演進展現了技術日新月異以及印刷產業最後的妥協。若使用過去的手動排版，Americana字型不需排除現有字符就能導入疑問驚嘆號，但對於每日大量印刷的報紙和雜誌來說，手動設置字體還是太麻煩了。不僅如此，一九六〇年代之後活字排版成為過時產物，美國印刷創建會也為此煎熬。一九六八年Americana特粗體是他們最後一款字型，隨後運勢開始衰頹，先是遭到收購，最後破產。《時代雜誌》曾稱美國印刷創建會所有新字型中都會加入疑問驚嘆號，嚴格說來倒也沒錯，Americana特粗體確實附有疑問驚嘆號，然而這承諾隨著創建會的消失終究淪為空談。

數年之後，專營照相排版的康普格菲公司（Compugraphics）無意發現依斯貝爾版的疑問驚嘆號，並生產全新光學版Americana字型，但對於固有字符熟悉度的壓力使那些新符號離不開畫板，仍無法確保一席之地。即便今日數位化的字體已可容納無限字符，新版的Americana終究仍不見疑問驚嘆號的蹤影。它自手工排鑄轉換到照相排版的過程中遭到忽略，似乎就此一蹶不振。

一個新符號從成形到正式排版付印就等了六年，加上標點符號的使用仰賴慣性，而文法的考量上是否需要新符號也遭受懷疑，在種種因素之下，疑問驚嘆號終於提早入土。到了七〇年代初期，它的使用率大幅降低，廣受大眾採納的時機已然錯失。

命運雷同的先例：反詰符號

像疑問驚嘆號這樣的興衰史，在標點符號界早有先例。遠在印刷術出現之前，不夠精確的手抄複寫意味著標點符號在文本間遞嬗演變，既包含明亮的新路徑，也包括通往幽暗死巷的道路。從阿里斯多芬的三種點號[14]到今日的標點符號系統，許多曾風雲一時的重要符號（不只段落符號）一路從創製、突變，最後走上遭受抹殺之途。

印刷術導入語言和標點符號標準化的百年後，就發生過一次類似的離奇案例。約莫一五七五年，一個奇特的左右反向問號同時出現在印刷和手抄作品中。這是懷疑讀者敏銳度的英國印刷商亨利·登漢（Henry Denham）所發明的「反詰點號」（percontation point），旨在為讀者提供反詰的問號標點。雖然在手寫史上不值一提（反詰點號的蹤跡早已於詩人羅伯·海瑞克和劇作家湯瑪斯·米德頓[15]的時代出現過），只有少數印刷商不嫌麻煩地新刻鉛字，一般多用斜體或黑體的問號來傳達反詰之意。這形形色色的問號（總之還是個問號）有時會讓讀者搞不清楚作者究竟是否想使用反詰點號。撇開這亂象不談，登漢的嘗試終究在五十年內宣告結束，而反詰點號也加入了印刷界老骨董的行列。但正如某位當代評論家所說，隨著數位印刷技術發展，「這些反詰符號確實存在……如今已能夠且應該重製這符號，後排版印刷（post-metal printing）提供了反詰符號捲土重來的機會。」

由於技術成本考量，反詰符號在印刷字型中漸漸邊緣化，這不僅和疑問驚嘆號面臨的窘境相互呼應，在更基本的語言層面上，反詰符號（percontation mark）更可和疑問驚嘆號（interrobang）一起視為一體兩面。在拉丁文中，percontatio字面上意指開放式的問句，未限定任何答案，而interrogatio則用於確認或否認先前的論點。在《華爾街日報》上寫出那憤怒問句「是誰忘了幫車子加油‽」的人，顯然已知答案為何。不難想像若斯貝柯特得知此事，必然熱情探究反詰符號的成因。

非正規標點

斯貝柯特的發明儘管初試啼聲未獲認可，卻仍有個好結果。硬要說的話，好歹它也算得上是個非正規標點。

某種迷戀文字符號的種子似已根植於字型排版學界的集體意識，因而關於實用性的老掉牙爭論至今仍持續不休。針對疑問驚嘆號，有的屏棄之，有的讚頌之，雙方持續對峙而立。有人依據其外形提議新解讀，有人抱怨它難以印製，並爭論文法上的正確性。就算許多數位字型尚未採用此符號，但其實它已經悄悄在電腦標準符號設定之國際碼（Unicode）中取得一席之地。回頭看看斯貝柯特自己所屬的印刷產業，有間「疑問驚嘆凸板印刷公司」（Interrobang Letterpress）採用這符號名稱為公司命名，但另一間設計公司「英國疑惑驚詞」（Interabang UK）刻意採用美國印刷創建會故意誤拼的名稱，也成為茶餘飯後的話題。

在印刷界之外，疑問驚嘆號同時也以名稱或徽章形式，活躍於多種領域，如龐克音樂專輯、小型雜誌、學生報紙；市面販售著以舊式打字機按鍵將疑問驚嘆號絹印而成的袖釦；臉書上有超過五個疑問驚嘆號復興社群，成員從數十人到數千人不等。

在澳洲新南威爾士州立圖書館的視覺識別設計中，疑問驚嘆號也扮演了主要角色。該館成立百年之際，打算好好改頭換面一番。當地佛羅斯設計公司（Frost* design agency）的文森·佛羅斯（Vince Frost）受託振興這古老的雪梨學院，他構思找到一個足以象徵走訪圖書館帶來單純喜悅的識別圖像。佛羅斯回想當初「靈光一現」選用疑問驚嘆號，雖然它簡潔完美地結合問與答的本質，但其實一開始他不認為館方人員會認得這符號。今時今日，疑問驚嘆號仍屹立在圖書館標誌的正中央[16]。

馬丁·斯貝柯特於一九八八年去世，來不及看到他創作的寶物獲得復興。他的遺孀潘妮·斯貝柯特就親身見到疑問驚嘆號榮獲編入《韋氏大字典》（*Merriam-Webster's Collegiate Dictionary*）。在其第十版中，她丈夫的創作正式出現在令人夢寐以求的「標點符號」條目下，和逗號、冒號、句號並列。疑問驚嘆號未來或許還大有可為。

注解

1 譯注：約翰·葛倫（John Glenn，一九二一年～），美國第一批太空人之一，自太空總署退役後進入政界，退休前曾協助太空總署針對老年人進行太空飛行的研究，再次搭乘太空梭進入太空，成為太空飛行史上最年長的人。

2 譯注：消費社會（Consumer society），消費主義（Consumerism）的產物，提倡以「消費」為經濟主軸的價值觀。

3 譯注：阿杜斯（Aldus Manutius，一四四九年～一五一五年），義大利人文學者、印刷商，發明斜體字、現代分號、逗號，首創書籍的平裝版袖珍裝幀方式。

4 譯注：波多尼（Giambattista Bodoni，一七四〇年～一八一三年），義大利印刷匠、字體設計師、排版師、印刷匠、出版商，近代風格代表字體Bodoni的創始人之一。

5 原注：《紐約先驅論壇報》（*New York Herald Tribune*）現已不存，但或許諸國讀者都識得它的後繼者《國際先驅論壇報》（*International Herald Tribune*）。

6 譯注：合併詞（Portmanteaux）指至少兩個詞語的一部分組成的新詞彙。又譯緊縮詞、混合詞、混成詞。

7 譯注：索爾·巴斯（Saul Bass，一九二〇年～一九九六年），美國著名平面設計師、以電影海報、電影片頭動態設計、企業標誌設計等聞名。

8 原注：為了闡述作者的意圖和技術能力不足的衝突，一九八二年出版的《結果會是這樣嗎？》（*Will That Be on the Final‽*）大膽將疑問驚嘆號用於標題，不過書籍數位資料庫中仍將之分開標為「!?」。

9 譯注：美國印刷創建會（American Type Founders）簡稱ATF，一八九二年由二十三家印刷廠共同創立的商業信託，當時該信託於美國印刷業市占率達百分之八十五，直到一九四〇年代仍為美國主要印刷商，直到一九六〇年代仍有影響力，於一九九三年解散。

10 譯注：雷明頓蘭德公司（Remington Rand），美國著名打字機公司，其母公司亦發展軍火、電腦、辦公用品等事業。

11 威廉・辛史（William Zinsser，一九二二年生），美國著名作家、編輯、文學評論家，曾任耶魯大學寫作課程講師。

12 原注：前述報紙上的某些文章可看出其寫作背景年代。比如唐・奧克雷的文章標題輕率而帶有歧視女性之嫌，暗指打字房內會用到疑問驚嘆號的打字員都是女性：〈女孩兒們看呀，打字機上面有新按鍵唷〉。另一則關於這個主題的報導刊登在惡名昭彰的保守媒體《里奇蒙領袖晚報》（*Richmond News Leader*）上，文中舉了這樣一個例子：當屋子裡的女主人要求在下次發薪日之前再補貼一些家用金時，男主人問道：「你說什麼？你已經超支了家用金‽」

13 原注：萊諾排鑄機所使用雕有個別字母的金屬塊稱為「陰模」（matrix），再藉由陰模排列轉換出雕鑄排字。而手工排版則是先刻出凸字陽模，再壓印出陰模，再由陰模翻鑄出「鉛字」（sort），最後手工排版成行。

14 原注：關於阿里斯多芬的早期標點系統，請參第一章〈段落符號〉。

15 譯注：羅伯・海瑞克（Robert Herrick，一五九一年～一六七四年），英國抒情詩人、神職人員。湯瑪斯・米德頓（Thomas Middleton，一五八〇年～一六二七年），英國劇作家、詩人、劇作家。

16 原注：可惜近年剛更新的蘇格蘭國立博物館並未採用斯貝柯特的疑問驚嘆號。他們用來代表「解答、發現、喜悅、驚奇」的標誌是由問號和驚嘆號交錯，館內相關人士表示「這個設計組合出類似蘇格蘭旗幟的符號。有些人覺得像螺旋槳或雙劍交錯，或是鐮刀、鉤子、眼睛等等，甚至有人以為那是代表我們咖啡館的刀叉圖樣！」。

第三章　井號#
The Octothorpe

#是個問題兒童。乍見人畜無害，無所不能，名稱或用途都井然有序——在美國「#5」讀做「五號」（number five），而「5#」則表示「重達五磅」，既表「數字」，又表「磅數」。英國人則依其線條交叉的外貌取名為「切隔號」（hash sign）。

但若深入探究，這符號就會化為狡猾令人挫敗的異獸。它無所不能，同時涵蓋宏偉高尚和荒誕不經的用途。別名眾多，卻無法從中得出國際公認的名稱。這個筆劃簡單的符號，並不如表面上看來那樣單純。

本章關鍵字

源自古羅馬是目前最可信之説法

libra pondo催生的龐大符號家族

用途名稱皆混亂

「八」與「村莊」

貝爾實驗室與井號的淵源

真正普及須拜按鍵電話之賜

推特使它聞名全球

#是個問題兒童。乍見人畜無害，無所不能，名稱或用途都井然有序——在美國「#5」讀做「五號」（number five），而「5#」則表示「重達五磅」，既表「數字」，又表「磅數」。英國人則依其線條交叉的外貌取名為「切隔號」（hash sign）。

但若深入探究，這符號就會化為狡猾令人挫敗的異獸。它無所不能，同時涵蓋宏偉高尚和荒誕不經的用途。別名眾多，卻無法從中得出國際公認的名稱。近來新加入的顯赫名稱吞併其他別名，雖然創製這新名稱的理由也不怎麼實際。「井號」（octothorpe）一詞究竟緣何、為何產生，連研究最深入的專家也不得而知。這個筆劃簡單的#符號，並不如表面上看來那樣單純。

源自古羅馬是目前最可信之說法

段落符號（pilcrow）的希臘文paragraphos和拉丁文capitulum血統，可直接從古文手稿推敲而出；疑問驚嘆號的創造者則仔細地說明其詞源。然而井號無論是有關外貌或名稱的線索卻都付之闕如。此符號演變史背後最可信，也是目前唯一有確證的故事，是源自古羅馬。

古羅馬以「libra pondo」表示磅重，「libra」意為「尺規」或「天秤」（有個星座即據此命名[1]），而「pondo 」源於動詞

「秤重」（pendere）。「libra」和「pondo」都可單獨指涉同一事物（一磅重），足證「libra pondo」這個詞組具備同義反覆的味道。井號的外形和最早的名稱正是從這組複合詞而來。

十四世紀末期「libra」的縮寫lb.進入英語[2]，根據一般抄本所示，通常會在lb.的X字高[3]位置飾以一般稱為「波浪符號」（tittle或tilde）的橫線（即現代「~」符號）表示那是縮寫。劃線版的「磅」（lb）一度十分普及，早期有些打字機甚至為這對字母削製專屬的單一複合鉛字，但它又被其前身和後裔取代。無數抄寫員字跡過於潦草，導致讓筆下「℔」轉化成「#」，而不綴橫線的「lb」卻也頑強地流傳至今。℔成為一個遺失的關鍵證據，連結著古文書化石紀錄中一大重要演化步驟[4]，如今幾已消失於人們視野之外。

隨著井字符號演進，libra已疏遠的夥伴pondo也與時俱進。libra演化為「lb」，又隨著抄寫員急躁的下筆變為「#」，pondo則在口語中演變出許多名稱。拉丁文pondo成為古英文中的pund（與德文Pfund共享字源），稍後成為現代英文的「pound」（磅）。於是libra和pondo再次結合，所謂「磅號#」（pound sign）於焉誕生。

libra pondo催生的龐大符號家族

井號只是libra pondo詞組留下的贈禮之一，而這詞組催生出今日仍注定難分難解的符號、詞彙和概念。其中最持久的正是超過千年以來定義了西方鑄幣和幣值的秤重、衡值、符號兼術語，深受古羅馬文化影響的「磅號」。

直到近代，一般人仍認定中世紀的開端始於西元四七六年蠻族入侵，造成西羅馬帝國的殞落。中世紀夾在輝煌古文明和以文藝復興為首的開明時代之間，是一個人口衰減、迷信盛行、文化衝突的昏昧時代。不過現代學者認為黑暗時代的說法過於簡化，而「蠻族入侵」的可怕色彩也已淡化，不過就是一般的民族遷徙填滿帝國快速崩解後留下的真空。事實上，中世紀歐洲的實際情況不若「蠻族入侵」所述那麼單純。

羅馬皇帝的主要後繼者是第八到九世紀的加洛林王朝君主。加洛林王朝（Carolingian）之名源自查理・馬太爾[5]、他頗受好評的孫子查理曼大帝和其他同名繼承人。加洛林王朝承繼先祖羅馬人的理念，將歐洲編入嶄新的帝國版圖。查理曼大帝的時代在文化和藝術活動上開啟了迷你版的文藝復興[6]，和所謂黑暗時代大相逕庭。包括復興古典文學作品的研究、教育多是文盲的神職人員、統一分裂的宗教實體等等。雖然國王本人是著名的文盲（拍他馬屁的傳記作家艾因哈德[7]描述查理曼大帝將紙筆留在枕邊，徹夜徒勞地學寫他的名字），但他精明地指派僧侶阿爾琴制定標準化的小寫字母（即加洛林王朝小寫體），並對鬆散的政府和國家機器進行改革。特別是從加洛林王朝早期開始逐步標準化的貨幣，於西元七九四年到達頂峰。查理曼大帝下詔修訂白銀本位的貨幣制度，本於古羅馬硬幣「但納爾尤斯」（denarius）的名稱，將硬幣定名為「但尼爾」（denier），以一里弗（livre，即一磅）白銀兩百四十枚硬幣的幣值鑄造。慣例上，十二但尼爾等值於一枚拜占庭古金幣蘇勒德斯（solidus），以此幣值建構出兩百四十但尼爾等於二十蘇勒德斯，又等於一里弗銀幣的標準，定義西方貨幣文化達千餘年。

於是古老的羅馬秤重單位libra pondo就此穩坐貨幣王朝龍頭。它的名稱與幣值一路傳承，包括法蘭克王國的里弗（livre）、義大利里拉（lira）、英鎊（pound）、德磅（Pfund）。而蘇勒德斯[8]則成為法蘭克王國的蘇爾（sol）、法國的蘇（sou）、英國先令（shilling）和德國先令（Schilling）。但納爾尤斯（denarius）則自法蘭克王國的但尼爾一路演化為第納爾（dinar）[9]、狄尼歐（dinero）[10]、英國便士（penny）、和德國芬尼（Pfennig）[11]。在西元十七世紀十進位制開始逐一追過他們之前，西歐的主要鑄幣名稱和相對幣值都能回溯到libra pondo和其加洛林時期分支。

最後libra pondo透過鑄幣晉升為另一種以£符號為記、代表英鎊的「磅號」。英國呼應其加洛林王朝先祖，為等值於兩百四十諾曼便士[12]、由一磅白銀鑄造的貨幣命名為「磅銀」（sterling）[13]。嚴格說來英國的磅號和它的兄弟切隔號一樣距離根源不遠。只不過單純在代表libra的書寫體L字母上添加一橫來表示為縮寫，也表示是符號。磅號£的縮寫雖然和十四世紀問世的℔形式類似，但卻是個近代產物。丹尼爾・狄福一七二二年的小說《摩爾・弗蘭德斯》[14]中，與書名同名的敘事者總是全心全意、不擇手段地求取並積累金錢。她清點自己的戰利品時用l字母來取代libra，諸如「除卻衣飾、戒指、一些盤子和兩只金表，我還有700 l.的錢。」有些不用心的現代印刷版本將「700 l.」誤植為「#700」，混淆了英磅、磅重，以及相對應的符號，使其陷入糾結的詞意混淆之中。

£成為常用符號後，鎊、先令和便士仍繼續自拉丁文的librae、solidi和denarii衍生出傳統式縮寫。嘴裡喊著「三磅、四先令、五便士」的人，筆下可能會寫出「£3 4s. 5d.」[15]。

雖然看起來不可思議，但就這樣定義「磅」卻大有問題。這麼說吧，羅馬磅（libra）被分為十二unciae，或稱十二盎司，總重約三百二十七克。雖然查理曼大帝旨在重建屬於他的神聖羅馬帝國，但他重製的磅（livre）卻重達四百八十九點六克，一磅銀幣則約三百五十克，近於珠寶商偏好、以法國特瓦鎮（Troyes）命名的金衡磅（troy pound），每一金衡磅約為三百七十三克。

舊制英磅(tower pound)、金衡磅與查理曼大帝的livre雖然和羅馬磅(libra pondo)一樣可以均分為十二盎司,但這些「盎司」卻都比羅馬的盎司還重。而最後,現代的「國際磅」係以英制常衡磅(avoirdupois pound)製定,可換算為十六而非十二盎司,且每單位精準定義為零・四五三五九二三七公斤。如此看來,難怪除了美國、賴比瑞亞和緬甸之外的國家,都由國家立法明文規定度量衡系統。

用途名稱皆混亂

雖然井字符號#具備高貴的拉丁文語源,但其現代用途十分雜亂,得依上下文才能正確判定其意。秤重或編號為其主要用途,除此之外西洋棋譜以井字符號表示「將死」[16],不那麼講究的字型也會用它來取代樂譜的升記號(♯)[17],而在許多程式語言中,這符號表示其後部分僅為注解,並不屬於待執行的程式碼。校稿員用井字來插入空格,放置在頁緣的井號表示其後應留一字空格,而「hr#」則進一步指定僅留「一髮」(hair)間隙。最隱晦的用法或許是在一份新聞稿的結尾,通常以一整排連續三個井號(###)表記。

井字符號的名稱和它的用途一樣多樣化,除了普通的「數」、「磅」和「切隔號」之外,還有五花八門的名稱,諸如

「壓縮符號」（crunch）、「十六進制符號」（hex）、「閃電符號」（flash）、「格號」（grid）、「井字棋」（tic-tac-toe）、「豬圈號」（pig-pen）[18]和「方塊」（square）。這些名稱的起源大都與其外觀或特定情境下的功能有關。但井字符號最艱澀的別名可沒這麼容易解讀，其演化成「井號」（octothorpe）的故事十分曲折。

「八」與「村莊」

羅伯特．布林賀斯的《字型風格要素》[19]、《美國文粹大辭典》（*American Heritage Dictionary*）以及偉大的《牛津英語辭典》（*Oxford English Dictionary*）等著作中都審慎權衡如何解釋井字符號最知名名稱octothorpe的起源。例如《美國文粹大辭典》第四版是如此描述「octothorpe」的：

> 較古老（受字首octo-影響）的octalthorpe（磅號按鍵）之異體字，可能源於octal（八腳插座、有八個針點的電力連接座）或詹姆斯．愛德華．奧格爾索普（James Edward Oglethorpe）[20]的名字。

可惜恐怕只有《美國文粹大辭典》支持這個奇特定義。喬治亞州的創建者奧格爾索普身為英國負債人受監者的庇護人，似乎不太可能獲此殊榮。而除了在他創建的喬治亞州以外，他的名字應也罕為人知，更沒有確證顯示奧格爾索普為金融罪犯創建的天堂和這符號之間有任何關聯。《美國文粹大辭典》對此並未提供任何細節，一切恐怕純屬推論。

布林賀斯淵博而可靠的字型參考書《字型風格要素》則另有一套說法：

地圖學上，#是代表村莊的傳統符號：八塊田地圍繞著中心廣場，正是其名稱來源。 Octothorp意即八塊田地。

這是個帶有明顯歷史意義的圖像理論。其後綴詞尾-thorp(e)在古英語中代表村莊，目前仍可在一些英國地名中見到，如斯肯索普（Scunthorpe）等。然而，以這種方式結合希臘文字首octo-和古英文詞彙並不尋常，且既然這符號確實由℔而來，無異證明了布林賀斯的定義並非實情。

最後，《牛津英語辭典》大膽提出兩個相似但相異的詞源，兩者均來自美國電話電報公司所屬的神聖研究機構貝爾電話實驗室[21]，那是個絲毫不像語言起源的地方。《牛津英語辭典》首先引用產業期刊《電信遺產》（*Telecoms Heritage*），提到貝爾實驗室的員工唐．麥克佛森（Don MacPherson）需要為古老的井字符號找個適當且出眾的名字：

> 他的思維過程如下：這符號共有八個端點，所以名字應當包含代表八的字首octo，但若要創製一個新名詞，還缺幾個字母或音節。……唐．麥克佛森本人亦屬於積極試圖讓吉姆．索普取回瑞典奧運獎牌的一分子[22]，對他來說索普（thorpe）顯然別具意義。

但究竟唐．麥克佛森是何許人也，又為何他非得幫井字符號取名不可呢？《牛津英語辭典》再次挑戰時，進一步引用了一九九六年發行的《新科學家》（*New Scientist*）雜誌：

> octothorp(e)是為了#而創制。據說是一九六〇年代貝爾實驗室的工程師在推出按鍵式電話時導入的。Octo-意指數字八，而thorp是古英文中的「村莊」。這個字的組合明顯意謂著由八塊領土圍繞的村莊，玩心別具。

雖然還是以圖像切入，但直接改以符號外形做為出發點，大幅提升第二回合的可信度。

簡言之，共有三個來源提供四種理論，而唯一的共同點就是，是由octo-與thorp(e)結合成octothorpe（井號）的。撇除《美國文粹大辭典》關於奧格爾索普的奇想，忽略羅伯特・布林賀斯迷人卻有瑕疵的解釋，剩下兩個來源都提到貝爾實驗室。但究竟為何這間美國最主要的電話通訊實驗室會認為必須替這個數百年的老符號取個新名字？

貝爾實驗室與井號的淵源

貝爾實驗室曾是電信業巨頭美國電話電報公司最重要的研究機構，推動二十世紀最具建設性的重要科技革新。實驗室曾獲頒七座諾貝爾物理學獎，其中包括演示物質波、發明晶體管及發現宇宙背景輻射[23]。其他著名的產物包括雷射、電波天文學[24]、第一顆通信衛星及組成網路與現代電腦的關鍵── UNIX作業系統。

與標點符號關係最密切的，只不過是宏偉的技術浪潮中一個小小的語言學創新。在全世界老舊電話機面臨重整的一九六〇年代，幾乎可以肯定就是貝爾實驗室裡參與此艱鉅任務的工程師之一發明了「井號」這個詞。雖然就此確定了井號的出生地，但究竟是「誰」創造了它仍是一樁懸案。

自十九世紀末期自動交換機出現後，電話便一直以脈衝撥號的方式連結發話方和收話方。轉動電話轉盤後，發話方會以中斷線路的次數代表每個收話方號碼的數字，然後傳送到交換機產生一串特有的「滴答」聲。每秒大約只能傳送十個脈衝，這表示浪費了太多時間在昂貴的交換設備上，而電話普及使問題更形嚴重。脈衝撥號已然過時需要更替。

貝爾實驗室於一九四〇年代後期創制了新系統，並於其後十年間精益求精。新系統隨物美價廉的晶體管一同問世，採用網格狀按鍵，每個按鍵都能發送獨特嗡鳴聲。此即「雙音多頻」（dual-tone multi-frequency）系統，對消費大眾而言另有通俗名稱「按鍵音頻」（touch-tone）。設計簡單卻巧妙，頻率設定不會與人聲混淆，但又保持在人類的正常聽力範圍內，且新系統能夠直接使用既存的銅線，無需另行耗費鉅資升級。另外，脈衝撥號中代表每個數字的滴答聲僅會傳到本地交換機，按鍵電話則大不相同，它發出的聲符可以直達任何收話方，如此一來發話方就能夠使用音頻系統直接操作電話另一頭的語音郵件或電話銀行等系統。

雖然系統本身可支援四乘四共計十六網格的按鍵，史上第一台販售話機卻只有十個按鍵，數字123、456、789各占一排，數字0則孤立於第四排中央。這種排列方式頗具爭議。會計師使用的計算機數字鍵由通常9倒數至0，於是他們抱怨電話鍵盤上胡亂安置數字0冒犯了數學的一致性。但（最終獲勝的）反駁者指出，轉盤電話上每個數字都對應了一組方便記憶的字母，2對應ABC，3對應DEF，4對應GHI等。若改變按鈕位置會破壞其相應的字母排列順序。

下一個面臨的是語言學而非數學上的問題。一九六八年數字0兩側閒置的按鍵終於問世，用來操作交換機提供的選單或特別服務。兩個問題出現了：這兩個按鍵上應該放上什麼符號？又該如何稱呼？這可值得大書特書了。

真正普及須拜按鍵電話之賜

新按鍵還在發展階段，就已製造了許多測試用話機，這些測試話機分別備有五角星和方塊符號（diamond symbol）。然而標準打字機鍵盤上並沒有這些符號，因此要為新設計做紀錄十分麻煩。負責研發此新系統的貝爾工程師道格・克爾（Doug Kerr），受命選擇比較合適的替換字符。恰巧他也是美國資訊交換標準代碼（簡稱ASCII）[25]創製協會的貝爾實驗室代表，這名稱拗口的協會成立宗旨在於提供電腦供應商一套通用的標準符號。姑且不論代表美國的那個A字母，總之ASCII碼的存在目的是成為國際化標準。也正因如此，克爾才選擇了星號和井號，無論ASCII符號表或一般打字機鍵盤上都可看到這兩個符號的蹤影。

選定新按鍵之後就該命名了。一般咸認星號的原名asterisk難唸又難拼，而井號如前所述，缺少通用俗名。克爾建議沿用測試階段的提案，於是star（星星）脫穎而出，既比asterisk易讀，又充分表彰符號的外觀，用diamond（方塊）來解釋井字符號中央的方塊區域略顯牽強，但可避免與「磅」或「數字」符號混淆。

但克爾有兩位同事不為所動。霍爾．艾比（Howard Eby）和勞倫．阿斯普蘭（Lauren Asplund）都曾參與原始的星星方塊版本測試，他們溫和堅定地為了心中完美的符號提出建言[26]。在克爾回憶中，兩人還曾傳一張便條給他，解釋他們決定如何幫助他「解決」這個問題：

> 他們說已經認真讀過我的報告，並表示已創製出octatherp這個名字，來解決#於印刷上缺少公定名稱之憾。……我拒絕使用他們心中那些與國際標準碼不相容的候選符號（當時貝爾一派始終對之興趣缺缺）也令他們不滿。因此他們表示為求公平起見，他們取的名字包含德文或其他語言中不存在的雙母音「th」[27]，對那些語言的使用者來說可能會有點難唸，這只讓他們自己吃虧。[28]

據克爾所述，磅號的新名字原本該是完全人造的octatherp而非octothorpe。克爾加入阿斯普蘭和艾比的詼諧論戰，並納入這個詞彙，為井號添加注腳：「有時也被稱為octatherp」。Octatherp和其親族出現在所有貝爾實驗室的文獻中，最終躍往更廣闊的世界。隨著美國電話電報公司的新電話在七〇年代蔚為流行，有關新話機的新聞報導總會對井號#獨特的外觀和名稱帶上幾句。

《牛津英語辭典》為octothorpe提供的另一詞源其背景故事截然不同。遠在二〇〇六年克爾論之前十年，另一名貝爾實驗室的工程師自有一套回憶。勞夫・卡森（Ralph Carlsen）在電話通訊文化財組織（Telephone Heritage Group）發行的期刊上撰文斷言，星號和井號之所以獲選為電話上的按鍵，是因為它們原本就出現在打字機鍵盤上。文章同樣也提到了井號的別名眾多問題重重。卡森也說了關於唐・麥克佛森的故事。據說唐是貝爾實驗室負責教導客戶使用新系統的人，他決定為那符號創制一個毫無疑義的新名稱，順便為課堂注入一點輕鬆的氣息。

選擇了意義不言自明的字首octo-之後，麥克佛森需要第二個音節形成較具說服力的完整詞彙，而他的選擇thorpe幾乎就像阿斯普蘭和艾比天外飛來一筆的「thorp」一樣出人意表。有些人認為一九五三年逝世的吉姆・索普是有史以來最優秀的美國原住民運動員之一。他曾在一九一二年奧運同時贏得十項全能和五項全能的殊榮，然而當奧運官方發現索普曾在一九〇九年和一九一〇年參與職棒，違反了奧運關於業餘運動員的嚴規，他的獎牌也遭到撤回。麥克佛森身為索普追綬活動的狂熱支持者選擇索普的名字做為新詞彙的第二部分，並在為客戶演示系統和備忘錄時開始使用「井號」（octothorpe）一詞。一如克爾論，麥克佛森創制的詞彙先是進入美國電話電報公司的文獻，接著廣布於外在世界。

以《牛津英語辭典》而言，卡森論的權威性不怎麼足夠。辭典中還列舉了第三種源於貝爾實驗室的假設，即一無名小卒硬將代表數字八的「octo-」和代表「村莊」的「thorpe」融合。創造「井號」（octothorpe）一詞是為了解決井字符號眾多別名造成的曖昧含糊，然這個詞彙本身卻有著含混難明的源頭。真正的起源不是重點，重點是貝爾實驗室在電話按鍵上採用了#，或許正因如此，符號便獲得了前所未有的知名度。要是沒有按鍵電話，井字符號很有可能仍默默無聞地汲汲營營。但如今世界上擁有手機的人口高達百分之八十五，單調乏味的井號遂廣為數十億人所熟知。

推特使它聞名全球

近年來由於社交訊息服務平台推特（Twitter）採用井號來辨

識「標籤」（hashtag）功能，意即以特定詞彙標示具有共通主題的群組訊息，使聚光燈重新照耀在井號身上。當初雷明頓蘭德公司的疑問驚嘆鍵使斯貝柯特創造的符號重獲新生，推特的標籤功能同樣也振興了井號。《GQ》宣稱井號為「二〇一〇年年度符號」並非平白無故。自道格・克爾、唐・麥克佛森等人將井號導入電話鍵盤以來，這個符號便享受到了前所未見的待遇。即使貝爾實驗室的怪名字符號難以與該實驗室的科技成就相提並論，即使諾貝爾獎尚未涉足推特世界，這符號依舊日益壯大。

注解

1 譯注：天秤座的英文即為libra。

2 原注：盎司的縮寫「oz.」亦有類似詞源。拉丁文「uncia」意為「第十二」(因為在羅馬每磅有十二分)，到了中世紀義大利文成為「onza」，隨後縮寫為「oz.」。

3 譯注：X字高（x-height），印刷專有名詞，指英文字母基本高度，與小寫x字母同高，故以此代稱之。

4 原注：℔以「劃線的LB符號」姿態存留於國際碼（unicode）中固守其姿態。但筆者個人從未見過這個符號實際付印。

5 譯注：查理．馬太爾（Charles Martel，六八六年～七四一年），曾任法蘭克王國首相，於國王死後成為唯一掌權者，雖為加洛林王朝奠定基礎，但他本人未曾出任國王。

6 譯注：文中的「迷你版文藝復興」俗稱卡洛林文藝復興（Carolingian Renaissance），這個名詞出現於一八三〇年代，將卡洛林王朝推廣的文藝活動與十四世紀的文藝復興相提並論，有「歐洲第一次覺醒」之稱。

7 譯注：艾因哈德（Einhard，七七〇年～八四〇年），法蘭克王國史學家，卡洛林文藝復興代表人物之一。

8 原注：「士兵」(soldier）一詞係由蘇勒德斯（solidus）和其後繼名稱演變而來，當時士兵的薪水單位正是蘇勒德斯，故得名。

9 譯注：第納爾（dinar），目前東南歐、西亞、北非部分國家使用之貨幣名稱。

10 譯注：狄尼歐（dinero），西班牙文「金錢」。

11 譯注：芬尼（Pfennig），德國幣值中的一分錢。

12 譯注：諾曼便士（Norman penny），古英國幣。

13 譯注：磅銀（sterling）。「sterling」為英磅的正式名稱，在此譯為磅銀與其俗稱「pound」區別。

14 譯注：《摩爾．弗蘭德斯》（*Moll Flanders*），由《魯賓遜漂流記》作者丹尼爾．狄福著。丹尼爾．狄福（Daniel Defoe，一六六〇年～一七三一年），英國小說家、記者。

15 原注：除了這些符號，還有個耐人尋味的切線。亦稱為「蘇勒德斯」的斜線標記（/）常用於構成分數，如「1/4」。在十進位的英國貨幣出現前和約定俗成的£sd歸為同類。首先代表「先令」的S經常呈現為纖長的ʃ符號，匆匆落筆之際，ʃ就成了/。於是戰時英國音樂會的觀眾可能會一擲「兩先令六便士」（2/6）看一場表演，而今日挑剔的啤酒狂則可享用一品脫的「80/-」（表濃度）或「八十先令」愛爾啤酒。

16 譯注：將死（checkmate），棋局中國王受攻擊，等於輸棋。

17 原注：微軟開發C sharp和F sharp兩種程式語言時，採納同樣的權宜之計，以「C#」和「F#」命名之（英文的升記號即為「sharp」）。

18 譯注：豬圈號（pig-pen），源自豬圈密碼（pigpen cipher），一種以九宮格等格子為基礎的密碼表記方式。

19 譯注：《字型風格要素》（*Elements of Typographic Style*），咸認字型排版學界的現代聖經。作者羅伯特．布林賀斯（Robert Bringhurst，一九四六年～），加拿大詩人、印刷商、作家。

20 譯注：詹姆斯．愛德華．奧格爾索普（James Edward Oglethorpe，一六九六年～一七八五年）英國將軍、國會議員、慈善家、喬治亞殖民地的創建者。

21 譯注：貝爾電話實驗室（Bell Telephone Laboratories），由美國電話電

報公司成立於一九二八年，研究內容包括電話、電纜、甚至電腦作業系統等電信相關技術。

22 譯注：吉姆·索普（Jim Thorpe，一八八八年～一九五三年），美國運動員，咸認現代運動史上少見的全能運動員，傲人戰績詳見本章後文。一九一三年因他曾擔任過半職業棒球選手，不符奧運選手資格，其參賽紀錄和獎牌皆遭撤銷。直到一九七三年才恢復其業餘身分，一九八三年其紀錄終於恢復，獎牌也歸還其家人。

23 譯注：宇宙背景輻射（cosmic background radiation），宇宙學中「大爆炸」遺留下來的熱輻射，此一發現可證明宇宙源自大爆炸理論的真實性。

24 譯注：電波天文學（radio astronomy），或譯射電天文學，利用電波望遠鏡探測研究天體性質之學科。

25 譯注：美國資訊交換標準代碼（American Standard Code for Information Interchange），簡稱ASCII，基於拉丁字母的電腦編碼系統。主要用於顯示現代英語，而其擴展版本EASCII能夠支援其他西歐語言。後漸被國際碼（unicode）取代。

26 原注：道格·克爾二〇〇六年發表的文章則表示另外兩位工程師約翰·C·夏克（John C. Schaak）和赫伯·T·烏特勞（Herbert T. Uthlaut）是「octatherp」一詞的創始人。不過克爾在私人信件中引用了勞倫·阿斯普蘭的訊息，如此又提高了阿斯普蘭與艾比為創始人的可信度。

27 譯注：原文雙母音（diphthong）通常指母音或半母音的結合。「th」通常稱為雙子音（consonant digraphs）。

28 原注：出自克爾二〇〇六年的文章〈談ASCII字符「octatherp」〉（*The ASCII Character "Octatherp"*）。

第四章　連字符號＆ The Ampersand

連字符號看似沒有特別之處，和本書討論的其他幾個符號截然不同，名字本身就暗示了意涵。但事情沒有那麼單純。今日的連字符號或許高高在上，置身蒂芬妮或酩悅等名牌之間，但其羅馬先祖卻是迥然相異的怪獸。連字符號生於卑賤，飽嘗競爭，最後才甩開纏鬥千年之久的對手脫穎而出。

& 本章關鍵字

連字符號誕生前一世紀：堤羅的發明

來自街頭的新符號取代堤羅的發明

二十世紀出現的連字符號

Ampersand一字的由來

連字符號（ampersand）看似沒有特別之處，和本書討論的其他幾個符號截然不同。說來也是拜羅馬人所賜，連字符號源於拉丁文代表「及」的et，其意義始終未有絲毫變動。它不同於晦澀難解的段落符號或井號，名字本身就暗示了意涵。好用又常見的連字符號在一群張揚跋扈的惡黨之間，不禁顯得特別可靠。

但事情沒有那麼單純。今日的連字符號或許高高在上，置身蒂芬妮或酩悅[1]等名牌之間，但其羅馬先祖卻是迥然相異的怪獸。連字符號生於卑賤，飽嘗競爭，最後才甩開纏鬥千年之久的對手脫穎而出。

連字符號誕生前一世紀：堤羅的發明

躋身羅馬名人堂的西元前一世紀政治家、哲學家、律師兼演說家馬可斯．圖利斯．西塞羅（Marcus Tullius Cicero）正如現今名流，只要提及他三重名姓中最為人所知的「西塞羅」便足可辨認。他沉浮於羅馬政壇，時而位高權重，時而遭受放逐。他的人生與作品是羅馬共和國沉重喟嘆的縮影。

馬可斯．圖利斯．西塞羅於西元前一〇六年生在沒落權貴之家，看似無法在階級嚴明的羅馬共和國中出人頭地。西塞羅出身既無萬貫家產，也非貴族後裔，面對始終屬於富裕菁英階層的羅馬政壇只能艱苦競爭。他並非城市子弟，只是出生在阿爾皮朗

（Arpinum）小鎮南方的鄉下人，這也和另一羅馬傳統偏見相牴觸。最糟糕的是他連名字都有問題。他如今最為知名的姓氏字面意義為「鷹嘴豆」，顯然承繼自某位唇顎裂鼻的先祖，絕非抱負遠大的政治家該具備的響亮名號。這些令人缺乏安全感的缺點反而使年輕的西塞羅更渴望成功。他以荷馬之言「全力以赴，技壓群雄」（Always to be best and far to excel the others.）為座右銘，也並未辜負如此壯志。

西塞羅二十多歲就成為律師，並巧妙利用職業帶來的機會成為演說家，培育接觸政治的機會，藉由引人注目的案件獲取知名度。從法界一躍而往政界，他以過於躁進的速度沿著「榮耀之路」晉升體系[2]扶搖直上。首次參選便接連當選史上法定年齡最輕的財務官（Quaestor）、行政官（Aedile）和法務官（Praetor）。他平步青雲之路在西元前六十三年達到頂峰。那年他當選羅馬共和國的最高階官位執政官（Consul），該職務一任兩位，任期一年，互有制衡對方的同等職權。但西塞羅以油水豐厚的省長職缺使他腐敗無能的執政官同僚安東尼烏斯（Gaius Antonius Hybrida）保持沉默，放手不理政事，西塞羅就此成為羅馬共和國的實質領袖。這位從阿爾皮朗省發跡的律師在四十三歲坐上這古老強國的統領位置。

西塞羅上任不久便察覺他參選執政官的對手之一盧修斯．謝爾蓋．喀提林（Lucius Sergius Catilina）及一群企圖縮減參議員職權的改革派信徒精心策劃一場政變。西塞羅也算是精明的政治人物，從那時便開始在爾虞我詐的狡詐統治階層中培養線民，因之即時得到有人將暗殺他的線報。為阻止刺客，他在自家門口安排警衛站崗，隔天並在參議院發表嚴厲演說，使民意傾向反對喀提林和其同黨。此演說之破題詞聞名於拉丁文學者：

Quo usque tandem abutere, Catalina, patientia nostra? quam diu etiam furor iste tuus nos eludet? quem ad finem sese effrenata iactabit audacia? [3]
（喀提林，汝將濫用吾等耐心至何度？汝一心逃避吾等至何時？汝肆無忌憚之氣焰可有終？）

行跡敗露的喀提林逃離第一參議院，隨後接著逃離羅馬，並希望能夠煽動軍隊以武力奪取政權，在此同時他留在城中的同夥受擒並遭監禁。西塞羅趁勢而上，再次發表慷慨激昂的演說，說服參議院對此等叛變未審先判，處以極刑。叛變告終，但西塞羅也付出了政治生涯做為代價。由於他藐視法律的正當程序，給了改革派（特別是其中一個叫凱撒[4]的）在法庭上控訴他的理由。叛變四年後，四面楚歌孤立無援的西塞羅逃往馬其頓。

西塞羅的流亡生活可以寫成無數作品，而他又熱衷於自我推銷，計畫自己也寫個幾本。他將自己的講稿集結成冊發表藉以推廣他的論點。在流亡期間寫了各種哲學論文，他的密友阿帝克斯（Atticus）也收集了大量他的書信，稍後由西塞羅的傑出書記官堤羅付印出版。然而這故事最切題的部分是堤羅記錄他主人說話時的措詞方式。

堤羅生而為西塞羅的家奴，但之後獲解放，為自己命名馬可斯・圖利厄斯・堤羅（Marcus Tullius Tiro）。他的天賦文采使自己成為西塞羅的書記官、傳記作者兼密友。誠如西塞羅寫給阿帝克斯的信中所說，堤羅「無論是商是文都是絕頂可用之材……」西塞羅早年參訪希臘，深受希臘速記撼動並指示堤羅為拉丁文創造類似系統。於是堤羅設計了一組獨特的拉丁文縮寫符碼，以現存希臘速記符號修補並擴展其不足之處。羅馬人對隨筆縮寫並不陌生。從紀念碑、建築物到其他國家設施隨處可見「SPQR」（*Senatus Populusque Romanus*，意即「參議院和羅馬人民」）。而日常通信中也總夾雜著代表「si vales, bene est, valeo」（願君安好，則吾亦好）的問候語「SVBEV」。然而所謂「堤羅表記」（notae Tironianae）完全不可同日而語。一如西塞羅在信中向阿帝克斯大肆吹噓，傑出的堤羅不只能在談話間抄錄詞彙，甚至能速記完整的片語和句子。大名鼎鼎的致喀提林講詞也是以這種方式流傳後世。當然，後人除了堤羅原始手抄本的西塞羅講詞之外並無其他選擇。

在堤羅的標記中有個看似無害、代表拉丁文「et」(及)的符號。雖僅是眾多符號之一(堤羅符號在中世紀高度精緻化，由原本的成員演化出一萬四千種字符)然而堤羅符號系統的實用性確保了這個et標記受到創造者與支持者的重用。然而這並不是傳說中的連字符號，堤羅創造的符號人稱「堤羅式et」(⁊)，彼時距連字符號誕生尚有一個世紀。

西塞羅僅遭流放一年便獲召回，逐漸重回政壇。即使凱撒遇刺後他再度復出享受了短暫的輝煌，這位演說老手最終還是在西元前四十三年成為羅馬政治流沙的犧牲品，受到新興勢力安東尼的抵制並遭安東尼的部屬暗殺。據說安東尼的妻子芙爾維亞(Fulvia)非常高興能擺脫西塞羅的三寸不爛之舌，她拔掉西塞羅的舌頭並以髮針串之。前主人死去後，堤羅的事業仍蓬勃發展，在日益官僚化的帝國中，他以文書技能贏來一座屬於自己的退休農莊，讓他能在舒適的退休生活中平穩活到百歲而逝。以他命名的縮寫系統和他的et符號仍廣為人知，繼之以千年。

來自街頭的新符號取代堤羅的發明

自西塞羅發表了喀提林演說後百年，連字符號問世。但它直接來自民間街頭，絕非羅馬權貴產物。若說堤羅et是堤羅的寶貝孩子，連字符號就是個孤兒，創造者不知其名姓[5]，最早可追溯至西元一世紀匿名者草率留在龐貝城牆上的塗鴉。

連字符號最初記錄於何時雖屬未知，但維蘇威火山在西元七九年爆發，吞沒了龐貝城並留下一層火山灰保存它，至少提供了可能年代的上限。

西元一世紀時的連字符號是「連體字」（ligature）的範例之一，所謂連體字是由複數字母組合而成的單獨字符。而現今也可在金屬鉛字或數位字型中找到連體字，這些連體字通常用於難以「調整間距」的複數相鄰字母，若並未特意留心往往並不引人注目。英語中最常使用的連體字「ﬁ」、「ﬀ」、「ﬂ」、「ﬃ」和「ﬄ」主要是為了防止字母f上的橫槓與旁邊的字母尷尬碰撞，讀者可以與以下未連結的同樣字母組合「fi」、「ff」、「fl」、「ffi」和「ffl」作比較。字型設計者也能夠另行選擇其他配對，如純粹裝飾用的「ﬆ」、古字體「ſb」[6]、甚至只能在德文「*Sauerstoffflasche*」（氧氣罐）中奢侈地使用「fffl」。

構成龐貝連字符號雛形的et連體字單純為了省時出現於手寫時代，就那麼巧前一個字母的最後一劃可完美連結下一個字母。雖說Et符號是史上首個連字符號，但兩個字母仍可清晰辨別，e中央的橫劃若有似無地接上t的主幹，充其量只能說是個連體字。諸多跡象顯示龐貝連字符不過是緊張的書寫者手滑的結果[7]。英雄不怕出身低，這門志滿滿的符號終究奪去了堤羅式et的地位。

二十世紀出現的連字符號

連字符號在堤羅的學術et符號登場一世紀之後低調出現，它在對手不為所動之下迅速演變成目前的模樣。

一九〇二年出生在萊比錫（Leipzig）的字型設計師簡．契肖爾德[8]進行了一項艱鉅的印刷調查作業，為連字符號外形的演化過程留下絕佳紀錄。契肖爾德以身為特立獨行的規制者和破壞者聞名，他的職業生涯從一個極端擺向另一端，改寫了書本設計和排版印刷的規則。他一九二八年的宣言〈新式排版印刷術〉（*Die Neue Typographie*）中呼籲放棄偏向嚴謹現代主義的傳統排版規則，鼓吹不對稱排版和無襯線字體。然而在一九三三年他遭納粹視為「文化布爾什維克分子」而遭逮捕。契肖爾德遭第三帝國凌虐後反應劇烈、推翻自己早期的作品，在其中找出責難現代主義的「法西斯」元素。非但背叛了自己的原則，也遭到同時代人的唾棄。但無論如何他的作品至今仍具影響力。

契肖爾德對連字符號研究上的精妙貢獻可見於一九五三年的小冊《連字符號：其起源與發展》（*Formenwandlungen der &-Zeichen*）中。契肖爾德借鑒書法家保羅．斯丹德爾（Paul Standard）和字型設計師佛瑞德克．古迪（Frederick Goudy）早期的作品，收集數以百計的連字符號記錄了它從一世紀的龐貝到十九世紀印刷作品的演變。他展示的連字符號中每一頁都包含了太多印刷學上的珍寶。

契肖爾德整齊排列連字符號，追溯一批又一批連字符號的外形，直到十五世紀印刷術的發明導致這符號的不同外形必須在金屬鉛字之間顯出優勝劣敗。包括羅馬體、斜體和歌德字體等主要字型皆於當時崛起，現今已擁有各自獨特版本。

所謂「羅馬」（roman）字體是報章雜誌和網站上的長篇文章最常使用的直立字型，羅馬字體的連字符號姿態最工整也最容易辨認。在一四六〇年代中期，自古騰堡的故鄉美因茲離散的難民將印刷技術帶到義大利，他們創造出與當時當地手寫筆跡類似的新字型[9]，在不知不覺間設置了歷史的礎石。走在時代尖端的文藝復興時期作家癡迷於古典世界，重新啟用了過去被錯待的羅馬 lettera antica（古文字），不過他們所謂的「羅馬」抄本其實比僧侶阿爾琴的加洛林小寫體（詳見第一章）要晚得多。

然而阿爾琴優雅的小寫字母和深受古代石匠喜愛、方方正正稜角分明的大寫體融合，自早期密密麻麻的歌德字體印刷文件中誕生了較為輕盈易讀的新字型。伴隨羅馬字體（roman）誕生的連字符號如同過去非正式的羅馬大寫體（Roman），堅實、明確、容易識別[10]。

另一方面，屬於斜體字型（italic）的連字符號外形俏皮。斜體字通常被當作羅馬字體的附屬品，實則大謬不然，它是仿造文藝復興時期的抄寫員尼柯羅．尼柯利[11]那流暢不拘小節，名為

圖4.1

比較羅馬體（上排）和斜體（下排）的連字符號。從左至右依序為：Linotype Didot中差異微妙的連字符號、Monotype Baskerville和Hoefler Text中定型化的et和Et連字，最後是Helvetica中單純傾斜的連字符號。

lettera corsiva（草書體）的手寫體而誕生。打響第一炮的是著名的威尼斯印刷商阿杜斯・馬努提斯（詳參第二章）。阿杜斯傾斜緊密的字型比羅馬體細窄，而他更進一步前衛地（更別提商業上有多成功了）使用此新字型發行一系列版面緊密的書籍。

現在看來或許有點奇怪，但早期的斜體只有小寫字母。阿杜斯早期的書籍和那個時代的其他書籍一樣，直接併用小寫斜體與大寫羅馬體如下：I*talic* L*owercase* L*etters* W*ith* R*oman* C*apitals*。多虧了在里昂的法國印刷商首先效法阿杜斯使用小寫斜體字母，並採用傾斜的大寫字，但斜體字獲得了較適切的大寫體後，使用羅馬大寫和斜體小寫來表示強調的混合用法直到十七世紀才開始普及。

以「*aefkpvwz*」和「aefkpvwz」為例，斜體字母與羅馬體差異不大但足以辨別。雖然並非所有的斜體字都有類似變形，真正的斜體字（非指傾斜的羅馬體，或通稱「傾斜」的字型）還是會顯示可辨別的特徵。斜體的連字符號同樣也成為字型設計師自由發揮之處，與其羅馬手足相比，許多斜體連字符號是繁複的藝術作品且驕傲地保有et連字的傳統。

最後有些反常的則是使用稜角分明、密密麻麻歌德字體的抄寫員，他們基本上完全放棄使用連字符號。堤羅稜角分明的et符號雖然因為羅馬字體和斜體字中優美的連字符號而流離失所，但

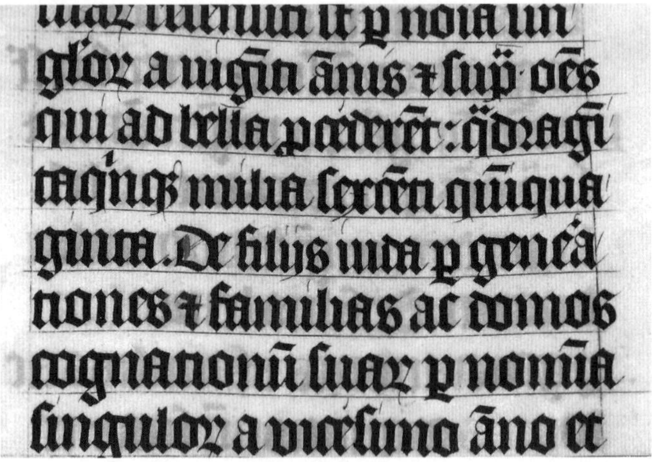
illaz recensita sit p noia sin
glorz a uiginti ānis ⁊ sup̈ oēs
qui ad bella pcederēt: q̄dragi
taq̄nq3 milia sexcēti quīqua
ginta. De filiis iuda p genea
tiones ⁊ familias ac domos
cognationū suaz p nomīa
singulorz a uicesimo āno et

圖4.2

西元一四〇七年於比利時抄寫的聖經，第二行和第六行可見到堤羅式et符號。有趣的是，最後一行末尾又出現了單字型態的et。

卻在歌德字體中找到了舒適避難所。

義大利文藝復興時期的抄寫員重新發掘加洛林小寫體字母並將之納入羅馬體抄本，而歌德字體也因為持續使用於歐洲北部的日常生活中，同樣展現出數世紀以來不輸給小寫體的演化。書寫或閱讀歌德字體都特別耗費時間，許多歌德體字母必須以繁複筆劃寫成，而在輕重筆劃之間解碼那密密麻麻的文字可說是鍛鍊毅力的方式。對許多讀者來說，歌德黑體字和教會有著難捨難分的關係。不僅是其結構的規律性散發出濃烈的漢斯教堂、巴黎聖母院[12]式拱頂特質，還包括滿心熱誠的投入者甘願承受創制並使用歌德字體所耗費的心血。如當代評論家所述：

> **僧侶不疾不徐地書寫。他們以書寫榮耀上帝。因之textura（歌德體字型的一種）如此難讀卻又如此華美。**

於是當古騰堡在西元一四五〇年中期首度印刷《四十二行聖經》[13]，歌德體字型顯然是首選。雖然數年之後古騰堡同鄉的印刷商便製出了歌德體字型的首席競爭對手羅馬體鉛字，但歌德黑體字仍宰制德國印刷書籍長達數世紀。

在這些抄寫或印刷字母體系中，只有歌德體字型獨厚堤羅式et。雖然堤羅式et在契肖爾德的分類體系中爭取到四十八個空缺，但若與那兩百多個連字符號相比，幾乎所有的堤羅式et都呈現明顯的哥德式塊狀特徵。

雖然堤羅式et常見於中世紀的歌德字體手稿，但其他的堤羅速記符號表現均不佳。中世紀的堤羅系統有所更易，但仍保有其古老藍圖特徵。以單一符號表示常用詞，而具有共同詞幹與不同後綴的詞彙則可用單一符號表示其詞幹，並以較小符號表其後綴。簡而言之，以單一特定圖像單位（即單個符號或明顯成對的符號）代表單一詞彙。如同稍後出現的字詞間距，能讓讀者閱讀更輕鬆。有時整本書都以堤羅速記寫成。而勤勉的聖依西多祿也

圖4.3

愛爾蘭信箱，以「P⁊T」標記「郵件及電報」（Posts and Telegraphs）。

將持續使用中的堤羅式「通用速記符號」記錄在他的七世紀百科辭典《詞源》中。然而隨著字詞間距在八世紀廣為傳布，這種「虛擬」的字詞間距不再具有優勢。堤羅式速記遭到「邊緣化」，退而為置放在頁緣的筆記符號。

一般來說中世紀速記都面臨了語言學上奇特的獵巫。速記和傳統符文書寫具有同樣的隱密性和密碼特質，因之難以讓那個不信任巫術和魔法的時代接受，堤羅的速記系統甚至受到汙名化。堤羅速記在十二世紀略略復興，隨後也啟發了英語和其他語言中一系列有樣學樣的速記符號，但這不過是強弩之末。堤羅式et是唯一的倖存者，它持續服役於歌德體字型，直到二十世紀中葉才終告退役。諷刺的是，這些與日耳曼淵源甚深的字母形式最後卻在西元一九四一年遭納粹法令指控為Judenlettern（猶太符號）。而今時今日報紙刊頭或文件往往採用歌德字體以傳達古日耳曼風情。

堤羅式et因書寫習慣的改變和反覆無常的現代排版焦頭爛額，如今它只能野放至愛爾蘭語中作為信箱、路標上表達「及」的符號。堤羅的et符號開拓道路，但連字符號才是它真正的終站。

自此，連字符號日益壯大，成為書法家和字型設計師大展身手的畫布，最後並在字型和鍵盤上贏得永久的一席之地。它無疑是世界上獲得最高殊榮的塗鴉。

*Ampersand*一字的由來

匆忙的龐貝創造者沒來得及為其創作的連字符號命名，而ampersand這個字，相對於其符號之古老歷史可謂非常新穎。

「連字符號」一詞的現代民俗詞源認為它依據其創造者之名命名為「安培之『及』」（Amper's and）。此推論有許多不同根據，如一八八三年出版的《個人及家族姓氏大全》（*Personal and Family Names*）表示：「我們追溯英國鄉下人稱呼此縮寫為『Hampersand』，即『安培之及』〔Amper's and〕。」而網路協作編輯之《都市辭典》（*Urban Dictionary*）[14]則聲稱該符號是由名不見經傳的十七世紀排字師曼菲德．約罕．安培（Manfred Johann Amper）創制命名的。書寫本文同時，維基百科亦宣稱類似詞源，但將之歸因於拿破崙時代法國一位名叫安德烈．馬利．安培爾[15]的博學之士，電流單位安培（amp）亦以他命名。這些說法都缺乏確切證據，而真相其實非常平淡——連字符號並非依據任何人而命名。

十九世紀的教育通常會將連字符號當做第二十七個字母。單獨朗誦時，&和那些單獨存在就能構成詞彙的字母（如A和I）一樣，會加上前綴拉丁文per se，即「單獨」之意。學童通常如此背誦：「X, Y, Z and per se and」（X、Y、Z與單獨的「及」），per se之後的第二個「and」才是它的名稱。但學生往往不願乖乖背誦最後一個麻煩音節，於是&得到許多令人眼花撩亂的俚語別名。一九〇五年出版的《俚語白話英語辭典》(*Dictionary of Slang and Colloquial English*）中某則條目記載如下：

> **連字符號（Ampersand）1.後者（the posteriors）、2. &符號；連字符號（ampersand）。其變體包含：**And-pussy-and、Ann Passy Ann、anpasty、andpassy、anparse、apersie(a.v.)、per-se、ampassy、am-passy-ana、ampene-and、ampus-and、am pussy and、ampazad、amsiam、ampus-end、apperse-and、empersiand、amperzed，及zumzy-zan。

連字符號位於字母表末尾，不僅是其名稱來由，同時也賦予它「後者」、「底部」等雙重意義。誰知道呢？或許伴隨「X, Y, Z and per se and」（X、Y、Z與單獨的「及」）而生的不雅竊笑和這符號的不朽名稱有關。而「and-pussy-and」、「ampazad」、「zumzy-zan」之類名稱遺落在歷史中，只有「ampersand」留了下來，告訴我們塗鴉教育的痕跡，以及頑皮孩子的故事。

注解

1 譯注：兩個牌子原文中皆有連字符號。蒂芬妮（Tiffany & Co.），知名珠寶品牌。酩悅（Moët & Chandon），法國香檳品牌。

2 譯注：晉升體系（cursus honorum），字面意義為榮耀之路。係指羅馬共和國和羅馬帝國初期時政治家升任政府職位的順序，包含行政和軍事職務。所有職位均限制最低年齡，調任亦需一定時間間隔，並禁止重複擔任同一職位。

3 原注：西塞羅的文句一直是（目前仍是）工整排版的指標。長久以來印刷商和字型設計師用來測試排版效果的樣板文句「Lorem ipsum」，其實摘錄自西塞羅的《善惡兩端》（*On the Ends of Good and Evil*），而喀提林演說辭亦是傳統上常見的字型樣本文章。正如一九九二年丹尼爾．柏克萊．厄戴克（Daniel Berkeley Updike，一八六〇年～一九四一年，美國印刷商、字型歷史學家）在《印刷字型》（*Printing Types*）中寫道：

> 「毫無疑問，自卡森的時代人們就已公認西塞羅演說的熟悉開場白『*Quo usque tandem abutere, Catilina*』對於大寫字母Q的外型深具影響力，既然十八世紀大多數的字型設計師都認為使用這句話有其必要，它便成為字型樣本，為了超越彼此，他們爭相拉長Q字母的尾巴。雖然我不會說Q字母有著長長的尾巴都是西塞羅針對喀提林發表演說之故，但若西塞羅改用別的詞彙破題，Q字母的尾巴就不會那麼長了！」

4 譯注：凱撒（Gaius Julius Caesar），即後來的凱撒大帝。

5 原注：長久以來一直有堤羅創造連字符號的迷思。西塞羅生平小說三部曲的第一部《最高權力》（*Imperium*）中，作者羅伯特·哈里斯（Robert Harris）藉由主述者堤羅之口謙虛（但錯誤）聲稱：「實在不好意思這麼說，不過我就是發明連字符號的人。」

6 譯注：原注提到「ſb」連體字採用了古老的「長外型，可惜它跟斜體字母*f*實在太像了，約十八世紀末就不再有人於日常生活使用。關於這符號消亡最常見的記述和莎士比亞的《暴風雨》有關。這部作品的一七八八年版，據稱編輯約翰·貝爾（John Bell）留意到愛瑞兒（Ariel）的一句台詞「蜜蜂在哪ʃucks，我就在哪兒ʃuck」。此句兩處動詞原文為suck，採蜜之意，但其字型變化形似fuck，性交之意），他決定以較「短」且較「圓」的字母s來取代ʃ。但真正的原因倒沒有這麼駭人聽聞。貝爾在序言表示：「我嘗試破除常規，不用長ſ而改用圓s，一方面是為了減少長ʃ與字母f混淆的問題，一方面也是因為它太常用於取代字母f。印刷頁面的規律性因此大為提升，行間也變得較為自由，不再產生任何多餘間距。」

7 原注：也有人說經常和連字符號相互混用的數學加號（+）也是從et連體字衍生的。可惜加號不像連字符號那樣吸引古文書學家的注意，這說法無從得證。

8 譯注：簡·契肖爾德（Jan Tschichold，一九〇二年～一九七四年），德國字型設計師，書籍裝幀師、教師、作家，二十世紀初最有影響力的平面設計師之一。

9 譯注：斜體字（Italic）的字面意義即為「義大利式」。

10 原注：「羅馬字體」（roman type）中的r為小寫，用以區別此字型和其他與古羅馬（Rome）相關事物。

11 譯注：尼柯羅．尼柯利（Niccolò de' Niccoli，一三六四年～一四三七年），義大利文藝復興時期人文學者。

12 譯注：漢斯教堂與巴黎聖母院（Rheims and Nôtre-Dame，即Cathédrale Notre-Dame de Reims與Cathédrale Notre-Dame de Paris），兩者均為著名歌德式建築。

13 譯注：《四十二行聖經》（*fourty-two-line Bible*），或譯《古騰堡聖經》，眾所公認的拉丁文聖經版本，著名古活字印刷版書之一，西方圖書量化生產之始。

14 譯注：《都市辭典》，以英文俚語為主、開放使用者編輯評定之線上詞典。

15 譯注：安德烈—馬利．安培爾（André-Marie Ampère，一七七五年～一八三六年），法國物理學家、數學家，電磁學之奠立者之一。

第五章　位址符號@
The @ Symbol

位址符號嚴格說來並非標點符號。它是一個圖記、表記，代表位置、位址，意謂「在於」（at）的速記符號。即便如此，它和分號或驚嘆號同為現代通信的產物，用以標記電子郵件地址、標示推特用戶名稱，並出現在市場攤頭。位址符號與漂流了兩千多年才得到穩固地位的&不同，其現有名氣純屬偶然。位址符號的歷史最多只能追溯到四十年前的一個按鍵。

@ 本章關鍵字

踏入網路世界

數世紀的低調歷史

從各國名稱中見其演變端倪

出現於打字機鍵盤上之前

進入網路時代多年以後

位址符號@和&一樣，嚴格說來並非標點符號。它是一個圖記、表記，代表位置、位址，意謂「在於」（at）的速記符號。即便如此，它和分號或驚嘆號同為現代通信的產物，用以標記電子郵件地址、標示推特用戶名稱，並出現在市場攤頭。位址符號與漂流了兩千多年才得到穩固地位的&不同，其現有名氣純屬偶然。位址符號的歷史最多只能追溯到四十年前的一個按鍵。

踏入網路世界

一九七一年，二十九歲的雷・湯林森（Ray Tomlinson）是任職於BBN科技公司[1]的電腦工程師。BBN公司才剛成立二十年便獲美國政府高等研究計畫署[2]的合約，進行一項雄心勃勃、連接全美電腦的計畫。這項俗稱「ARPANET網路」的計畫，就是現代網路的基礎。姑且不論湯林森在科技上的貢獻，他不經意地讓位址符號@成為網路史上第一個全球性象徵符號。

電腦科技迅速發展之下，ARPANET網路計畫旨在解決如何以最高效率使用這項新資源。在早期，放任貴得嚇人的巨型電腦閒置是個大忌，就算只是短暫放置也不可以。而所謂「批量處理」運作模式的目的正是盡可能地減少停機時間。每台電腦都由專責操作者看顧，用戶提交程式（通常使用大量打孔卡[3]）給操作者調度執行。所有「批次處理作業」都需耗費數小時到數天方能得到結果，而且也有可能一無所獲。程式中只要出一個錯便能毀掉整個作業程序。然而隨著時間推移，電腦的處理能力增長，成本隨之下降。一九六〇年代中期，壓縮過後少了數吋的「微型電腦」已加入原本占地近一個房間大小的電腦行列。不久之後，主要關卡便轉至使用者的生產力，而非電腦運算能力。於是許多使用者同時操作一台電腦的「同時共享」操作模式逐漸取代一進一出的批量處理模式。每個使用者自行輸入命令列，並經由各自的終端接收即時反饋。

當時最常見的終端設計是同時具備鍵盤和印表機功能的「電傳打字機」（teletype）[4]，用戶可以輸入指令並接收電腦列印的反饋。也有其他終端機器以不同方式顯示輸入和輸出資訊，其中最著名的是映像管（CRT）[5]。但電傳打字機近乎無所不在，演化淬煉出軍用版本和七十五磅重的「可攜式設備」。今日電腦鍵盤和螢幕通常都和主機置於同一桌位，然而電傳打字機往往和其主機相隔數百英里。電傳打字機透過聲頻數據機和電話線即可與主機通信，即使位於鄰市效率亦如隔鄰。

即使設備距離主機有段距離，每個終端仍確實地聯繫在單一電腦上。ARPA訊息處理科技室的負責人羅伯特・泰勒（Robert Taylor）比誰都了解這個問題。他的辦公室裡就有三台連接到不同電腦的電傳打字機，包括聖塔莫妮卡、柏克萊和麻省理工學院。每台電腦都對另外兩台渾然無知。泰勒是這麼說的：

> **對於這三台終端機，我有三套不同的使用者指令。如果我在線上與聖塔莫妮卡的人交談，然後想和柏克萊或麻省理工學院的人討論此事，我必須從聯繫聖塔莫妮卡的終端起身，移動並登入其他終端才能與他們聯繫。**

因此不管效能多強大，大多數的電腦使用者仍可說是與世隔絕。電腦結合了不斷增長的功能和靈活性等因素，但彼此之間卻無法互相分享，令人挫敗。有鑑於此，ARPA開始研究將多台電腦連接在一起的網絡。泰勒結論如下：

> **拜託，該怎麼做應該很明顯啊！如果你有三台終端機，就必得有個終端能連往任何你可以連結進行交互計算的地方啊。這就是ARPANET網路的起源。**

一九六八年，該署自一百四十間有興趣的團體中招標，打算建構實驗網絡。雖然它並非第一個電腦網絡，但卻是當時最具雄心壯志的。這個電腦網絡不僅跨越美洲大陸（最後甚至透過衛星連結橫渡大西洋），更首度大規模採用嶄新且尚未測試過的「交換封包」技術。交換封包並不仰賴送信者和接收者之間的直接連結，而是將信息從起源處經由網絡一連串的跳躍傳送到目的地，流暢傳遞連接中斷或壅塞的連結。

不過當時甚至連某些科技業龍頭都沒有參與競標。例如IBM堅守傳統（且利潤豐厚）的電腦主機，他們不認為有可能建設出經濟實惠的網絡。而貝爾實驗室的母公司美國電話電報公司也斷然拒絕相信交換封包的技術會成功。最後，相對弱勢的BBN公司提出複雜精細的兩百頁企劃書獲得合約，並於一九六九年開始建設ARPANET網路。計畫十分成功，到了一九七一年已有十九台獨立電腦透過網絡橫跨美洲大陸連結。

雷・湯林森身為BBN的決策人員，並未直接參與網絡建設，但卻撰寫了使用網絡的程式。當時的電子郵件已具雛形，其原理類似辦公室裡面陳列的格狀信箱櫃。送出指令將信件存到收件使用者的「信箱」檔案中，收件人再使用另一個指令開啟信件。信件能夠於不同時間收發，卻無法跨越空間。事實上信件從未離開原始主機，發信人和收信人必須使用同一台機器存取信件。

湯林森轉念一想，發覺能夠嘗試將本地郵件系統和先前的作業相結合。於是他使用能夠透過指令將檔案自電腦間互相傳遞的CPYNET程式做基礎，進化出能夠存取網絡上任何一台電腦的電子郵件程式。但接下來的問題是該如何為訊息設定位址。為了分隔收件者姓名與其信箱所屬的電腦，湯林森必須從他面前ASR-33型電傳打字機鍵盤上有限的選項中挑出最合適的符號。

他低頭看看終端機，選擇了@。

眼見網路誕生後的四十年來累積如山的電子郵件，我們可能很難想像有人和湯林森面臨相同抉擇時會選擇@之外的其他符號。但他的決定倒也不是天外飛來一筆，首先，@不太可能出現在電腦或使用者的常用名稱中。再者，在TENEX作業系統[6]中，它並不具備指令意義[7]。且人類和電腦都能讀懂這個符號，意義是：「使用者位於主機」(使用者@主機)[8]。湯林森以此新制設定自己的電子郵件地址為tomlinson@BBN-tenexa，標示此郵件信箱屬於該公司兩台TENEX主機之第一台「BBN-tenexa」上的使用者「tomlinson」(湯林森)。

郵件程式修改完成並決定位址設定方式後，他從第二台電腦發出一條短訊，寄送到他位於第一台電腦上的信箱。該短訊進入ARPANET網路時被拆解為不同封包然後分別導向其目的地，並在另一端重新組合為完整訊息，最後才送進他在BBN-TENEXA上的信箱。實質上這兩台機器位於同一間辦公室，史上第一封網絡電子郵件只旅行了約十五英尺的物理距離。其實湯林森已不記得這則短訊的內容，但對這有點草率的第一步來說或許也不算過分：

我在網路上或報章書籍上看過許多文章，聲稱史上第一封電子郵件的內容是「QEERTYUIOP」。才不是呢！我當初是說，第一封電子郵件的內容類似「QWERTYUIOP」[9]，單純就像「測試一二三四」或其他任何無意義的訊息那樣。

一開始湯林森對他的發明保持沉默，一半是擔心主管對他的得意作感到不悅。正如他一位同事回憶道：「當他展示給我看他的發明時，他說『別告訴任何人！這不是我們份內的工作。』」。他多慮了。電子郵件成為成為新興網絡的第一個「殺手級應用程式」，擄獲上位者的心。比如ARPA的署長史蒂夫・魯卡斯克（Steve Lukasik）會攜帶可攜式電傳打字機去旅行，如此一來就算離開辦公室也能確認郵件，而他手下的管理人員也很快發現電子郵件是唯一與他保持聯繫的可靠方法。電子郵件就像病毒一樣迅速擴散到整個網絡。到了一九七三年，距離第一封電子郵件從湯林森辦公室的一側送到另一側才剛過兩年，但電子郵件已占據ARPANET四分之三的流量。

此後隨著ARPANET網路擴展，湯林森湊和寫出的小程式不斷更迭替換，ARPANET網路最終演變為現代的網際網路，但位址符號@始終屹立不搖。身為全球資訊網上二分之一不可分割的活動，電子郵件幾乎成了網路的代名詞，也就此確保了位址符號在電腦史上的地位。

但是，@在進入網路世界之前，是如何出現在雷．湯林森的ASR-33型電傳打字機鍵盤上呢？它一開始究竟是從哪裡來的？

數世紀的低調歷史

@在意外揚名立萬之前，已低調存在數個世紀，通常用於標示「在於某價格」，例如「三個蘋果@一元」。這個符號實用而平淡地處在商業世界裡，很難讓古文書學家和語言學家多看它一眼。即使現在因為電子郵件異軍突起造成它極度普及，但關於位址符號外形和內在意義的可靠記述仍少得可憐。

這個符號在電子郵件時代之前的歷史沒有學者關注，從二十世紀著名的拉丁文教授柏侯德．厄爾曼（Berthold L. Ullman）筆下可見一斑。厄爾曼於一九三二年著有全面性論述《古文書和其影響》（*Ancient Writing and Its Influence*），其中僅用一句話敷衍帶過這符號：「還有一個@符號，其實是以誇張的安色爾字體d寫成的『ad』。」Ad在拉丁文中表示「到」或「往」，而厄爾曼所說的「安色爾」抄寫體則是羅馬大寫體衰落、加洛林王朝小寫體興起前一種圓潤的大寫字體。不幸的是，雖然將「ad」想像為@的起源，是頗為迷人的想像，但厄爾曼宣稱的理論並沒有任何佐證。

另有（同樣缺乏文獻證據的）不同理論指稱@來自法文同樣表示「在於」（at）或「在於某價格」的à。抄寫員寫好字母a之後以連筆加上重音符號。雖然這用法並無疑義，至少在某些法文手稿中確實能看到以@代替à的狀況。但卻沒有證據表明這就是@符號外形的起源，而並非單指以此當作「在於某價格」來使用。

也許最不牽強的論點是，@符號係由古代抄寫員在頭銜或職位的字母上標示一短橫劃表記縮寫的方式演變而來[10]。以a開頭的詞彙常被縮寫為ā以節省珍貴的頁面空間並加快書寫速度。反覆抄寫之後終於在運筆間融合了字母和飾線，讓ā進一步成為@。作家凱西．G．爾文（Keith G. Irwin）或許受到位址符號現代意義「在於某價格」的影響，在一九六一年指出這啟人疑竇的縮寫詞彙應來自希臘文介係詞ana（意為「一視同仁」）。不過近代研究則將@的起源指向更為晦澀的候選人。

從各國名稱中見其演變端倪

雖然位址符號的外觀起源充其量只是推論，但作為「在於某價格」的縮寫倒很容易檢證。一位學者只因為一小塊古文書的研究便獲得前所未有的注目。西元兩千年，各大國家級報紙均報導義大利學者喬治歐・史戴伯（Giorgio Stabile）終於找到了出土文物，足以證實這符號的含義——姑且不論其外形。

史戴伯針對@起源的研究始於分析其各個別名。一九九七年一項線上調查顯示，這符號在三十七個國家之間別名繁多，通常與其外貌相關：在丹麥和瑞典它叫snabel-a（象鼻-a）、在荷蘭它叫apestaart（猴尾）、捷克和斯洛伐克叫zavinác（黃瓜鯡魚捲）、德國叫Klammeraffe（蜘蛛猴）、希伯來文叫strudel（果餡奶酪捲）、匈牙利叫kukac（蠕蟲）、挪威叫grisehale（豬尾巴）、土耳其叫gül（玫瑰）。法國和義大利都給了它正式名稱——在法國是arobase（古代秤重單位），在義大利是anfora（雙耳罐），同時兩地也都給了它較為異想天開的俗名escargot和chiocciola，兩者皆指「蝸牛」。英語則毫無驚喜地直接稱之為commercial at（商用價格符號），或更簡單的at sign（位置符號）。

根據史戴伯的觀察，這符號擁有許多譬喻性別名，和外形無關的名字寥寥可數。比如英文的commercial at（商用價格符號）、法文的arobase（在西班牙文和葡萄牙文中則是arroba），以及義大利anfora（雙耳罐）。commercial at明顯表述符號的用途，但arobase、arroba和anfora則有待進一步調查。

「雙耳罐」是有著圓錐壺腹的長頸陶罐，希臘人和羅馬人數世紀以來皆用以運送穀物、橄欖、油和酒。這詞彙不僅指涉瓶罐，本身也是體積和重量的單位。羅馬雙耳罐的標準又稱

amphora Capitolina，其標準罐體存放在羅馬，容量一立方英尺，約二十六升（liter）。另一方面，西班牙和葡萄牙的arroba是常用於重量及體積的單位，代表四分之一quintal（公擔）重[11]、或約十六升的液體容量。arroba一詞本身來自阿拉伯文al rubʿ（四分之一），在摩爾人統治下進入伊比利亞半島，之後進入法文並自行演化為arobase。

史戴伯的新發現關鍵在於商人法蘭斯柯．拉匹（Francesco Lapi）於一五三六年五月四日從塞維利亞寄到羅馬的書信。拉匹在信中提及三艘由新世界航抵西班牙的商船，他用我們熟悉的位址符號@作為單位雙耳罐的縮寫，在信中寫下：「一雙耳罐的酒賣了七十或八十杜卡金幣。」

史戴伯查閱當時的西班牙拉丁文字典，發現arroba是amphora的同義詞。西班牙、葡萄牙和拉丁文中的衡量單位定義或許略有出入，但卻擁有共同縮寫@。於是在這些南歐國家中，位址符號的名稱和內涵都連結到其古老詞源：arroba、anfora及arobase。或許這些詞源是這符號最真實的名稱，其縮寫由ā更迭為@[12]。

出現於打字機鍵盤上之前

@以南歐的度量衡單位為起點，到了十八世紀已進入英語作為「在於某價格」的商業速記符號，並在十九世紀末以其一望及知的名稱「商用價格符號」（commercial at）聞名。雖然在商界赫赫有名，但在印刷和排版界卻沒有一席之地，也絕少引起一般讀者的興趣。十九世紀的兩大發明到來之際，古板的@符號正瀕臨滅絕。

西元一八六七年間，位於美國密爾瓦基的克雷恩斯杜博（Kleinsteuber）機械工房製造出嶄新的機械複寫設備，吸引大眾的注意力，觀者莫不為其速度和準確性懾服。這間工房的主人是當時名不見經傳的發明家克里斯多夫・拉瑟姆・肖爾斯[13]，用以設計能夠「藉由鉛字而非鋼筆來書寫」的機器。縱使這嘗試並非創新之舉，脆弱又自貶的肖爾斯與他的夥伴卡洛斯・吉利頓（Carlos Glidden）、山謬・W・梭雷（Samuel W. Soulé）一同研發出第一台成功商業化的打字機。任何人只需簡單訓練就能夠使用肖爾斯專利的機器快速輸出標準、清晰的文件。打字機徹底改變了文書工作，成為文書輸入的主流方式，持續超過百年。

然而肖爾斯的第一台原型打字機鍵盤上並沒有@符號。他一八六七年發明的機器有兩排鍵盤如琴鍵，下排為大寫字母，上排則包括數字二到九（〇和一由英文zero及one來表示）和一些零星符號（; $ - . , ? /）。在鍵盤中加入金額符號（$）可見肖爾斯有意讓機器付諸商業使用，但他卻苦於無法從這發明中獲利，並在一八七三年被迫將之出售給雷明頓軍火公司[14]。第一台雷明頓打字機根據肖爾斯的設計進一步改良為四排鍵盤，排列方式趨近於現代的QWERTY式鍵盤，但還是沒有位址符號。由於實用性考量，@一直等到一八八九年才獲選登上哈蒙德（Hammond）十二型打字機的鍵盤，進而迅速蔓延到其他機器。在數十年後躋身於日趨標準化的打字機鍵盤上。

這個時候，距離十九世紀末那般撼動信息處理界的下一步創新，僅有數年之遙。一八九〇年的美國人口普查，首次使用由統計學家赫爾曼·何樂禮（Herman Hollerith）設計製造的新穎電子機械設備收集整理。何樂禮設計的「製表機」（Tabulator）能夠將打孔卡收集到的數據資料彙整成表格，而使一八九〇年的人口普查在人口增長百分之二十五的情況下，仍比一八八〇年那次更迅速，同時節省了五百萬美元。何樂禮和肖爾斯一樣，在該領域中並非最創新者，但卻是迄今為止最成功的。他的「製表機」為可運算程式的電腦埋下伏筆，而他使用打孔卡提供資料的方式一直持續到七〇年代。

何樂禮的打孔卡有二十四行十二列，是為了記錄每一個人的人口普查資訊而特別設計的。之後改用來輸入一般資料時，每一行分別顯示數字〇到九，並留有兩行非必要的「控制」選項來表示如貸方餘額等特殊狀況。就算@已成為標準符號，但打孔卡系統既然只支援數字，自然不會有@容身之處。換言之，那個時代儲存資訊的方式使@符號毫無用武之地。打字員要在鍵盤上打出@非常容易，但電腦並不了解那是什麼意思，如此一來，位址符號對電腦來說根本不存在。

打孔卡上能夠使用的符號種類一點一點增加。到了一九三二年，採用二進制十進位交換碼（Binary Coded Decimal Interchange Code，簡稱BCDIC）的「何樂禮卡」已能使用四十種符號，包括數字〇到九、字母A到Z、減號、星號、連字符號和空格。一九五〇年代BCDIC再度擴增到四十八個字符，@終於和井號、金額符號、百分比符號等一同加入行列。@也開始出現在其他編碼系統中。美軍一九六〇年陸軍戰地資料電碼（FIELDATA）的民用版本授予它作為代碼表中排名第一的殊榮，和數符0並列[15]。而IBM公司身為赫爾曼·何樂禮所屬製表機械公司的後繼者，在其頗具影響力的一九六一年超級電腦「深展」（Stretch）中也採用了這個符號。

而一九六三年則見證了為遏制各種新興編碼方式而設計的國際認可字符集誕生，即美國資訊交換標準碼（ASCII）。既然@已是許多編碼方式的固定班底，自然也是參與此字符集的熱門候選人[16]。此時這符號仍叫「商用價格符號」（最早可檢證出現於一九六九年）。一九七一年雷·湯林森低頭在他的電傳打字機上找尋合適的符號時，標準鍵盤和標準字符集的結合，使得@按鍵宿命性地佇立在那裡，等著迎接他的目光。

1	2	3	4	CM	UM	Jp	Ch	Oc	In	20	50	80	Dv	Un	3	4	3	4	A	E	L	a	g
5	6	7	8	CL	UL	0	Mu	Qd	Mo	25	55	85	Wd	CY	1	2	1	2	B	F	M	b	h
1	2	3	4	CS	US	Mb	B	M	0	30	60	0	2	Mr	0	15	0	15	C	G	N	c	i
5	6	7	8	No	Hd	Wf	W	F	5	35	65	1	3	Sg	5	10	5	10	D	H	O	d	k
1	2	3	4	Fh	Ff	Fm	7	1	10	40	70	90	4	0	1	3	0	2	St	I	P	e	l
5	6	7	8	Hh	Hf	Hm	8	2	15	45	75	95	100	Un	2	4	1	3	4	K	Un	f	m
1	2	3	4	X	Un	Ft	9	3	i	c	X	R	L	E	A	6	0	US	Ir	Sc	US	Ir	Sc
5	6	7	8	Ot	En	Mt	10	4	k	d	Y	S	M	F	B	10	1	Gr	En	Wa	Gr	En	Wa
1	2	3	4	W	R	OK	11	5	1	e	Z	T	N	G	C	15	2	Sw	FC	EC	Sw	FC	EC
5	6	7	8	7	4	1	12	6	m	f	NG	U	O	H	D	Un	3	Nw	Bo	Hu	Nw	Bo	Hu
1	2	3	4	8	5	2	Oc	0	n	g	a	V	P	I	Al	Na	4	Dk	Fr	It	Dk	Fr	It
5	6	7	8	9	6	3	0	p	o	h	b	W	Q	K	Un	Pa	5	Ru	Ot	Un	Ru	Ot	Un

圖5.1

約一九八五年何樂禮打孔卡的原始設計。每個位置都標記了特定的人口普查資訊。

進入網路時代多年以後

隨著電子郵件（以及網際網路）為大眾熟知，位址符號也進而象徵化，不僅代表網路本身，也成為通用的現代化或進步性象徵。二十一世紀到來之際，從網路服務供應商（如Excite@Home）、或可以玩「F@ust, Version 3.0」的網路咖啡廳（c@fés），凡網路相關事物都可見到@符號的蹤影。西元兩千年，巴塞隆納市放棄原本規劃給混亂擴展區[17]的代碼，以較具前瞻性的名稱取而代之。過去標記為「22a」的工業區現在成了「22@」，在那裡「有著具備研究、訓練和科技轉移中心的創新產業，也提供住家、設施、綠化區域」。二〇一〇年現代藝術博物館「引進」縹緲的位址符號概念，這對現代藝術家來說也是深具概念性的舉動。正如現代藝術博物館的建築與設計資深策展人寶拉．安托那利（Paola Antonelli）所說：

> **已沒有必要繼續認定具體擁有事物才能算是引進館藏，如此一來策展人才能夠任意標記這個世界，並認知那些「無法擁有」的事物。因為這些事物太過龐大（如建築、波音七四七、衛星）又或者他們處於虛空中，既屬於所有人，又不屬於任何人，如同堪稱為現代藝術博物館館藏的@符號。**

如今距離第一波網路創業者受到網路泡沫化的衝擊已過了數年，@也已略顯黯淡，還有一長串候選人意圖在未來繼承它的地位。已不會再出現足以象徵連結性及現代性的通用符號，而從網路發明之初就已存在的倖存者正在讓路給那些不具威脅性、前綴以*e-*和*i-*的日常詞彙，這些詞彙其實比較貼近行銷部門而非科技創新部門。@符號再次成為日常用語，借用寶拉．安托那利所述，它「屬於所有人又不屬於任何人」。雖然它並不特出，其應當於規模更大的領域中占有一席之地，而非只在採購單或雜貨店的黑板上出現。

注解

1 譯注：BBN科技公司（Bolt, Beranek, and Newman），原為聲學顧問公司，曾參與網路研發，現為高科技公司。

2 譯注：美國政府高等研究計畫署（Advanced Research Projects Agency），美國國防部轄下機構，從事高科技軍事用途研發，現名美國國防高等計畫研究署（Defense Advanced Research Projects Agency）。

3 譯注：打孔卡（punched cards），原理同現代測驗常使用的劃格答案卡，在卡片的特定位置打孔表記數據，再由電腦進行統計或運作。

4 原注：將組合了鍵盤與印表機的終端設備稱為「電傳印表機」（teleprinter）或「電傳打字機」（teletypewriter）或許更貼切。「Teletype」可說是一種提喻（synecdoche），以當時最著名的電傳打字機品牌為這種機器命名。

5 譯注：映像管（CRT，cathode ray tubes），或譯陰極射線管，即舊式電腦和電視螢幕映像主流。

6 譯注：TENEX作業系統，BBN開發的電腦作業系統之一，現已不再使用。

7 原注：@符號並未相容於所有作業系統。其中最為人所知的就是這符號在UNIX系統的前身Multics系統中具有「刪除本行此符號前所有內容」的功能。十年後Multics系統才改版解決這個問題。

8 譯注：使用者位於主機。@符號英文讀作at，原文「user at host」即為電子郵件之基本格式「使用者名稱@主機名稱」。

9 譯注：QWERTYUIOP，現行一般英文鍵盤自左上角依序排列的字串。

10 原注：關於前述做法，請參第三章〈井字符號〉。

11 原注：此秤重單位在西班牙和葡萄牙其實略有不同，西班牙arroba約為二十五磅，而葡萄牙則為是三十二磅。

12 原注：稍後豪爾．羅曼斯（Jorge Romance）在二〇〇九年發現一四四五年的卡斯提爾（Castilian，古西班牙王國）文獻中就使用了@符號，進一步證實了喬治歐．史戴伯的發現。

13 譯注：克里斯多夫．拉瑟姆．肖爾斯（Christopher Latham Sholes，一八一九年～一八九〇年）美國發明家，發明打字機與QWERTY鍵盤（即今日常見電腦鍵盤配置），後世稱打字機之父。

14 譯注：雷明頓軍火公司（Remington Arms Company），生產打字機的雷明頓蘭德公司（Remington Rand）係由此公司生產打字機的部門獨立而來。

15 譯注：陸軍戰地資料電碼（FIELDATA）以十進位和八進位數列來代表符號，代表@符號的即十進位和八進位中的數字0。

16 原注：諷刺的是，@符號直到二〇〇四年才獲選加入代碼體系的老祖宗摩斯電碼。

17 譯注：擴展區（Eixample district）為巴塞隆納介於老城區和邊界小鎮之間的一個行政區。

第六章　星號與劍號 *†

The Asterisk and Dagger

星號與劍號已當了長達千年的句讀搭檔。今日這兩個符號通常用於為讀者標示注腳或章注。但星號和劍號其實比他們標注的內容更古老，他們是所有的文字符號中最年長的，從「編輯」這世上第二古老的文學專業身上湧現而出。

*† 本章關鍵字

起源於埃及的亞歷山大圖書館

奧瑞金的影響

無意間參與了神學論戰

中世紀之後的神祕旅程

星號的言外之意

一對長壽而關係密切的符號

星號（*）與劍號（†）已當了長達千年的句讀搭檔。今日這兩個符號通常用於為讀者標示注腳[1]或章注。但星號和劍號其實比他們標注的內容更古老，他們是所有的文字符號中最年長的，從「編輯」這世上第二古老的文學專業身上湧現而出。

起源於埃及的亞歷山大圖書館

今時今日認定星號是主要符號，而劍號為其附屬，似乎理所當然，最明顯的徵兆就是標記注腳時，星號往往出現在劍號之前。其他狀況下亦是如此，歐洲排版印刷習慣以星號標記出生，劍號標記死亡，如「愛因斯坦*一八七九年」、或「赫曼・梅爾維爾[2]†一八九一年」。而葛利果聖歌（Gregorian chanting）的樂譜上則分別以星號和劍號標記較長和較短的延長記號。字型設計師羅伯特・布林賀斯特（Robert Bringhurst）甚至宣稱星號的歷史長達五千年之久，若真是如此，那麼它不只是劍號的老大哥，也是史上最古老的標點符號。

但真相並不單純。五千年前蘇美人的楔形文字中確實有個具備星星外形、象徵「天堂」或「神靈」的符號（⁕）丁格（dingir），或稱安（an）。即使外表與較晚出現的星號類似，但沒有證據顯示兩者有直接關連。更令人跌破眼鏡的是，雖然初時的形式難以辨識，但劍號或許比丁格符號或星號更為古老。

星號和劍號相互交織的故事如同其他古文明世界的創新發明，始於埃及的亞歷山大圖書館。亞歷山大圖書館創建於西元前四世紀，隸屬更為宏大的「亞歷山大博物館」（Mousieon，字面意義為「繆斯神殿」，同時也是現代詞彙「博物館」的詞源）。它是古代學院的核心，那裡的學者研究文學、數學、解剖學、天文學、植物學和動物學。亞歷山大博物館可謂當時的貝爾實驗室。西元前三世紀，天文學家亞里斯塔克斯（Aristarchus of Samos）就在那裡首度提出地動論假說[3]。而其第三代館長艾拉托斯特尼（Eratosthenes）算出地球的直徑，誤差僅在五十英里之內。歐幾里德在亞歷山大圖書館寫出他的開創性數學論述《幾何原本》（*Elements*）、阿基米德在這裡發現後世以他的名字命名的螺旋曲線。標點符號以及用輕重音來區別標點的方式亦均誕生於此[4]，兩者皆出於第四代館長阿里斯多芬之手。隨後很快輪到星號與劍號出場。

亞歷山大圖書館第一位館長是文法學家任諾多塔（Zenodotus of Ephesus），他在西元前三世紀由亞歷山大國王托勒密二世任命，並指名要他編修荷馬史詩。據聞隨時間流逝，荷馬的作品已因不知名的禍患佚失，雅典統治者庇西特拉圖[5]意欲藉由重建傳奇詩篇留名千古，懸賞廣徵能夠提供荷馬詩句斷簡殘篇的人。許多騙徒利用庇西特拉圖的提案中飽私囊，如此編修而成的產物不過是由許多虛偽台詞和詩句擴張而出的幻影。任諾多塔處理這些文句的方式十分單純，他直接在有問題的文句旁邊劃線。若說文學評論是他發明的也不為過。

雖然任諾多塔的文學小叉尚未演化出明確的短劍外形，但它的名稱已預言了進化的方向。炙劍符號以希臘文obelos（烤肉用小叉）為名，戳穿謬誤文句的概念引人注目，稍後獲得聖依西多祿認同，他表示這符號「彷彿能夠消滅冗贅，穿透虛偽的一箭。」

之後亞歷山大圖書館的學者仍持續使用任諾多塔發明的炙劍符號，並繼續對荷馬作品進行評檢。他的後繼者之一首度將炙劍符號和稱為星號的新符號湊成一對。阿里斯塔克[6,7]繼艾拉托斯特尼和阿里斯多芬之後就任館長，並尋求突破任諾多塔創舉的方式。阿里斯塔克察覺炙劍符號雖屬必要但又有不足之處，於是在作品中推出一系列輔助符號。其中最基本的是單尖號（diple），以簡單的尖角形狀（>）指出文句中特別需要留意之處。而加點單尖號（diple periestigmene, dotted ⩾）則用於阿里斯塔克對任諾多塔無法苟同之處。炙劍符號（obelus）仍標記不實內容一如往日，但阿里斯塔克另搭配以新符號「asteriskos」（小星星）。飾以點點，外形如星的符號（※）若單獨使用表示內容無誤，只是誤遭重複。若兩個符號合併使用，表示那幾句話雖屬此詩，但位置有誤。或許任諾多塔是史上第一位編輯，但流傳後世的卻是阿里斯塔克採用的方式。由他擴編的星號、炙劍符號和單尖號等迄今仍以阿里斯塔克符號（Aristarchean symbols）之名留傳於古典學者之間。

奧瑞金的影響

即使經歷火災、侵略和宗教動盪等災禍襲擊，亞歷山大圖書館仍屹立不搖，持續在希臘世界的基督教時代維持其學術界首席地位。將星號和劍號自其傳統根源植入新興宗教，且歷久不衰的，也是一位就職於亞歷山大圖書館的基督教徒。

奧瑞金[8]是土生土長的亞歷山大人，和任諾多塔、阿里斯塔克之類受到免費住宿和賦稅減免等優惠吸引到亞歷山大博物館任職的人全然不同。奧瑞金生於西元一八五年，十七歲便目睹父親為信仰基督教殉死於羅馬異教徒手中[9]，而他只花了一年便成為亞歷山大基督教學校的負責人。

奧瑞金因信仰虔誠並強烈信奉禁慾主義，每週禁食二次，拚命工作，縮減睡眠。許多人質疑如此苛待自身的必要性。與他同時代的傳記作家優西比烏（Eusebius）認為奧瑞金響應馬太福音十九章十二節（內容提及「有些閹人是為了天國而自願如此」），以激進方式解讀字面而閹割自身，試圖對讓自身軟弱的事物趕盡殺絕。更誇張的謠傳包括奧瑞金為了掩飾同性戀傾向，四處散布關於自己閹割的傳聞、甚或他「發明讓自己陽痿的藥物」來制止對他抱有肉慾幻想的女學生。

無論奧瑞金傳奇性禁慾的動機為何，他對基督教神學最大的貢獻是苦心校對希伯來舊約聖經（又稱《摩西五書》）的希臘文譯本。史上首部希臘文聖經其著名的起源故事，就像庇西特拉圖花錢買來的荷馬殘篇，在學術圈受到質疑。據稱，有七十名譯者（某些傳聞中是七十二名）被安置在亞歷山大港外的法洛斯島（Pharos）上，並授之以希伯來文經文。所有人各自作業，但最後產出的七十多個譯本內容完全相同。此事被認定為神蹟，並依拉丁文中的「七十」（*septuaginta*）將此譯本稱為《七十士譯本》（*Septuagint*），或乾脆用羅馬數字標記為「LXX」。

西元二三二年，奧瑞金被迫從埃及的亞歷山大移居到巴勒斯坦的凱撒瑞（Caesarea），他和他的抄寫員歷經十年，將《摩西五書》、《七十士譯本》及較晚的另外三種不同譯本並列匯整為陣容龐大的全集。奧瑞金將六部鉅作合訂為《六經合編》[10]，頁面區分六欄，分別排入《摩西五書》、希臘文譯本、《七十士譯本》、和另外三種譯文。

奧瑞金和之前的任諾多塔一樣，目的並非建立標準化的希臘文版本，而是讓讀者理解希伯來原文和七十士譯本之間的差異。正因如此，他採用了阿里斯塔克的古老符號。炙劍符號一如繼往標示《七十士譯本》中未曾出現在原始希伯來文中的可疑段落。而希伯來文聖經在《七十士譯本》中佚失的部分，則從其他希臘文譯本複製，並以星號標記。此外，他偶爾會像阿里斯塔克那樣併用兩個符號，標記《七十士譯本》中排序和希伯來原文有所歧異之處。奧瑞金對此系統唯一新增的創舉是「收尾炙劍」（metobelus）符號，他將此符號置於不實或佚失的內容末尾。

奧瑞金及其後繼抄寫員筆下所用的星號和炙劍符號隨著時間更迭其外貌。令人熟悉的星號外貌（※）稍後偶爾會出現轉向版本（⁜）。而《六經合編》中的除號（obeli）只是簡單的水平線加上點點，包括綁結符號（÷）和下半綁結符號（⨪）[11]等形式。西元四世紀的主教兼聖經學者伊皮法紐則深信《七十士譯本》的七十位翻譯者工作時係兩兩一組受拘於工作間，前述除號旁的點點數量代表組內有幾位譯者認為那段新解讀適合加入《七十士譯本》。後世學者認為這理論純屬無稽之談，並將綁結符號和下半綁結符號單純視為除號的異體。而收尾炙劍符號（metobelus）也有許多不同形式，包括有點像是粗體冒號的兩個垂直大黑點（:）、加上一個點或兩個點的斜線（/. 或 · /.）、甚或其最終版本槌狀符號（↘）。

不幸的是，奧瑞金的偉大著作非但沒有澄清任何內容，甚至得到反效果。後世抄寫員繕寫奧瑞金精心注解的《七十士譯本》時未曾留意文本中四處散置的符號，要不就胡亂複寫這些注記，要不就直接忽略，於是流傳後世的文本甚至比奧瑞金進行這計畫之前更加一塌糊塗。由於《六經合編》如此知名，咸認最貼近希伯來原文，亂抄一氣的版本更是廣為傳抄，原應不朽的學術鉅作下場就此底定。

無意間參與了神學論戰

查理曼大帝的神聖羅馬帝國成形後，星號和炙劍符號在史上規模最大的神學論戰中分屬敵對兩側。西元一五七五年，德國威登堡鎮一名當時默默無聞的僧侶兼神學家馬丁・路德（Martin Luther）覺得他受夠了。一切源於梵蒂岡派遣牧師若望・帖次勒（Johann Tetzel），到馬德堡的鄰近地區籌措在羅馬興建聖彼得大教堂的資金。帖次勒為此出售能夠抹除購買者所有原罪、回歸純淨[12]的「贖罪券」。帖次勒融合了末日說和贖罪概念，同時誘惑了當地民眾和威登堡的人。以神學意義而言，贖罪券僅能減免非永恆的暫時罪罰，而非所有靈性罪罰。但路德發現帖次勒狡猾地將兩者混為一談，並在教會恐嚇人們為不朽靈魂擔憂。

路德十分不悅，教會不僅扮演上帝，還無恥地收取金錢。他寫信給馬德堡的大主教，附上題名為〈關於贖罪券效能思辯〉（*Disputation on the Power and Efficacy of Indulgences*）的文章，此文因論述共九十五條，後世稱之為〈九十五條論綱〉（*The Ninety-five Theses*）。看似呼籲對這個問題進行理性辯論，但當路德把他的論綱複本釘在威登堡教堂的大門上任人觀看那一刻起，他的論綱已然開啟戰端。宗教改革就此揭開序幕。

星號和炙劍符號在隨後那些針鋒相對的小冊和文章中扮演短暫但突出的配角。一五一八年路德的對手約翰・埃克（Johannes Eck）發表駁斥〈九十五條論綱〉的〈劍叉論〉（*Obelisci*）標題取自炙劍符號的暱稱。路德則在同一年稍後提出〈星號論〉（*Asterisci*）[13]加以反駁。受拉丁文和希臘文教育的埃克和路德對於彼此的意圖一清二楚。埃克竭力指出路德的論點大謬不然，以任諾多塔為《伊利亞德》的可疑文句加上炙劍號的方式，為路德的論點加上炙劍符號。而路德則以「星號」點出埃克推論的缺陷。在路德痛斥教會後數年唇槍舌劍滿天飛舞，說起來這種學術式冷笑話不過是文明而含蓄的點頭招呼。

如今埃克的〈劍叉論〉和路德的〈星號論〉都成為宗教改革的歷史注腳，但星號和炙劍號（特別是許久之後演化出的現代劍號†）繼續在禮拜文獻占有一席之地。比如唱讚美詩時，劍號（dragger）是詩篇音樂獨奏中較短的延長符號，而星號則標記較長的延長符號。羅馬天主教禮拜中，劍號或許比方正的馬爾他十字（✠）更適合標示牧師劃十字的時機。

印刷用劍號和天主教十字如此相似，常令人混淆。比如某些字型依其字面描繪出利刃和華麗劍柄，而某些字型則是僵硬刻板，方正鈍邊的十字。國際碼做為電腦符號的通用標準，為了保險起見，將劍號（†）和「拉丁文十字架」（✝）都納入其中。然

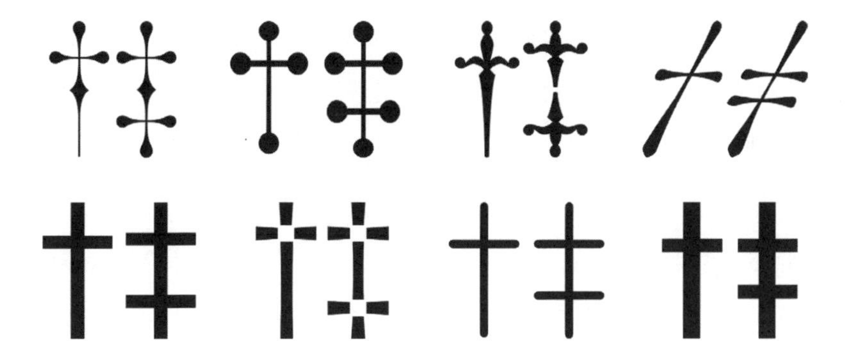

圖6.1

圖為各種劍號和雙劍號（double draggers ／ dieses，單數為diesis）字型。使用字體同圖1.2，上排由左至右依序為：Linotype Didot、Big Caslon（Carter & Cone Type）、Hoefler Text（蘋果電腦）、Zapfino（萊諾鑄排機）。下排左至右為Helvetica（萊諾鑄排機）、Skia（蘋果電腦）、Courier New（微軟）、Museo Slab（Jos Buivenga）。設計師面臨的困境顯而易見。究竟該畫把短劍就好，或畫成十字也可以？無論最後如何定奪，星號和劍號身上往往能夠看出該時代藝術建築流行之風格與其緊密結合。

而大多數的字型通常只提供一種劍號，各依其度，有正有斜。

中世紀之後的神祕旅程

星號和炙劍號隨時光流轉，逐漸揉合出新外貌。然而與其古典時代的全盛時期相比，學術上卻不怎麼關切這對符號。它們既不像阿里斯多芬那外貌平凡卻無所不在的點號那麼常見，又不似鶴立雞群的段落符號¶或指標符號☞那般具有異國情調，關於這兩個符號在中世紀之後的旅程實在難以追查，唯一可確定的就是印刷機巨大凝聚力的影響，催生了某些流傳至今的形式。十六世紀中葉，原本中世紀手稿幾乎隨處可見的方正十字狀星號已分別解構為五角、六角星及馬爾他十字。另一方面，各式各樣加了點點、或樸素或傾斜的炙劍符號最後構成單一的十字符號或劍號（†），而綁結號則獨立於數學系統中成為除號（÷）[14]。

符號含義也有所變化。阿里斯塔克的符號旨在標記偽造、遺漏或順序錯誤的文句，而在中世紀手稿中這兩個符號的用法較接近古代的單尖號，純粹用於引人注目的有趣文句。之後的手抄本和早期的印刷文獻開始以更有條理的方式使用這些符號，讓頁緣注釋與其所指涉的文句更精準連結。星號和劍號正是在這種模式下成為印刷產業的一部分，且從此開始和低調的注腳密不可分。

我們今時今日所見注腳形式在十六、七世紀成形。寫在頁緣或字裡行間的手記又稱為「批注」，自古以來便是手書文獻的特色。讀者以句讀標記緊密壓縮的連書抄本以利解讀，同時也在頁緣寫下自己的觀察、闡述或文句翻譯。然而文藝復興時期是個轉捩點。頁緣筆記從讀者轉而成為作者專屬的領域，注記的長度和數量日益增加，作家遂先發制人搶先掌握點批之權。如此一來宗教文獻將之發揮得淋漓盡致亦屬可期。教會擔憂人們未經授權就擅自解讀聖經，可能造成危害，於是從十二到十八世紀，標準拉丁文聖經（Vulgate）的頁緣受限為官方認可的教父解經章注

（glossa ordinaria）全力發揮的場域。

隨著文獻中各式各樣的注記氾濫，如何將注記與其所指涉文本妥切連結日益重要。解決方法很簡單，在文句中嵌入字母或符號，並用相同的字符標記相應注記。在此風潮下，字母標記、星號、劍號及其他印刷符號都被用於連結注腳和文本。

一五六八年理查．喬吉（Richard Jugge）在倫敦送印的《主教聖經》（*Bishop's Bible*）中，出現了第一個放置在頁尾而非頁緣、並以特殊符號與正文相連結的正式注腳。由於喬吉在第六和第七個注釋時就已用盡頁緣空間，只得整齊地塞到正文底下使之成為狂熱宗教解說的另一個受害者。可惜史上第一個注腳標記著「f」，而非「*」。

到了十七世紀人們通常習慣將注釋放在頁尾，並以星號劍號為首，用符號為標準依序列出。儘管已用了三百餘年，但注腳符號的確切順序始終未獲共識。一名十六世紀作家自闢蹊徑，在同一頁面狂熱添加*d*、*e*、*f*、*、*d*、*、*e*、*f*、*g*、*h*、*i*、*及*l*等注釋標記，而另一篇冷靜的十八世紀文獻或許會使用*、†、‖、和∵等符號。再過兩個世紀，英國辭典編纂家艾瑞克．帕特里奇（Eric Partridge）在一九五三年觀察到「以下常用符號」：*†、**、‡、††、***、倒立星群、或⁂，最後才是†††。二〇〇三年的《牛津格式手冊》（*Oxford Style Manual*）則推*、†、‡、§、和‖，二〇一〇年的《芝加哥格式手冊》推薦*、†、‡和§，修掉了早期版本中的‖和¶。星號和劍號已取得隊列前方的位置。

注腳從讀者的潦草旁注改頭換面成為作者認可的印刷文字，非但獲致尊榮，也在某些作者手中提升為藝術的一種形式。最有名、也或許確實是史上罕見的注腳出現在神父約翰・霍德森（John Hodgson）的鉅著《諾森伯蘭郡史》[15]中，此書共計六冊，自一八二〇年到一八四〇年間分別出版。該作品以詳細透徹聞名，其中最突出的當屬第三卷中說明羅馬城牆之於英國歷史、長達一百六十五頁的龐大注腳。可惜這則前所未見的頁緣長文是由字母U而非星號或劍號標注。它本身又擁有從a至z標示的豐富子注記（甚至標了兩個a）。最後，這些子注記的子注記，只得使用星號和劍號這類傳統的參注標記。

另一部因為精確掌握注腳而備受尊崇的作品，是十八世紀末出版、愛德華・吉朋[16]的《羅馬帝國衰亡史》（*Decline and Fall of the Roman Empire*）。吉朋在正文中始終保持不偏不倚的口吻，但注腳間則暴亂流露他真實的感受。比如他曾語帶不屑地描述另一位同儕學者勒伯夫司鐸[17]為「一個老骨董，人如其名，可看出他是塊什麼料」；亦曾僅以一句話駁斥伏爾泰「大方地把加納利群島慷慨送給羅馬帝國」，它更曾在一則注腳中感嘆奧瑞金的自殘行為，又在隔鄰一則注腳表示「未免過譽貞潔。」

即使注腳的背景如此崇高，多少還是會遭人忽視，而且幾乎所有使用注腳的專業人士還是會苦思該如何適切使用這種兩極化的工具。比如一九六三年，耶魯大學法學教授佛瑞德·羅戴爾（Fred Rodell）在《維吉尼亞法律評論》（*Virginia Law Review*）期刊發表了一篇名為〈再會，法律評論〉（*Goodbye to Law Reviews*）的文章，痛罵法律文件浮濫使用注腳，使人在相關案例和條文解釋之間疲於奔命：

> **提供解釋性的注腳只是個藉口，法律評論者書寫正文時晦澀模糊，卻在頁底重複同樣內容。他一開始就該那樣說了。……注腳這玩意只能培養出草率的思維、笨拙的文字和不良的視力。**

然而法制建構本身就熱衷於複雜化，與這種化約論的思維相互牴觸。幸而除卻法律文件，羅戴爾的文章和一九八六年一篇題名為〈和注腳說再見〉（*Goodbye to Footnotes*）的類似文章均不受一般人重視。

學術注腳作為完備研究論文中的精華部分，卻也備受抨擊。廣獲採用的學術論文格式指南《MLA手冊》（*MLA Handbook*）中直陳：「無法融入文本的論點就該排除，除非那些論點能為你書寫的內容提供至關重要的論證或澄清。」MLA排除注腳之後，一九八九年一篇刊登在《學院英語》（*College English*）的文章題為〈附記輓歌：注腳殞落記〉，以仿訃告的形式破題：「注腳雖逝，學仍不息。」注腳曾備受榮寵，如今卻讓學術研究來闡述其衰落。

近代亦有許多報章雜誌都對文學注腳的末日悲歌發表一連串的議論。如二〇〇三年出版，查克・齊白（Chuck Zerby）的《魔鬼藏在細節裡：注腳的歷史》（*The Devil's Details: a History of Footnotes*），一來熱切呼籲重振注腳，二來才關乎注腳的歷史，但其實助益也不大。不過對於文學注腳也將隨著學術注腳衰落的末日預言其實過於誇大。注腳是整個二十世紀小說家的壓箱寶，至今亦然，有些作品更因大量使用注腳而聞名。比如納博科夫[18]一九六二年的小說《幽冥的火》（*Pale Fire*），藉由大量注腳添加長達九百九十九行的詩。此外，巴拉德[19]於一九九〇年出版，可以書名一言以蔽之的小說《筆記精神崩潰之路》（*Notes Towards a Mental Breakdown*）標注了大量冗長注腳，故事敘述一名刑事精神病人出獄後編纂該書，回顧其妻遭謀殺、自身經歷審判和獲釋的過程。尼可森・貝克[20]一九八八年的處女作《樓中樓》（*The Mezzanine*）有絕大部分以「注腳及展示注腳本質之注腳」構成[21]。而莫迪凱・里奇勒[22]一九九七年的《巴尼正傳》（*Barney's Version*）中，主述者阿茲海默病患的誇大或謬誤敘述，則由其子在注腳提供修正。其中最有名的或許是華萊士[23]一九九六年的小說《無盡的玩笑》，此書本身已分量十足，卻還有超過三百八十三則尾注錦上添花。其中有些注腳甚至由其他注腳進一步闡釋。綜上可知注腳將逝的謠傳未免言過其實。

星號的言外之意

除卻考究的文學界，原應人畜無害的星號與劍號卻在近代被視為警告標誌，象徵廣告與合約底下眾所周知「小字附屬條文」的邪惡象徵。一個簡單的*可能隱瞞了銀行貸款的高利率，†也或許旨在提醒讀者：房子若拖欠還款將面臨沒收的風險。不過，偶爾不受歡迎的注腳也會在更大的舞台上面臨必須鞠躬退場的情形。

貝瑞・邦茲（Barry Bonds）可謂世上前所未見的成功棒球選手。一季就打出了破紀錄的七十三支全壘打，二十一年的職棒生涯總計七百六十三支，邦茲已可稱之為一種體育現象。然而他的私人教練在二〇〇五年承認讓他服用類固醇藥物。邦茲本人則在二〇〇三年發誓他從未刻意使用任何能夠提高表現的藥物，但大眾輿論已不站在他這邊，邦茲發現自己和更早之前（但不那麼難堪）的棒球爭議一樣與可怕的星號扯上關係。

一九六一年紐約洋基隊的羅傑・馬立斯（Roger Maris）和

米奇・曼托（Mickey Mantle）一同以突破貝比・魯斯（George Herman "Babe" Ruth）一季六十支全壘打的紀錄為目標競爭。該球季末期曼托因腳傷入院退出競爭，而馬立斯達成六十一支全壘打的紀錄。但棒球組織卻高興不起來。由於魯斯的紀錄神聖不可侵犯，在大聯盟執行長福特・弗利克（Ford Frick）的默許下，馬立斯的紀錄遭到輕描淡寫帶過[24]。由於魯斯在一季一百五十四場比賽賽制下的紀錄無人曾破，而馬立斯創下的紀錄屬於一年一百六十二場比賽賽制的產物，弗利克召開記者會表示：

> **任何球員只要在他球隊的前一百五十四場比賽中打破六十支全壘打紀錄都能獲得認可。但如果球員在一百五十四場之後才超過六十支全壘打，那麼他的紀錄必須與貝比・魯斯在一百五十四場時代所創下的紀錄有所區隔。**

據說《紐約每日新聞》（*New York Daily News*）的體育專欄作家迪克・揚（Dick Young）對此疾呼「或許應該在新紀錄加上星號。有異議時大家都是這麼做的。」。雖然當時並沒有正式紀錄簿，而馬立斯的紀錄也沒有正式被標上星號，但揚隨口一句話就成了棒球傳說的一部分。

於是當邦茲涉嫌使用類固醇的新聞爆發，記者和球迷都援引馬立斯的「星號」紀錄。體育專欄作家尚在苦思是否應該以這種方式標記邦茲的紀錄之際，棒球迷已將巨大的星號印在布條上在賽場對邦茲揮舞。

二〇一一年，邦茲遭認定妨礙比賽公平，不過大聯盟名人堂拒絕從提名中排除他，也未表明將如何呈現他的紀錄。無論如何進展，星號都已無法切割。邦茲打破全壘打紀錄的那顆球由服裝設計師馬克・艾可（Mark Ecko）買下，以雷射雕上星號，致贈不情不願的大聯盟名人堂做為醜聞的紀念品。

美國第四十三任總統喬治・布希，在另一個完全不同的美國生活場域也碰上意有所指的星號。或許考慮到《芝加哥論壇報》（*Chicago Tribune*）一個半世紀之前因「杜威擊敗杜魯門」出糗[25]，《波士頓環球報》（*Boston Globe*）刊登二〇〇〇年總統大選結果的頭版標題為「布希贏得選舉*」，並附注警告標語：「*有待高爾提出疑義，或許需要最高法院裁決。」因為布希在民調時輸給他的對手高爾，且在關鍵的佛羅里達州遭指控投票有瑕疵，當時進行中的重新計票有可能影響選舉結果。頗具爭議性的最高法院裁決暫時中止了佛羅里達州的重新計票，而布希獲授總統寶座。不久之後《紐約時報》刊登了一封讀者投書，一語道破高爾支持者的心情：

> 由於我們美國人民遠比美國最高法院和我們的政客更具高貴情操，我們將接受喬治・布希擔任總統。但因為我們知道有成千上萬的選票遭到忽略，他的名字後面將永遠掛著星號和問號。

暢銷連環漫畫《杜斯柏里》[26]的作者蓋利・杜魯道（Garry Trudeau）這些年來將歷任總統和資深政客依其特徵化約為特定圖像。能言善道的柯林頓被畫成鬆餅，「輕量級」奎爾[27]化為羽毛，脾氣暴躁的紐特・金瑞契[28]則是一顆炸彈。杜魯道為新總統布希選擇符號象徵時，選擇了戴著牛仔帽的星號，同時指涉有爭議的選舉結果，以及世人對布希的稱謂：「光說不練」（All hat and no cattle.）[29]。布希在阿富汗和伊拉克引發軍事行動後，牛仔帽換成了羅馬百夫長頭盔。美國軍隊在遠程戰爭中陷入苦戰後，頭盔逐漸失去光澤且日益蔽舊。

不止一名記者將邦茲、布希和他們被影射的注腳內容相提並論[30]，星號指涉已根深蒂固，難以抹滅。

一對長壽而關係密切的符號

從古代亞歷山大圖書館到今日的圖書、報紙和漫畫，星號與劍號的平行軌跡都散布於屬於他們自己的排版注腳中。星號催生了「星群」符號（⁂），在一八五〇年代用來表示「相當長但缺乏參考來源的注腳」。還有名稱直白但卻高深莫測的「垂直雙星符號」（⁑），它閒置於國際標準碼深處。另一方面，劍號也帶來了小夥伴。雙劍號外形的「diesis」（‡）最初用來表示音樂的微小變調，但如今已逕自轉型為參注符號。像這對符號如此長壽，又始終關係密切的符號並不多見。未來我們的文章仍會繼續受到小星星照耀，而短劍也將繼續戳破誇飾不實的言詞。

注解

1 原注：為了對星號與劍號作為注腳標記的身分致意，本章擬將注腳發揮到極致，填滿大量又長又離題的內容。

2 譯注：赫曼．梅爾維爾（Herman Melville，一八一九年～一八九一年），美國作家，著有《白鯨記》。

3 原注：這遠在哥白尼成功重提阿里斯塔克地動說的一千八百年前。哥白尼為了使自己的理論更有力，對於亞歷山大圖書館之前提出的理論佯作不知，這點也為人所詬病。

4 原注：關於阿里斯多芬的點號系統請參照第一章〈段落符號〉。

5 譯注：庇西特拉圖（Peisistratus，約西元前六百年～西元前五二七年），古希臘雅典僭主，兩次遭放逐，獎勵農工商、推廣大規模海外貿易、建設雅典、重視文化，除重編荷馬史詩，亦對雅典娜節（Panathenaic Festival）貢獻良多。

6 原注：並非前文所指天文學家亞里斯塔克斯（Aristarchus of Samos，約西元前三一〇年～西元前二三〇年）。我們所嚮往的希臘羅馬單名世界中，若有同名者同樣為知名人士很容易造成混淆。

7 譯注：阿里斯塔克（Aristarchus of Samothrace，西元前二一五年～前一四三年），文法學家，托勒密八世的老師，咸認對荷馬史詩研究最具影響力。

8 譯注：奧瑞金（Origen Adamantius，西元一八五年～二五四年），或譯奧利金、俄利根等。神學家、哲學家。名字字面意義為「鋼鐵人」，以其意志堅如鐵石名之。

9 原注：奧利金的母親藏起他的衣服阻止他隨父殉死。而他言詞懇切地寫信給獄中的父親，希望他為信仰從容赴義。

10 譯注：《六經合編》（*Hexapla*），或譯六經合參、六行本、六經合璧、六欄經文並排版等。

11 譯注：綁結符號（lemniscus）與下半綁結符號（hypolemniscus）均取其希臘文字面含義譯之。

12 原注：據說活字印刷的先驅約翰·古騰堡在開始印製《四十二行聖經》前也曾參與贖罪券的印製。對於教會利用教徒捐獻致富深惡痛絕的路德，對此僅給予一個苦笑。他知道印刷術的力量，並藉由印刷小冊及書籍大力推廣自己的看法。

13 原注：《劍橋宗教指南－馬丁路德》（*Cambridge Companion to Martin Luther*）一書中將埃克與路德使用的符號分別譯為「小劍」與「星星」，縱使捕捉到埃克的用意，還是漏掉了路德的意思。

14 原注：綁結符號在催生出注腳的排版整頓期間首次扮演這個角色。在英國內戰清教徒革命後，勝利的國會派領導人克倫威爾（Oliver Cromwell）意圖打造由英格蘭共和國主導的泛歐洲「新教聯盟」（Protestant League）。於是英國數學家約翰·裴爾（John Pell）受命前往瑞士籠絡支持克倫威爾的新教各州，掌握任何可能由查理一世策動的外交陰謀，並鼓勵瑞士人將小孩送到英國讀大學。

由於在那之前五年，國會派的前大使艾薩克·多利勞斯（Isaac Dorislaus）在海牙遭保皇黨暗殺，裴爾考慮到這一點在荷蘭一直隱姓埋名採取祕密行動，到了蘇黎世之後四年間持續默默進行克倫威爾的命令。裴爾在那裡遇到一名傑出的年輕官員約翰·雷恩（Johann Rahn），負責靶場督導（Schützenmeister）和軍用物資火砲（Zeugherr）。雷恩在一六五七年間受到裴爾教導，一年後轉調其他地方，然後寫了本數學教科書《代數》（*Teutsche Algebra*），在一六五九年出版。《代數》深具開創性，將代數步驟、列號和證明分為三列，使讀者能夠輕鬆跟上雷恩的論證，正是本書首度使用 ÷ 做為除號。一般咸認是裴爾提議使用這種排版方式並使用炙劍符號做為除號，但或許是身為英國人的矜持，他不讓雷恩算上自己一份功勞。

諷刺的是，儘管除號初次登場於德語教科書中，做為除號的炙劍符號卻沒有在德國流傳開來。現今德國人使用分號（；）來標記除法，但雷恩的炙劍符號卻透過他作品的英文版（裴爾居功厥偉）成為英語世界的標準符號。

15 譯注：《諾森伯蘭郡史》（*History of Northumberland*）。諾森蘭郡為英國最北邊的一區，曾屬羅馬帝國，亦為英格蘭、蘇格蘭戰場。

16 譯注：愛德華．吉朋（Edward Gibbon，一七三七年～一七九四年），英國歷史學家，參加過伏爾泰的聚會，宗教觀受其影響。

17 譯注：勒伯夫司鐸（Abbé le Boeuf，即Jean Lebeuf，一六八七年～一七六〇年），法國歷史學家，Abbé為神職人員司鐸之法文名稱。

18 譯注：納博科夫（Vladimir Nabakov，一八九九年～一九七七年），俄裔美國小說家、翻譯家、詩人、昆蟲學家，著有《蘿莉塔》。後文所述《幽冥的火》為二十世紀後設小說典範，納博科夫刻意使用大量注腳，以類似學術論文的格式寫成。

19 譯注：巴拉德（J.G. Ballard，一九三〇年～二〇〇九年），英國小說家，散文家。擅科幻小說、末日小說。

20 譯注：尼可森．貝克（Nicholson Baker，一九五七年生），美國作家。

21 原注：貝克同時也具備超群的印刷技藝。第八章《破折號》會討論他的論述〈標點符號史〉（*The History of Punctuation*）。

22 譯注：莫迪凱．里奇勒（Mordecai Richler，一九三一年～二〇〇一年），猶太裔加拿大作家、劇作家、散文家，後文所敘《巴尼正傳》於二〇一〇年改編為同名電影。

23 譯注：華萊士（David Foster Wallace，一九六二年～二〇〇八），美國小說家。

24 譯注：負傷的曼托僅擊出五十四支全壘打，而馬立斯六十一支全壘打的紀錄被加上星號。此事曾改編為電影《61*》，台譯《棒壇雙雄》。一般說法中大聯盟官方以貝比．魯斯創造紀錄時的球季僅有一百五十四場比賽，而馬立斯與曼托競爭的球季首次更改為一百六十二場為由，不認同馬立斯的紀錄取代魯斯的紀錄，僅承認他另創新紀錄。咸認係因貝比．魯斯在球迷心中位置不可取代之故。直到一九九一年大聯盟才承認其紀錄取消星號，彼時馬立斯已去世六年了。

25 譯注：一九四八年的美國總統大選，由於杜威聲勢較勝，《芝加哥論壇報》過早以「杜威擊敗杜魯門」做為頭版標題，但開票結果係杜魯門獲勝。

26 譯注：《杜斯柏里》（*Doonesbury*），傾向自由主義觀點的政治漫畫，內容包括社會問題。主人翁杜斯柏里的名字由當時意指冒失鬼的俚語「doone」和作者耶魯大學室友「Pillsbury」的姓氏組合而成。

27 譯注：奎爾（Dan Quayle）獲老布希提名為副總統候選人時年紀較輕，又曾因在小學生面前錯誤指正對方拼字，其資歷與能力遂成對手與媒體爭相攻擊的重點。

28 譯注：紐特．金瑞契（Newt Gingrich，一九四三年生），美國共和黨政治人物，曾任美國國會眾議院院長。

29 譯注：美國俚語，字面意義為空戴一頂牛仔帽，卻一頭牛也沒有。

30 原注：撰述此文時，另一位美國體育英雄的職業生涯也遭星號指控。二〇一二年八月，前環法自行車大賽七連霸冠軍蘭斯．阿姆斯壯（Lance Armstrong）決定不再與對於他服用禁藥的指控纏鬥。《紐約時報》喬治．維奇（George Vecsey，一九三九年生，美國體育評論家）如此替頭條下標題「阿姆斯壯，顛峰時期，已綴星號。」

第七章　連接符號‐
The Hyphen

連接符號可說是構造最單純的標點符號了。或者該說它的「外形」是最單純的，但這說法也有些一廂情願。比如說，請看看下面這些符號：‒、—、―、–、−、-和‐。哪個是連接符號？其實前四個都是破折號（dash），第五個是數學中的減號，第六個是稱為「連接減號」（hyphen-minus）的醜怪合體字（一個以連接符號連接的符號名稱）。只有最後一個可說是連接符號。

- 本章關鍵字

最早的紀錄

自希臘文遷徙至拉丁文

在拉丁文中的應用情形

古騰堡的發明

印刷史是追求完美「斷字與對齊」的學問

進入光學排版時代以後

除了簡單到不能再簡單的句號，連接符號[1]可說是構造最單純的標點符號了。或者該說它的「外形」是最單純的，但這說法也有些一廂情願。比如說，請看看下面這些符號：‒、–、—、―、−、-和‐。哪個是連接符號？其實前四個都是破折號（dash），第五個是數學中的減號，第六個是稱為「連接減號」（hyphen-minus）的醜怪合體字（一個以連接符號連接的符號名稱）。只有最後一個可說是連接符號。當我們的注意力從正牌連接符號的外形轉移到其使用方式（其餘符號請參第八章），馬上就多了幾個可怕的包袱。

美國參加第一次世界大戰前，無論老羅斯福或威爾遜[2]都告誡與德國和愛爾蘭「有所連接」的美國人（指德裔、愛爾蘭裔）不可有貳心。而二〇〇七年的《牛津英語辭典》（*Oxford English Dictionary*）刪除一萬六千個複合字中的連接符號也震驚了所有愛書人。但這一切都比不過在行末的詞彙加個連接符號這個單純的動作，對於過去幾世紀以來的文法學家、排印者和印刷師造成不為人知的心痛和苦難折磨。過去五百多年來連接符號形塑了我們所讀到的詞、行、段、頁。

最早的紀錄

關於連接符號最早的紀錄出於另一位成就卓越、賦稅豁免的亞歷山大圖書館長。既然世上已有標點符號、地球直徑也已算出、荷馬史詩也已流傳後世[3]，如此一來西元前二世紀的文法學家狄奧尼修斯．特拉克斯能發揮的空間實在不多。特拉克斯身為第五位圖書館長阿里斯塔克（他以星號和炙劍符號聞名）的學生，他的論述《讀寫技巧》（*Tékhnē Grammatiké*）[4]記錄了實際應用語法的樣貌。該論述主要關乎構詞學（即詞彙結構），亦簡單提及阿里斯塔克的前任館長阿里斯多芬所創造的高點號、中點號與低點號。之後又離題補充標點符號和其他主題。雖然特拉克斯描述的某些抄寫實例充其量不過七拼八湊而成，但《讀寫技巧》仍是現知最早、且關於古希臘語最重要的著作。

特拉克斯首先增補韻律學（朗誦文字），將標注重音、語調和節奏的標記編目。連接符號（‿）處於較為人所熟知、標示含混音節界線的撇號（apostrophe ／'）與用來標出難字、長得像逗號的字間符號（hypodiastole ／ ˏ）之間。它弓形下彎，意表相鄰二字應作單一個體看待。當時所有詞句之間皆無空格，要解讀作者的詞句完全得仰賴珍貴的連接符號、撇號和字間符號。比如在連成一氣的「littleusedbook」上分別標注連接符號（littleu‿sedbook）和字間符號（little,usedbook）會產生完全不同的意思。

「底線式」連接符號（因為直接劃文句下方而得名）在希臘文本中保持其形式和功能數個世紀。然而諷刺的是，它彷彿遭投擲者遺忘卻往回飛的迴旋鏢那樣迂迴難堪地走到終點，可全拜那些緊緊跟隨希臘文化的羅馬人所賜。

自希臘文遷徙至拉丁文

正如第一章〈段落符號〉所述，約西元二世紀晚期或西元三世紀初期羅馬人改採希臘的書寫形式，字詞間不留空隙，放棄以點號分隔詞彙。這其實只是時尚的表徵，並非出於實用考量。到了西元八世紀，挫敗的克爾特僧侶終於決定扭轉現況拆解無間隔的拉丁文本，以便他們這些不講拉丁文的人解讀。第八世紀的抄寫員對於新出現的字距空格有些掙扎，有時會在不必要的地方放置空格。羊皮紙非常昂貴，刷洗並刮掉文句後回收使用陳舊或不重要的文件是很正常的，因此與另起新的一頁、或試圖用每個抄寫員必備的剃刀刮去錯字相比，希臘式簡單的一彎連接符號能夠輕鬆節省空間。現代編輯會使用類似雙重希臘式連接符號的標記連結不慎分開的詞彙，可惜沒有證據顯示這符號是古老的前者演化而致，只能說是個讓人振奮的巧合。

十九世紀字距間隔再度被導回希臘抄本，顯然對抄寫員來說若要分隔詞彙，審慎留白就和字間符號一樣明確好用。同樣地，小心的省略空格也和連接符號一樣好用。連接符號聯繫的詞彙遭到複合字取代。稍晚古騰堡的活字印刷使每個字的上下都出現

「空白間隙」，而在詞彙底下增添希臘式連接符號的程序變得十分繁瑣。底線式連接符號原已受到字距間隔的威脅，至此它終於完全消失。印刷術扼殺了手寫的希臘式連接符號，它自希臘文遷徙至拉丁文的旅程終告結束。

綜上所述，那麼究竟現代的複合字-連接符號是如何進入英語的？古希臘的連接符號和現代連接符號一樣用來媒合相關的詞彙，然而它已被字距空白所取代。它的拉丁文分身改用來修訂錯誤分拆的詞彙，並堅持維持其底線特性，絕不加入字間。答案或許正是連接符號的另一主要形式，放在行末的「頁緣」連接符號，或曰「連接線」，用以表示此行末的詞彙後續被切到下一行的開頭。

在拉丁文中的應用情形

在同時平行進化的怪異情況下，希臘和拉丁抄本中的頁緣連接符號有著完全不同的背景故事。大衛・墨菲（David Murphy）的演繹論述《希臘抄本中的連接符號》（*Hyphens in Greek Manuscripts*）十分有用，他認為行末使用連接符號的詞彙是希臘底線式連接符號的合理延伸。若碰上被連接符號拆到兩行的詞彙，抄寫員會同時在第一行末或第二行前放置連接符號，有時甚至兩邊都放。於是對抄寫員來說，所有跨行的詞彙都可加上連接符號。但除了標示一個字被拆成兩半以外，連接符號的目的到底是什麼？

提供拉丁文幕後故事的保羅．森格爾（Paul Saenger）是導入字距空白及默讀之權威。森格爾聲稱當抄寫員習慣單字由字距空白隔出「單一化字型」（graphic unify）後，他們就不再願意像以前那樣不加任何標示就把單字拆成兩行。拉丁文連接符號最早出現在西元十世紀的英格蘭，並在十到十一世紀之間傳到歐陸。西元十二世紀的拉丁文連接符號為斜線形式，能夠出現在詞彙之間（hy / phen）、其上方（hy'phen）或下方（hy,phen）。有時同一抄本中也會出現不同形式的連接符號。西元一千三百年起則出現了奢侈的雙線連接符號（=和//）。

那麼拉丁文抄本中的複合字與頁緣連接符號之間有什麼關係呢？森格爾的觀點和墨菲相反，他假設頁緣連接符號出現在先，原本就用於跨行的詞彙，之後才用來連結被空格分開的詞彙。這個想法聽來頗像回事，也最能解釋複合詞用的連接符號如何加入標點符號的大家族、受到認可，但或許歷史還是晦暗不明一些才好。畢竟連接符號並不算是十分穩固的標點，它連結的詞彙就像放射性同位素，要不就是衰變成遭空格分開的複合詞，要不就是融合成一個字。無論複合字用的連接符號從何而來，總之歷史還不長。而另一方面，頁緣連接符號倒始終陰魂不散。

古騰堡的發明

德國樞機主教尼古拉[5]生於一四〇一年，十五世紀中葉身為文藝復興界人士已頗負盛名。拉丁文名為庫薩努斯（Cusanus）的他，曾涉獵科學（但反應一般）和哲學（較獲好評），但他真正的才能發揮在領導天主教拜占庭組織上。庫薩努斯著迷於事物本質的統一性，以之為其哲學信念，並著手調解分崩離析的組織。他以談判者的身分斡旋，和波希米亞的異端赫斯教派達成和解。稍後又提出教皇和神聖羅馬帝國皇帝之間的權力分享協議。作為改革者，他禁止在禮拜中使用「不莊重」的管風琴音樂，並命令牧師放棄小妾。他在一四五一年訪問德國小鎮美因茲，以改革者的身分鼎力於編製教會日常敬拜的標準化手冊，即《彌撒經本》（*missal*）。

一位美因茲居民，金匠約翰尼斯．古騰堡密切關注著事態發展。古騰堡身懷祕密發明，也因此彌撒標準化過程的每一步都使他顯得地位特殊有機可趁。而庫薩努斯則因當地的大主教偏好另一套彌撒版本而感到挫敗。當時世上並沒有授權書籍這回事，而古騰堡發覺世上有本保證暢銷的書：聖經。當然，上述的祕密發明，正是「活字印刷術」。只要事先把整頁的金屬鉛字排妥就能夠迅速、重複、持續地印刷。古騰堡以之引發了儲存和傳輸資訊的革命。

古騰堡的活字印刷固然是革命性發明，他在一四五〇年代中葉印刷的俐落《四十二行聖經》也是創新之舉。《四十二行聖經》因每頁包含的行數而得名[6]，每一本都密密麻麻排滿歌德字體，飾以堤羅式et符號等人所熟知的抄寫體縮寫，並以舒適醒目的大寫字體引導目光前往新章節（古騰堡原先嘗試以紅色墨水印刷大寫字，但卻發現這樣會拖慢印刷速度。試了幾次他還是決定用回老方法，留下空格給描紅師處理）。古騰堡聖經展現出的引人注目的特質除了絢爛又莊嚴的大寫字[7]與堅定不移的傳統之外，還包括純粹而均勻的文字。每一行都經過完美安排、每個字母都緊密規律地排列，且所有字元間距都等寬。文句排列之工整，連現代字型設計師也為之懾服。正如二十世紀首席字型設計師之一赫爾曼·查菲（Hermann Zapf）所述：

我們期待的完美字型不應有過寬字距形成裂隙或空洞，這概念可一點都不嶄新。我們的老英雄約翰尼斯·古騰堡在美因茲也尋求能夠與十五世紀的書法家相抗衡的完美排版。……古騰堡究竟如何在兩欄排版中維持字詞之間平整，而無擾人的缺口？

當一排文字在維持字距寬度的狀況下無法拉到兩側同寬，就會產生查菲所謂「擾人的缺口」。一行字裡面若多幾個長單字，自然也就少了能夠調校的空間。進而產生難看、脫鉤的「川流間隙」蜿蜒於字距間。一串簡短詞彙比沒完沒了的多音節長字大串連容易調整得多。

古騰堡握有解決這方面問題的專業技術，某些關鍵十分細微、但其他也稱不上顯著。他使用不同版本的字母，每個活字不但外貌上有微小區別（仿手寫仿到青出於藍），連寬度也有微妙的差距，如此便在安排行間字距時提供了微小但堪用的彈性範圍。抄寫員過去使用於聖經的縮寫和be、da、和do等連體字也同樣能提供喘息空間。而或許對於個別字母來說最顯著的因素在於字體本身[8]。古騰堡使用的歌德字體筆劃沉重規律，使頁面看起來印色均勻。

然而與字元間距的戰鬥中，迄今最有力的武器仍是連接符號。四十二行聖經中往往以傾斜的兩條斜線（//）來隔斷當時的歌德字體文句。古騰堡使用這符號時毫不手軟，但現代作家或排版員若想安全拆解一個單詞卻受到諸多規則宰制。在古騰堡的年代，連接符號俱樂部的第一條會規就是，沒有任何規則。第十六版的《芝加哥格式手冊》中則洋洋灑灑列出十二種可接受的詞彙連接方式，並基於「審美因素」，認定一列中不可有超過三行出現連接符號。然而古騰堡卻曾排出一列八節連接符號列車。《牛津格式手冊》（*Oxford Style Manual*）則斷言若把詞彙拆到剩下一個字母絕不可行，就算拆到留三個字母也讓人不敢苟同。但《四十二行聖經》可很開心地將「*e//go*」(我)、「*o//mne*」(所有)和「*ter//re*」(土地) 全都拆到讓人無話可說。十五世紀的連接符號只是鈍器，效果卻非常之好。

連接符號除了被古騰堡拿來當霰彈掃射，其印刷方式也能體現出古騰堡的聖經如何創制。只要略略一瞥此書或其他帶有行末連接符號的現代圖書，即可發現連接符號都不約而同地印在右手邊的頁緣內側，和主文內容融成一體。然而古騰堡的雙線連接符號卻出界懸掛於頁緣之外，以力求作品完美從一而終的人來說，這看似無關緊要的細節提供了線索[9]。為了把連接符號放在頁緣，古騰堡在沒放連接符號的每一行都添加額外的空格，也就是說，為了滿足他對於精美印刷的渴求，他額外調校了三萬六千個字母[10]。雖然此例過於極端，但從世上出現第一本印刷書籍至今，追求完美的「斷字與對齊」(hyphenation and justification，簡稱H&J) 使所有印刷界人士都為之著迷。

印刷史是追求完美「斷字與對齊」的學問

整部印刷史大抵上就是一門尋求適當「斷字與對齊」的學問，而其特徵就是停滯不前的印刷技術與日益複雜的詞彙分隔之間的片面鬥爭。距古騰堡初次從鉛字盒中撿字之後四百年，印刷

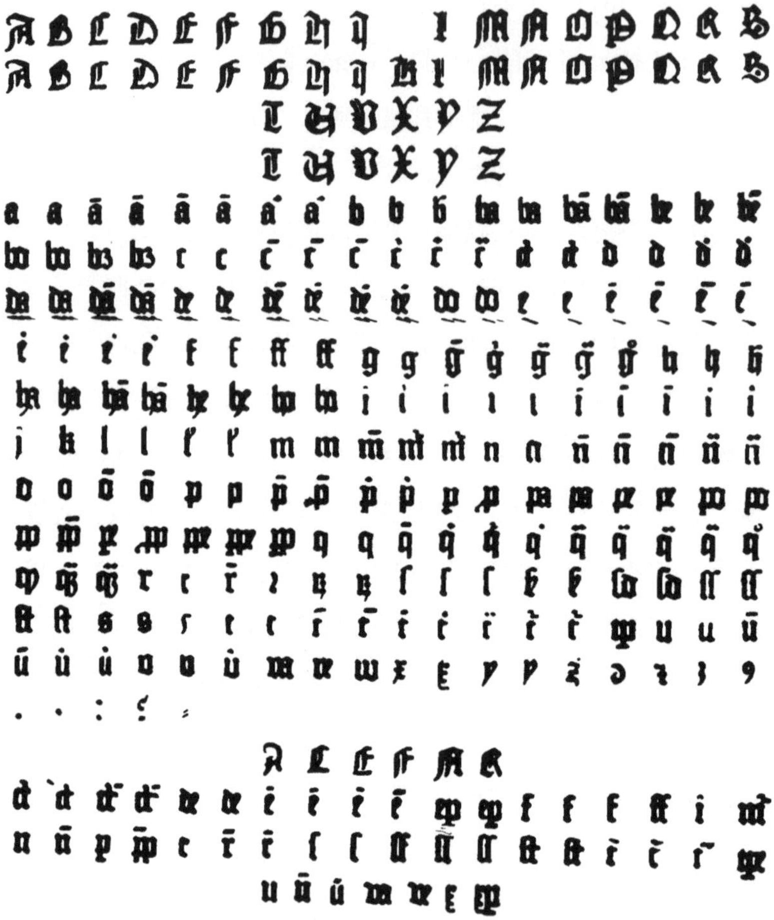

圖7.1

古騰堡用來調校文句的異體字、連體字與縮寫字。請留意堤羅式et符號（第十五行右邊第三個）與雙連接符號（第十六行最後一個）。研究顯示古騰堡總共使用了四十七個大寫字、六十三個小寫字、九十二組縮寫字、八十三組連體字，以及五個標點符號。

業仍持續使用幾乎一模一樣的方式製作書籍，以人力將鉛字放在排字盤中，調校文句寬度，然後固定在木製板框內準備送印。如果某一行太短，就擴大字距空間拉長它，如果某一行太長，最後一個字就必須手動用連接符號隔斷並重新安排間距。若有哪一行怎樣都排不順，甚至有可能會把作者叫來重寫。

與時俱進的排版風格和語法變化不斷襲擊這套靜態的技術。縮寫雖然在拉丁文抄寫藝術中不可或缺，但現代語言中已大為縮減，甚至不鼓勵在正文中使用縮寫。如此驅使連體字和異體字母鉛字需求的數量、或說「種類」減少。到了十九世紀末，除了德國中心地區，歌德字體已退居為小眾字型。隨著斷字的規律日益複雜，手工排版印刷的時代逐漸告終。一九〇六年的《芝加哥格式手冊》包含超過十四種不同的詞彙分隔原則。換句話說，斷字與對齊也日益困難，古老的版框已經幫不上忙。

排版自動流程的進化在維多利亞時代的最後十年開花結果。十九世紀的日常生活中，無論工廠或居家皆充斥怪誕新奇的奇巧機械裝置。約瑟夫・馬利・賈卡德[11]在一八〇一年以打孔卡驅動紡織機，因之能夠量產花色複雜的織品。查理斯・巴貝奇[12]在一八二〇到三〇年代設計的算數機器，能夠自動計算數學公式。甚至連視察浴室都可以設計出湯瑪斯・卡普[13]所推廣的沖水馬桶。僵化的印刷產業早該像這樣汰舊換新一番。

作家山繆爾・克萊門斯（Samuel Clemens），以其筆名馬克・吐溫聞名，他比任何人都深知機械排版的潛力。在他看來，機械排版能夠排除所有人為因素，機械設備不會喝醉、在凌晨三點工作一如下午三點，也不會組成工會。不幸的是，雖有先見之名，但克萊門斯的信仰和金錢都所託非人，投注於詹姆斯・培基（James W. Paige）擺弄其紛亂而有缺陷的「培基排版機」（Paige compositor）數十年，最後終究徒勞無功。培基的失敗導致其贊助商的破產，即使他的失敗是時勢所趨，無法抵擋。首先是一八八六年來自德國的製錶師傅奧特瑪・梅根泰勒（Ottmar Mergenthaler）在興奮的新聞記者面前展示了他的排版機械「萊諾鑄排機」（Linotype），幾年後藍斯頓・湯伯特（Lanston Tolbert）推出的「蒙納鑄排」（Monotype）系統也同樣深受印刷界歡迎。萊諾鑄排機或蒙納鑄排機或許沒有賈卡德的紡織機那麼新穎，也不像巴貝奇的差分機[14]複雜而深富傳奇性，但這些鑄排機對印刷業產生翻天覆地的衝擊。

梅根泰勒發明的萊諾鑄排機搶先別人幾年問世，是滴滴答答、呼嚕作響的龐然巨獸。之所以命名為萊諾（Linotype）是因為它一次產生「一排鑄字（line o' type）」，萊諾鑄排機將排版、鑄字和拆版（十分繁複的工序，由排版工將使用完畢的鉛字逐一放回原本的鉛字盒）統整到單一機台上。操作者在萊諾鑄排機的鍵盤上打字，雕有字母的黃銅陰模鉛字從字匣滑出並藉由楔形的「齊行楔」（spaceband）組成一行排字。接著自動校正系統會控制齊行楔同時向上，並拉長排字兩端與設定欄寬對齊。然後將鉛、銻和錫的合金熔液注入排版完成的排字模中形成鉛字塊（slug），即一排鑄字。

雖然萊諾鑄排機的自動排版機制讓排字員從費力的排距及重新排距作業中解脫，卻也不是全無缺陷。排字快完成時會響起淒婉的「連接符號鈴」，因為判斷一行字該在何處結束、或哪個字該斷開仍須仰賴人力為之。鑄字之前就已無法再編修排字，若間隔或斷字沒有做好就得整行重排，若在排字鑄造完成之後才發現出錯，可能會導致其後的排字全都需要重新排版。早期的印刷術最令人震驚的缺陷或許正是無法簡單完成斷字與對齊作業，操作者還是必須手動填入空白陰模鉛字，即「空鉛」（quad），然後調校零亂的右頁緣。

梅根泰勒的機器很快就面臨競爭，藍斯頓．湯伯特的蒙納鑄排機與一機到底的萊諾鑄排機相反，蒙納鑄排機設有獨立的鍵盤和排鑄設備。它與使用打孔卡的賈卡德紡織機與巴貝奇算術機械一樣，操作員在蒙納鑄排機的鍵盤上輸入複寫內容，而蒙納鑄排鍵盤會輸出打孔紙帶送入鑄造機，因此能夠讓數位打字員同時在一台嘈雜快速的鑄字機上設定複寫內容。咸認蒙納鑄排機製造的排字品質比排字員手動操作來得更好。由於它將鑄字作業獨立出來，一方面能夠手動改正排版錯誤，同時也允許置入數學等式及化學式等複雜的機械排版內容。

既然蒙納鑄排機的排版和鑄造機制各自獨立，那麼版面對齊作業自然也由相異但同樣巧妙的方式處理。當操作員輸入複寫內容時，鍵盤會機械式地記錄該行所有字符累積的寬度。逼近該行末尾時（也會有警示鈴聲），一個長筒圓柱（滾筒，unit drum）會讓使用者知道需要多少字距來調校排字。只要敲擊一對特置按鍵將之記錄在紙帶上，使用者就可以繼續打下一行字。操作員會將完成的卷軸由後往前填入鑄造機，反向處理整份文件，鑄字機從而能夠在澆鑄之前讀取並設置每行的字距。雖然這設計十分聰明，但成果倒沒有特別優於或劣於萊諾鑄排機。打字員還是得玩一樣的猜謎遊戲決定哪些字母或詞彙可以硬塞在排字末尾，而使用連接符號斷字仍然完全仰賴操作員的指示。

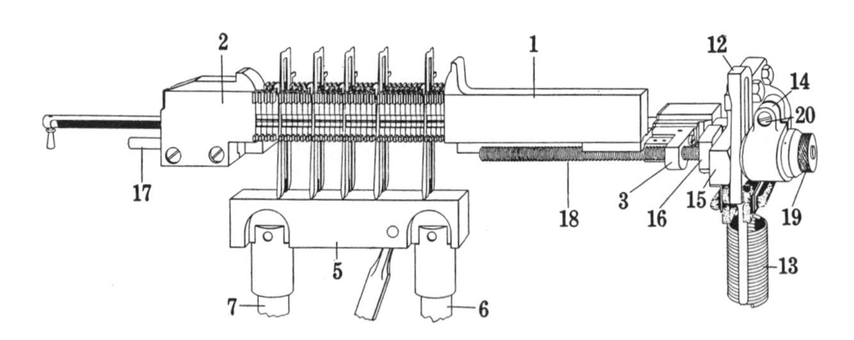

圖7.2

萊諾鑄排機。使用機械鉗的鉗口（1、2）設定所需欄寬，再用撞槌（5）把楔形的齊行楔往上推填滿空隙。

當排版速度全靠手工排版來爭取時，使用者必須冒險在充滿滾燙冒泡熔鉛的坩堝邊工作。令人歡欣的萊諾整排鑄字問世，但隨之而來的可怕問題是隨時可能會發生「迸射」。若有兩個相鄰的萊諾陰模活字之間沾染碎屑，鑄字金屬熔液會從縫隙噴射出來。除了隨時可能燙傷的危險外，萊諾或蒙納鑄排機都會在無形間毒害威脅操作員的健康，包括用來清潔鉛字的苯（高度易燃）、某些機器熔鉛時自然散發的氣體、以及熔鉛本身散發出的煙霧等等。

進入光學排版時代以後

半個世紀以來，印刷都由萊諾鑄排機、蒙納鑄排機及無數仿效品所主導，壟斷整個業界，直到一九五〇年代才開始受到所謂「冷排」的光學排版機器挑戰。排版在一九七〇年代完全數位化，熱熔鑄排開始成為夕陽產業。

但光學／照相排版的榮景並不長久，也不理想。鑄字排版使用鉛字上墨並重複多次使用，而照相排版則在感光底片紙上沖洗出負片上的文字，排版完成的頁面另由諸如膠版印刷等其他方式送印。早期的照相排版是針對熱鑄排版程序所做的草率改版，比如英特鑄排公司（Intertype）以尺寸極小的底片方塊取代雕製黃銅字體來仿製萊諾鑄排的字模。某些設備則在感光紙與底片之間放置不同尺寸的放大鏡藉以印出不同尺寸的字體。然而其成果卻比純機械的老祖宗糟上許多。因為不同尺寸的鉛字能夠考慮其相對尺寸進行精密微調，比如小一點的字體筆畫重些，大一點的字體筆劃則輕盈一些。但以放大鏡直接放大或縮小只會產生粗劣的字型。

西元一九七六年資訊工程教授高德納[15]收到其著作《電腦程式設計藝術》（*The Art of Computer Programming*）使用照相排版製作的新版打樣，見到品質急遽下滑，令他十分失望。有些字母歪歪倒倒，有些間距安排拙劣，整體來說頁面的質感、色調不佳。於是高德納在一九七七年二月推出了純數位排版機器，其實就是一台以電腦驅動的高品質印表機，使用肉眼無法辨識的極細點陣列印。高德納一眼就看出排版的改革已勢在必行。

如何印刷精美書籍已從冶金課題變為光學課題，進而成為資訊工程的課題。排版的未來取決於誰懂得創造〇與一的編碼，亦即取決於數學家和資訊工程學家。

在同年三月高德納寫信給他的出版商，告訴他們會編寫排版程式來編輯這本書，並會在七月提供新的打樣。不過建構出他稱之為TEX排版程式的基礎就花了他兩年時間，直到十三年後才宣布已編寫完成。

到了電腦排版印刷時代，斷字與對齊技術顯然必須著重於前者的發展。萊諾鑄排機和蒙納鑄排機已能夠機械式調校排字，但斷詞規則的知識卻由《芝加哥格式手冊》所訂定，一本字典裡就有成千上萬個複合音節詞彙，那種等級的機械根本無能為力。然而電腦排版提供了重整平衡的機會，使斷字與對齊再次平等競爭。高德納的TEX系統包含從《韋氏袖珍辭典》擷取出的四千五百種「許可」與「不可」斷字模式（如*bs*、*cia*、*cons*、和*ment*都可以斷字，但是*bly*、*cing*、*ion*、和*itin*等組合則不行），另還包含十四個特殊單詞列表，此系統擇定斷字時機的正確率高達百分之八十九，而放置位置則幾乎沒有錯誤。可靠的斷字系統終於在電腦時代加入對齊文句的行列。

電腦也提供了再勤奮的手工排字員都無法達成的嶄新境界。萊諾鑄排機的操作員聚精會神專注於手上那排鑄字，而手工排字員為了排版前前後後游移於排字盤上的字母之間，一次只能處裡少少幾行，但若以電腦運作TEX能夠同時掌控所有段落布局[16]中的最佳字距空白、字元間距和斷字。為了排出最佳段落布局，針對文句編排的每種設置都指定了「不良」計分點。頁緣連接符號，不良；連續出現連接符號，不良；詞彙和字母間距控制在極小範圍內，若有超過就扣分。拆解原本應該同時出現的詞組（如專有名詞和數學公式），扣分；若留下孤兒寡婦（孤單成行或單讀跳到新頁面）也扣分。

高德納編寫的$\TeX$在本質上具備與印刷師同樣的審美決策知識。和印刷師不同的地方是，$\TeX$每秒可以進行數千種段落排版並選出最適合的一種。高德納對排版的樂天實驗使排版往前邁進一大步，更接近查菲所謂（古騰堡也具備）的「完美灰階色調區域」。

There now is your insular city of the Manhattoes, belted round by wharves as Indian isles by coral reefs—commerce surrounds it with her surf. Right and left, the streets take you waterward. Its extreme downtown is the battery, where that noble mole is washed by waves, and cooled by breezes, which a few hours previous were out of sight of land. Look at the crowds of water-gazers there.

圖7.3

以高德納的$\TeX$系統進行斷字對齊後的版面，字型擴張或壓縮率最多百分之二。採用高德納專門為$\TeX$設計的字型之一，Computer Modern字型。右頁緣特別可以看出赫爾曼．查菲的hz-程式中首先採用的「頁緣字距微調」技術。

以此作為基礎，赫爾曼・查菲在九〇年代中期更進一步向上提升，加強$\mathrm{T_EX}$的段落對齊機制並發表文章吹噓以自己命名的「*hz*-程式」有多麼厲害。

首先，同時也最具爭議性的是，*hz*-程式粗略模仿古騰堡使用的替代字母形式，微調比例壓縮或伸展個別字符以便達致完美字距。查菲自動縮放字母必須仰賴數學和電腦處理瑣碎操作，但它也代表印刷概念已從金屬鉛字等不滅物質往前躍進。字型設計師對於字符集的藝術眼光再也不可能像《四十二行聖經》那樣完美奪人心魄，印刷字母也不再神聖不可侵犯。但印刷排版界的人卻沒有因此感到開心。羅伯特・布林賀斯就發表了激烈反論：

> **……不該有排版軟體自動對字型任意壓縮、擴展或調整字距來調校排版。版面編排的問題應該由創意設計來解決，而非搪塞讀者敷衍文本，對「機」彈琴。**

更糟的是*hz*-程式還會產生字元間距。雖然這種做法具備歌德字體文本強調詞彙的強大傳統做為後盾，但在字母間增添空格一直是現代字形設計師的死穴。正如常遭誤認為美國字型設計師佛瑞德克・古迪（Frederick Goudy）名言的那句話：「誰敢在小寫字裡面亂加空白誰就是渾蛋。」[17]但不管你喜不喜歡，查菲的

「微調排版」特質已被高德納的$\TeX$系統和其他標準排版程式所吸收。

使用電腦強大的能力重排段落、以數學方式盡可能追求避免連接符號的出現，難免讓人認為查菲、高德納等人殺雞用牛刀。若較之以古騰堡優雅的原始解決方案，現代科技似乎都是多餘的。可多斷字，不需避免斷字，多用縮寫，鼓勵字型設計師設計替代字母等。將段落全數往左對齊、無需擔憂右側不對齊也是種解法。一次又一次的研究表明，僅往左對齊會比目前所有執迷於左右對齊的現代圖書更容易閱讀[18]。排版師阿里．拉法葉（Ari Rafaeli）之所以聲稱自己的職業是「痛恨連接符號者」，一切盡在不言中。

注解

1 譯注：連接符號（hyphen）中文或譯連字符號，但為與第四章之連字符號（&）做區別，此處依目前教育部公定之標點符號手冊，將hyphen譯為連接符號。

2 譯注：威爾遜（Woodrow Wilson，一八五六年～一九二四年），美國第二十八任總統，美國在他任內參加第一次世界大戰。

3 原注：關於亞歷山大圖書館及此處所述種種事蹟，請參第六章〈星號與劍號〉。

4 原注：以古手稿為準則並不能算是一門精確的科學，且《讀寫技巧》及其後增補內容的真正作者目前仍有爭議。

5 譯注：尼古拉（Nicholas of Kues，一四〇一年～一四六四年），人稱庫薩的尼古拉（Nicholas of Cusa）。文藝復興時期哲學家、神學家、羅馬天主教會教士、樞機主教，泛神論者。

6 原注：古騰堡一開始印聖經時只排了四十行，但隨後因察覺到空間不足而進而依序增加到四十一、四十二行。

7 譯注：大寫字（litterae notabiliores）原文拉丁文，字面意義為「高貴字母」，指文本中有特殊用處的大寫字母。

8 原注：「minimum」一詞常用於展示歌德字體的工整及模糊難認之處。

9 原注：這套使用連接符號的方式如此突出純熟，再加上四十二行聖經是史上第一本印刷書籍，或許會讓人誤認古騰堡是連接符號的發明者。

10 原注：古騰堡聖經將近一千三百頁，每頁四十二行（這是當然的），其中大約有三分之一安插了連接符號。如此一來若要把連接符號都排在頁緣，古騰堡或他的排版工必得設置1300×28=36,400個空白符號。當然，某些頁面只有四十或四十一行，這難免有些高估，但絕非胡扯。

11 譯注：約瑟夫・馬利・賈卡德（Joseph-Marie Jacquard，一七五二年～一八三四年），法國發明家，他發明能夠使用打孔卡下指令的自動織布機。

12 譯注：查理斯・巴貝奇（Charles Babbage，一七九一年～一八七一年），英國數學家、發明家、機械工程師，他多次設計以齒輪運轉的精密計算機器，甚至有運算條件、迴圈等程式語言的能力，但因缺乏資助，其設計均未能完整製作成功。

13 譯注：湯瑪斯・卡普（Thomas Crapper，一八三六年～一九一〇年），原為水管工人，據說為抽水馬桶的發明人，實際上確為抽水馬桶的推廣者。

14 譯注：差分機（difference engine），即巴貝奇發明的古早計算機。

15 譯注：高德納（Donald E. Knuth，一九三八年～），美國著名電腦科學家，現代電腦科技之先驅人物。後文所提《電腦程式設計藝術》為其名著。

16 原注：即使短短一個段落也可能會有十個可行的切點，包括詞彙之間的空格、字間連接符號和選擇性的「溫和」斷字點，如此可組合出高達一千〇二十四種截然不同的排版方式。然而TEX略過某些明顯不可行的選項（比如將一行的第一個字放在一行，其餘放在次行等），伴隨精巧的計算方式就能減少測試斷行配置可行性的典型選項數量。不過若添加諸如詞彙、字母間距、每段末行最適長度等其他參數後，問題又更形複雜。

17 原注：佛瑞德克・古迪原本的發言係針對歌德字體而非小寫字母，且是針對他自己設計的特有歌德字體。但如今只要有人提到小寫字母的字元間距問題就不免提到他。

18 原注：喜愛標新立異的艾瑞克・吉爾在《關於排版印刷的二三事》中刻意讓右側不對齊、大量採用縮寫、恣意斷字。

第八章　破折號—The Dash

所有破折號中較常見於印刷產物的是「短破折號」（en dash）和相對較長的「長破折號」（em dash），兩者以其對應字元長度命名（em略長於en）。短破折號用於表達數值範圍或相對關係中間的「到」，有時則像連結複合詞彙的超連接符號，偶爾也會用來為不雅–或敏感–詞彙中的幾個字母消音。長破折號可單獨使用於修辭上的「頓絕」，即思考或言語的驟然轉折或停頓。若重複長破折號，可用來自我約束刪除————或消除部分不雅——。更複雜的是，長短破折號有時意義相同。

—本章關鍵字

在各式書寫之中發展
「逗折號」等複合符號
省略、隱蔽、不雅詞彙
爭取報導寫作自由之護身工具
廉價小説、漫畫中的破折號
破折號的今日地位

援引前一章引言所述，直接稱呼本章為「破折號」有點缺乏誠意。排除最後三個減號、連接減號、和連接符號本身之後，我們手邊的破折號與擬似破折號[1]候選人名單（–、—、―、‐、‒、-及 ‑ ）剩下四個選項。「破折號」可說是四重奏中的一位獨奏者，成員穿著同樣的衣裝卻彈奏不同的樂器。

所有破折號中較常見於印刷產物的是「短破折號」（en dash）和相對較長的「長破折號」（em dash），兩者以其對應字元長度命名（em略長於en）。短破折號用於表達數值範圍或相對關係中間的「到」（to，例：「1939–1945」、「巴黎–魯貝自行車賽」），有時則像連結複合詞彙的超連接符號（例：「前–二次大戰時期」），偶爾也會用來為不雅–或敏感–詞彙中的幾個字母消音。長破折號可單獨使用於修辭上的「頓絕」，即思考或言語的驟然轉折或停頓（例：「你說這什—？」）若重複長破折號，可用來自我約束刪除———或消除部分不雅——。更複雜的是，長短破折號有時意義相同。《美國格式指南》提倡使用不含空格的長破折號來表示—像這樣的—插入子句。不過大多數的英式文體則採用–像這樣–含空格的短破折號。

比長短破折號更奇特的是某些作家和非英語系國家會用來表示口語對話的「引用破折號」。引用破折號又比長破折號略長一些，通常用以表示一行新的對話，比如詹姆斯．喬伊斯[2]晦澀得令人難以置信的《尤利西斯》，其開場白如下：

威嚴壯碩的巴克·墨力根出現在樓梯口，捧著一整碗交錯放著鏡子與剃刀的肥皂泡。一襲繫帶鬆脫的黃色睡袍緩緩飄動在清晨溫和的空氣間。他舉起手上的缽碗吟詠道：

－我將走上主的祭壇。

他停下腳步，朝昏暗的螺旋梯粗聲喊道：

－上來啊！欣克！還不快上來！你這膽小的基督教徒！

破折號中最少見的就是用於劃分如電話號碼（例：「555-4385」）之類並非範圍區間數字串的「數字破折號」。其寬度設計與阿拉伯數字等寬，最多也只會用在字元等寬的「列表」數字中，數字破折號的功能純粹就是為了使表格或列表中顯示的字符寬度可以與數字保持一致。

然而十九世紀晚期，卑鄙的「連接減號」闖入破折號精巧的棲身之所，這些細微但珍貴的印刷慣例受到威脅。若想把全套破折號塞進打字機鍵盤實在太過擁擠，非得妥協不可。而樣樣精通的連接減號勝出，在打字員指尖獲得特權，無所不包。最後甚至大舉混充破折號和連接符號。整套精美的破折號無論在紙本印刷或電子網路上都已瀕臨絕種。

在各式書寫之中發展

無論哪種破折號的起源線索都難以捉摸。首先，也或許是最令人驚訝的是，破折號和連接符號除了外形沒有任何真正的共通點。若要按照少得可憐的文獻記載來看，破折號和段落符號（或說段落間遺留的空洞：段落縮排）起源的共通點，還比其他任何書面符號要多一些。

正如貫徹本書的內容所述，自從狄奧尼修斯・特拉克斯首度將阿里斯多芬的古代點號系統付諸記載，標點符號始終處於不斷進化的浮動狀態，但這些演變支離破碎，雜亂無章，十五世紀印刷術發明之前都未能穩定下來。學者標一套，寫信人[3]又用另一套，即便有共通之處，各個作者仍忍不住宣揚自己愛用的系統，認為那是句讀真正的方法。

大約西元一一六五年出生在佛羅倫斯附近錫尼亞（Signa）的彭岡巴諾[4]正是這樣的作家。他專擅「慰藉的藝術」（ars dictaminis，他們如此稱呼正式書信），主張只包含兩個符號的標點系統，即標記短暫停頓的懸置符號（suspensivus）和句末停頓的平置符號（*planus*）[5]。這兩個標記都由名為virgulae的筆劃構成。virgulae源於拉丁文*virga*，意指短棒、拐棍，中世紀俚語甚至曾用來指涉「陰莖」。有鑑於此，彭岡巴諾選擇符號的標準亦有所暗示，懸置符號被畫成一個向上伸展的virgula sursum erecta

（直升短斜線/），而平置符號則是個相對懶散的virgula plana（水平短斜線-）。

結果其他寫信人也開始採用懸置短斜線，它很快就被用於句中所有的短暫停頓（句末停頓除外）。到了十五世紀「短斜線」更廣獲使用，它能夠和標記停頓與結束的點號互為交替使用（其實就是阿里斯多芬古老的點號系統），它也隨意被放置在文句的任何相對高度上。雖然現代的逗號最終獲得了勝利，不過短斜線仍與我們同在，獲選成為這個標點的法文名稱「la virgule」。

將令我們失望的是，跟破折號十分相似而令人振奮的平置符號並沒有齊頭趕上，終究只和懸置符號成組扮演句尾標記的角色。十三世紀的抄寫員開始使用成雙的短斜線（//）來代表文句中應該插入段落符號或其他章節符號的位置。而遭到忙碌描紅師忽略的哀怨//符號遂成為自有主張的標點符號，不再是手抄文本製程中的一角鷹架。因此段落符號的式微不只因為段落縮排[6]崛起，雙斜線興起也是原因之一。到了十五和十六世紀，/和//已是分別用來標記次要和主要停頓的常用符號。

平置短斜線跌跌撞撞地出現在截然不同的各種手稿上，包括十四世紀的醫療配方和十九世紀的戲劇。當代某些關於標點符號的論述也提出中世紀短斜線與現代破折號的連結，牛津大學出版社的《詩歌手冊》（*Poetry Handbook*）輕描淡寫道「破折號的拉丁原名是virgula plana〔平置符號〕」、《字型排版學視覺字典》（*Visual Dictionary of Typography*）則在討論歌德字型變體的*Fraktur*字型時表示「兩個短斜線代表一個破折號」，但這些說法都查無實證[7]。

與破折號令人一頭霧水的起源相比，其名稱的詞源單純得令人感激涕零。直接採用動詞「短跑」（dash），取其猛然一劃之意。《牛津英語辭典》引用西元一五五二年的文獻表示，人可「用筆寫劃」（dash），一六一五年一份年代稍晚的文獻也以同樣語意佐證這詞的用法：「只要這樣劃一筆，我就能畫出一隻小妖精。」話雖如此，現代破折號的名字仍有待檢證，即使「數字破折號」和「引用破折號」不言自明，「短〔en〕破折號」與「長〔em〕破折號」的名字還是精煉費解。

這個印刷名詞中的「em」部分，原本意指與字母m等寬的長度，而現代的「em」定義為該字體的高度。以十二點字型來說，一em就等於十二點長，對十六點字型來說em就是十六點長。（英國和美國使用的「皮卡點」[8]為七十二分之一英寸，歐陸使用「狄多點」則略大一些，為零點三七五九公厘。）所謂長破折號（em dash）指得自然是一em長的破折號。偶爾也能見到二em或三em長的破折號，但沒人為這些符號另外命名，將之歸類於長破折號已然足夠。另有一長度單位「全型空白」（em quad）[9]也以em命名，係指一塊足以塞入em寬度空間的空白鉛字，就　像　這　樣，藉以墊襯出縮排的段落或部分文句[10]。

相對應的短破折號也因其尺寸而得名，原本定義為字母n的寬度，如今已正式定義為em一半的寬度。

擁有各式名號和豐富內涵的眾多破折號，在十八、十九世紀加入了標點符號大混戰。儘管印刷產業迫使通用標點符號維持表面上的一致，標點符號的使用仍然雜亂無章、沒有節制，破折號正處於這混戰的中心位置。

「逗折號」等複合符號

一九九三年M．B．帕克斯[11]出版了《停頓與效果：西方標點符號史介紹》（*Pause and Effect: An Introduction to the History of Punctuation in the West*）[12]，咸認是關於這個主題最全面、也最權威的一本著作。本書《英語符號趣味學》欠帕克斯和他的作品可多了，若沒有他上至阿里斯多芬下至維吉尼亞．吳爾芙[13]，對於兩千年以來的標點做出詳盡調查，本書實在無法寫成（當然還有許多作品也居功甚偉）。然而尼可森．貝克一篇刊載於《紐約書評》（*New York Review of Books*）關於《停頓與效果》的書評指責帕克斯的疏漏之處。貝克在意的是：「逗折號[14]呢？」

十七世紀開始作家和印刷師曾為了非正式標點的流行大為困擾（更精確地說，是被迫使用這些符號）。莎士比亞一六二二年版的《奧賽羅》[15]中便可見其端倪。無論逗號、冒號、分號都與長破折號一同出現，加強原本的停頓和語意標記。例如第二幕，伊阿構宣稱：「我告訴你該怎麼辦，－我們將軍的夫人，其實可說她就是我們將軍」，而第三幕黛絲狄莫娜看見凱西奧，再次對他保證：「噢，如此誠實的好人：－放心吧，凱西奧」。終幕壓軸時，奧賽羅啐道「賤人，－你在我面前為他哭泣？」

逗號加破折號產生的「逗折號」（，－）及其同伴「冒折號」（：－）、「分折號」（；－）[16]不斷增生，幾乎無所不在，無論亞哈船長、費金、和伊麗莎白．班奈特[17]都愛用貝克稱為「破折系符號」（dashtards）的詞彙為言語增色。至於句號破折號（.-）由於相對罕見，自然也未獲貝克青睞。當時印刷頁面滿是多餘的逗號，而破折號與其他符號雜亂無章地併用，為引用文句內建安全頁緣距離，這類配對固有的矛盾性實在令一般作家難以承受。

天下無不散的筵席，長達兩百多年來大肆濫用各種印刷技巧的時代終究得告一段落。維多利亞時代到來，也為標點符號帶來一劑醒酒藥，逗折號一夥兒很快就面臨威脅。一九〇六年推出的《芝加哥格式手冊》打從一開始就否定了那些雜種破折號，奇怪的是反而允許導入筆記或旁白的句號破折號以「筆記. －」的格式留下。不過在一九六九年版中句號破折號還是被淘汰了。英式英語則容忍了諸如逗折號這樣的「複合點號」（compound points）較長時間。雖然一九五三年英國辭典編纂者艾瑞克．帕特里奇[18]還是忍不住表示：「你們應當在別無選擇時才使用使用複合點號。」

當達爾文主義的適者生存風潮襲擊標點符號時，逗折號做了垂死掙扎。它彷彿為了躲過校稿編輯的利眼，偶爾會將自己偽裝成前後相反的逗折號（－，），如此苟延殘喘到一九六〇年代。無論是普魯斯特[19]的作品、巴爾的摩知名記者孟肯[20]回憶錄（引文：『我的父親在八〇年代末期投入－首見於霍林斯街的－，蒸汽機，但直到下一個世紀來臨之前仍很稀有』）、或約翰·厄普代克[21]的小說，貝克確實都在其中找到了這類倒轉的逗折號，但這些無異於滄海一粟。貝克為了使破折系符號復甦也努力嘗試過，企圖在一九八三年的《大西洋月刊》（*The Atlantic*）偷渡半折號，可惜並沒有通過審核。他提及：「副主編清了清喉嚨，暗示不予苟同，而我即刻就退縮了。」逗折號的時代已然結束，至少目前看來確是如此。

省略、隱蔽、不雅詞彙

破折號一面與逗號、分號糾纏不清，另一方面也運用於比較嚴肅的場域，用以封殺單字中的個別字母，甚或整個單字。這種用法稱為「省略號」（ellipsis），源於希臘文élleipsis，意即「不符標準」或「略去」，「日蝕」也和這個字有關係，表示將不適合訴諸言詞的文字抹去。一八五六年，一本標點符號入門書籍表示點號、星號和破折號都能用於這個目的，顯然省略訊息的需求並非單一符號足以處理。這本書也已預見現代人傾向使用星號來過濾掉不雅詞彙，也是這本書提出「句號帶給眼睛的衝擊比星號少一些」。這些句號如今用來表示語後未完的思緒或陳述，而破折號仍然是文學上自主審查用詞的標準做法。破折號是標點符號中少數用之以模糊而非釐清句意的標記，是好是壞也很難說。

過去刪節號在寫作中具備的優勢通常都歸因於維多利亞時代流行的矯揉造作，一如毛姆[22]在他的戲劇作品《堅貞太太》（*The Constant Wife*）中寫道：「維多利亞時代早已過去，我們不需要在寶寶之後間隔一個星號。」，但事實遠不止於此。省略號之為物應當比十九世紀社會風俗的反響更加古老而細微精妙，它在前一個世紀先葉就已廣獲使用。

大約西元一六六〇年，出生在倫敦，原名丹尼爾・福的丹尼爾・狄福（Dainel Foe，後來他自己在姓氏前冠上貴族姓氏De，自稱為貴族De Beau Faux之後裔），生活在一個特別的時代。在度過十歲生日之前，他首先直接經歷了一六六五年席捲倫敦、造成七萬人死亡的鼠疫。隔年的倫敦大火又將五分之四的倫敦夷為平地。到了一六六七年，他更經歷第二次英荷大戰中荷蘭海軍對於停放查塔姆鎮附近軍艦的奇襲，導致這場戰爭以英國大受羞辱作結。

成年後的狄福身為長老會教徒，在一六八五年加入出師不利的叛軍，對抗天主教君王、新任的英國、蘇格蘭、愛爾蘭國王詹姆斯二世。稍後（極可能於支付了相當於六十英鎊的罰金後）獲得王室赦免，他開始經商，但又破產告終於債務人監獄。為了自紐蓋特監獄脫身奮力抗辯，使狄福終於找到適合自己的志業，他成為政府代表、為政府宣傳，書寫宣傳小冊支持蘇格蘭與英格蘭之間的政府爭議法案，並在動盪的愛丁堡議會中擔任間諜情報人員。

因此以一個具有如此獨特性格的人來說，他應該過著相當精采的人生。他約莫在六十高齡寫出了咸認第一部以人物主導的現代小說（即《魯賓遜漂流記》）。而他一七二一年出版的《摩爾．弗蘭德斯》打破了當代盛行的羅曼史公式，不再有典型的英雄進行老套冒險。狄福筆下偷竊、重婚的女主角可說走在他那個時代最臭名昭著的罪犯先端，時而為破產商人、流放販、甚或賣淫——他或許在探訪紐蓋特監獄的好友時已採訪了惡名昭彰的扒手茉爾．金（Moll King）和「卡立可」莎拉（“Callico” Sarah）。與狄福同時代（並和他競爭第一小說家頭銜）的小說家們也同樣崇尚描繪現實。山謬爾．李察森[23]所著《潘蜜拉》（*Pamela*）中，名義女主角對綁架她的權貴表現出斯德哥爾摩症候群，而亨利．費爾丁[24]筆下的湯姆．瓊斯既是孤兒卻又放蕩不羈。和先前的文學迥然不同，這些角色容易犯錯、行為真實、總之是現實中會出現的人物。

諷刺的是，如此強調寫實卻需要新形式的寫作技巧來確保讀者不生疑心。狄福為了創造出擬似現實的幻境，幾乎省略了《摩爾・弗蘭德斯》中所有的人物姓名，要不就拒絕透露那些名字，要不就簡單使用長矛般的破折號劃去，如此看來更像在指涉真實人物。如同摩爾在小說開頭如此宣稱：

我的真實姓名在紐蓋特監獄和老貝利街[25]那兒都記錄在案，廣為人知。不過因為還有些案子尚未了結，我想還是不宜在本書中說出我的本名和家世。

稍後當摩爾的母親對她解釋一些看似維吉尼亞州大世家的真實背景時，狄福刻意在人名處隱而不宣，一副避免得罪人的樣子：

「沒什麼好奇怪的，孩子，我跟妳說呀，本國最好的男子手上都有（罪犯的）烙印呢，但他們不以為恥。比如——少校，」她說，「他是有名的扒手、還有巴－爾法官，過去專門順手牽羊，兩人手上都有烙印，我還能說出好幾個這樣的人呢。」

當山繆爾・李察森於一七四〇年發表《潘蜜拉，道德的獎賞》（*Pamela, or Virtue Rewarded*）時，他選擇了以童貞的潘蜜拉・安德魯斯寫給敬畏上帝的父母的一系列長信作為敘述框架。這名十五歲的小女僕顯現了不可思議的口才和充足的空閒時間，《潘蜜拉》採取書信體形式無非是為了烘托出小說的現實性，不經敘述者的扭曲鏡片直接將角色的主觀經驗呈現給讀者。不過由於抱持以上宏偉願景，李察森在提及潘蜜拉的好色追求者B——先生時並未使用破折號，暗示將如此癡纏的進展公諸於世，便足以打擊該人現實生活中的紳士美譽。

破折號形式的省略號持續點綴十八和十九世紀所有的類型小說。珍・奧斯汀認為與莉蒂雅・班奈特私奔的浪子韋漢先生所屬「——駐地軍團」應隱蔽其全名[26]，羅伯特・路易斯・史蒂文森（Robert Louis Stevenson）試圖將《金銀島》（*Treasure Island*）假託於現實，但只說這冒險故事發生在「十七——」，拒絕透露這個海島的確實經緯度。

在現實主義盛行期間，深深磨練出針對褻瀆之詞和不雅言語的嚴格態度，比如就算有一個角色希望某人下地獄去——，作家和出版商也實在不敢直接呈現於廣大讀者面前。這種矜持發生在維多利亞時代開始收束自身的道德胸衣之前，證據可見於一七五一年蘇格蘭作家托比亞斯・斯摩萊特[27]所寫的《匹克爾傳》（*Adventures of Peregrine Pickle*）。由於匹克爾的監護人豪斯・圖寧准將滿嘴髒話，必須明智地安置破折號：

> **只是跟法國決戰他們也未免該—的太吵了吧，但天吶！這只不過是個小小海戰，跟我之前見過的差太多啦。大概只有老烏鴉、詹寧斯，還有一個老子該—的不想提的人知道打仗是怎麼回事。**

正如同圖寧就算「該－的」也不想提起第三個人名，斯摩萊特更是該—的也不敢把「該死的」（damned）三個字寫出來。而安東尼．特羅洛普[28]的史詩級鉅作《我們現在的生活方式》（*The Way We Live Now*），標題所謂「現在」指的是一八七五年，當時爆發一系列金融醜聞。既屬典型的維多利亞風格作品，特羅洛普筆下夸夸其談的金融家奧古斯．曼墨托（Augustus Melmotte），言語間的驚嘆自然常被找麻煩的破折號給軟化了（你怎麼——！）。

到了一八七八年，劇作家W．S．吉伯特（若改說是「伯特與蘇利文」[29]的成員之一可能較為人所知）在作品中取笑以「該—的」（d——）取代「該死的」（damned）委婉用法，他讓《女皇陛下圍兜號》[30]裡的船長唱道：「髒話或不雅詞彙／我從來從來不會說⋯⋯我從來不說那個大寫D」。使用破折號來取代各種不雅詞彙是如此普遍，最後連「破折號」這詞彙本身都產生了輕微的修飾意義。姓名繁複的蘭諾・查爾斯・蘇瑟藍德・李文森・高爾勳爵（Lord Ronald Charles Sutherland-Leveson-Gower），是一個議會成員、歷史學家和雕塑家，一八八三年在他的回憶錄寫道「這『破折號』的傢伙到底是哪位啊？他又是來這裡『破折號』個什麼勁兒啊？」。破折號不再只是個標點符號。

爭取報導寫作自由之護身工具

當李察森、狄福和其他小說家劃去作品中的人名之際，對十八世紀某些作家來說，破折號並非文學表現上的工具，而是避免鋃鐺入獄的護身符。西元一七三七年，一位年輕記者塞繆爾・詹森[31]加入了倫敦的月刊《紳士雜誌》（*Gentleman's Magazine*）。詹森依其職責必須報告議會的議程，但問題來了，議會會期中報導「眾議院內任何投票或譯程」均屬非法，僅有暑期可以例外。此時詹森根據一位幹部記者在旁聽席上作的筆記內容彙整還原出議事辯論的內容。然後在一七三八年，所有報導受到取締。

該雜誌的老闆艾德華・卡夫（Edward Cave）堅決規避裁決，指示詹森根據半虛構的寫作方式合理結論。卡夫擷取重要議事摘要以及那些下議院守門員與議事者的名字，詹森再據此編造出辯論陳述。最後以《偉大小人國之參議院辯論》（*Debates in the Senate of Great Lilliput*）之名付印，所謂小人國是強納森·斯威夫特（Jonathan Swift）在一七二六年的諷刺小說《格列佛遊記》中虛擬的國家，詹森創造出斯威夫特式假名代表相關政治人物和機構。首相羅伯特·華普勒（Robert Walpole）成為「華勒普」（Walelop）、哈利法斯勳爵（Lord Halifax）成為「哈斯拉法」（Haxilaf）、稱下議院議員為「克林波」（Clinabs），上議院則稱之為「休格斯」（Hurgoes）。令人難以置信的是，政府當局竟然真的無視如此公然藐視法律的行為。最起碼直到卡夫在一七四一年發表詩作，將該雜誌的小人國偽裝策略與政要的假名作連結時，也仍完全受到寬貸，他如此解釋：

當小人國的愛國者激烈爭辯
我們看見了我國自由誕生的模式。

此詩繼之以一連串附加省略號的人名隊伍：「切……菲……」、「哈－法－」、「普一尼」和其他許多通過審核的假名。此雜誌之無禮可說所影射的真實人物切斯特菲爾德伯爵、哈利法斯勳爵，威廉·普特尼議員等人不生氣都不行了。

塞繆爾·詹森在《紳士雜誌》上繼續他的小人國把戲直到一七四四年，不過和他逗趣的議會報導相比，真正使他以「詹森博士」的身分千古留名的是他一七五五年享譽至今的《英語字典》（*Dictionary of the English Language*）。儘管多年來老是被詹森代為發聲，切……菲……伯爵還是好心贊助他編譯字典長達九年（不過他的貢獻多在情義而非金援，也或許這是報復的一種方式）。禁止對議會進行報導的禁令在一七七一年終於解除，而破折號不再是反抗英國權力中心的標記。

廉價小說、漫畫中的破折號

逗折號、冒折號、分折號，和用以自我審查的－－等煞費苦心的排版圖樣，是二十世紀來臨前的文學特色，但卻因為科技進步而受到殘酷打擊。克里斯多夫·拉瑟姆·肖爾斯的打字機在一八六〇年代晚期面世，為寫作、辦公、出版業帶來衝擊。算起來山繆爾·克萊門斯（馬克吐溫）和尼采都是較早接受打字機的人，但稍後麻煩隨之而至。打字機能產生的字符有限，迫使「打字機大裁員」（Great Typewriter Squeeze，這是某位部落客取的名字），隨著「機器取代鋼筆」，標點符號和其他字符即將遭逢大滅絕。是打字機毀了破折號。

如前所述，肖爾斯原本設計如鋼琴般的鍵盤只能容納大寫字母、數字二到九，和少數非字母也非數字的標記，其中包括了跟破折號有點類似的符號[32]。雖然看起來似乎沒什麼大不了，但就連對現代英語來說至關重要的引號、冒號、驚嘆號等其他符號也還等了好幾年甚或是好幾十年才在打字機鍵盤上重獲一席之地。比如驚嘆號，無論在最原始的一八六八年鍵盤和稍後改良的一八七八年QWERTY鍵盤都不見其蹤影，當時的打字員必須先打一個句號，往前退一格，加上一個單引號來形成驚嘆號（.'）。為驚嘆號特製的按鍵如此罕見，一九七三年出版的《秘書手冊》（*The Secretary's Manual*）甚至對如何手動輸出驚嘆號有所著墨。

硬擠進打字機鍵盤、類似破折號的符號其實有些不倫不類。肖爾斯鍵盤上無名的連接符號兼破折號兼減號（-）包含了長短破折號、數字破折號、引用破折號及所有外形類似的符號。印刷選字的適當性遭受可恥打擊，原本有一整組適材適用的破折號，然而作家們卻被迫在原該有特定符號出現的位置不斷重複使用同一個面目模糊的贗品。

但打字員終究還是接受了。在十九世紀結束之前，發明皮特曼速記法（Pitman shorthand）、所念即所拼（phonetic spelling）的倡導者，同時也是意志堅定從不情感用事的傢伙艾薩克．皮特曼[33]，宣布將以單一、有留空格的連接符號或兩個沒有間隙的連接符號代表缺席的長破折號。然而一般人並不推崇這種做法。最早開始抗議的是廉價小說家[34]威廉．華萊士．庫克（William Wallace Cook）[35]，他在一九一二年寫道，在理應放置長破折號之處強迫使用兩個連接符號是「貧乏的策略」。

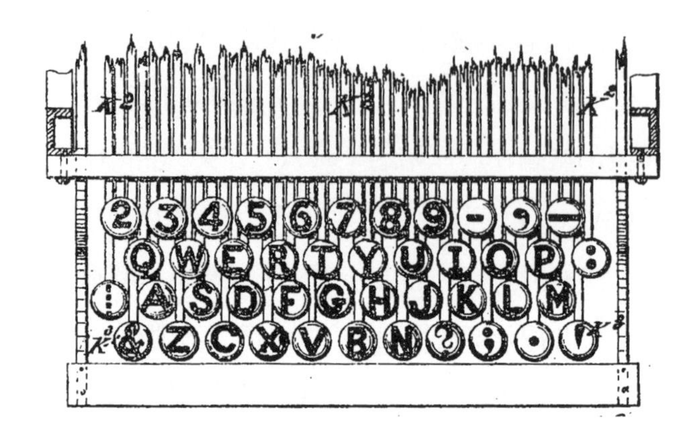

圖8.1

肖爾斯一八七八年專利的早期QWERTY鍵盤繪圖，連接減號在上右排第三個。而上排最右看似破折號的符號其實是底線標記。

儘管庫克有所疑慮，皮特曼的速記方式還是流傳了下來。雙連接符號在印刷文稿中隨處可見，雖然印表機已能夠打出全套的破折號，但偶爾還是會看到打字者一不小心讓雙連接符號溜過，甚至就這樣付印。「--」某種程度上甚至比手寫的破折號還要成功，綜觀諸多約定俗成用法，漫畫的對話框幾乎完全採用雙連接符號來取代破折號。漫畫嵌字師[36]兼圖像標誌設計師陶德．克萊茵[37]認為，作家由雙手改用打字機打字，自然使得破折號轉變為雙連接符號。雖然嵌字師仍用雙手填滿對話框，但他們所參照的腳本仍受到打字機媒介具備的所有怪現象與限制影響。

破折號數十年來受到日常書寫的忽視，數位電腦對它也只是稍微寬貸一點而已。一九六三年制定ASCII字符集看門人從打字機鍵盤的束縛中得到解放，但在寬敞許多的一百二十八個字符中，還是找不到空間給獨立的破折號或類破折號的符號。打字機上的醜惡嵌合獸（連接符號兼短破折號兼減號）以零碼的「連接減號」身分獲得採納，而長短破折號、連接符號等仍被拒之門外。如今你鍵盤上的連接符鍵依然不是連接符號，只是連接減號。克里斯多夫・拉瑟姆・肖爾斯製造的符號依舊鳩占鵲巢。

圖8.2

漫畫書中取代長破折號的雙連接符號。摘自一九五三年第七十三期《漫畫星球》（Planet Comics）中的〈電子腦〉（Cerebex）。以下透露劇情：「電子腦」（Cerebex）失控，最後由不怕電子腦磁吸能力的木製的機器人擊敗。

破折號的今日地位

雖然最後或許因為連接減號已經肆虐於文法和排版世界超過一世紀，人們對它的態度開始產生變化。《芝加哥格式手冊》仍視雙連接符號為偶一為之的必要符號，但《牛津格式手冊》則已開始棄用粗製濫造的替代品，轉向原本適材適用的標點。有了ASCII碼的後繼者國際碼（Unicode），想要找到合用的真正破折號容易很多。它有一整套不下於二十三個破折號可支援拉丁字母及其他文字。若有連接減號恣意橫行，最先進的文字處理軟體會自動將之修改為短破折號與長破折號。在網路世界裡，每個人都是出版商。對於浮濫使用連接減號的懶惰行徑深惡痛絕的威廉·華萊士·庫克，拜網路時代之賜，也改由網頁，或藉由桌面排版[38]的書籍來發表對於雙連接符號的嚴厲抨擊。

無論是普通的破折號或尼可森·貝克的破折系符號目前都因時勢所趨，默默由文學中復甦。諧擬[39]舊時文學修辭的後現代作家，如湯瑪斯·品瓊[40]和約翰·巴斯[41]採用破折號與混種破折號作為過去時代的完美象徵。巴斯的「後設」[42]小說《迷失在歡樂宮》（*Lost in the Funhouse*），在單一文本敘述中混合了敘事與旁白，幾乎一口氣透過破折號同時布局又自行解讀：

往海洋都市途中，（安布羅斯）坐在家用轎車後座，同行的有他十五歲的弟弟彼得及瑪格達G－，一名漂亮、高雅的十四歲小淑女，住在離他們不遠處馬里蘭州的D－鎮B－街。十九世紀的小說經常像這樣使用首字母、空格、或兩者並行來取代專有名詞，以增強現實感。

另一方面，湯瑪斯·品瓊一九九七年的小說《梅森與狄克森》（*Mason & Dixon*）是一個關於梅森狄克森線[43]測定的幻想故事。作為十九世紀文學的可愛拼貼仿作，這本書滿是混種破折號，倘若自然環境下破折號的數量多到足以在未來生存，品瓊或許就會把它從瀕臨絕種的標點名單中除去。

注解

1 原注：借鑑經由電腦產業以octo-綴上「thorpe」製成的「井號」（octothorpe），破折號和兄弟姐妹偶爾會被戲稱為「bithorpes」。這詞彙極具誘惑力，意指「所有破折號及類似破折號的符號」。

2 譯注：詹姆斯．喬伊斯（James Joyce，一八八二年～一九四一年），愛爾蘭現代主義作家、詩人。後文所述《尤利西斯》（*Ulysses*）咸認意識流小說的開山之作。

3 譯注：寫信人（letter-writer），教育不普及的時代裡專職代人寫信的人。

4 譯注：彭岡巴諾（Boncompagno da Signa，約一一六五年～一二五〇年），義大利學者、文法學家、修辭學家、歷史學家、哲學家。在十三世紀初期，他是首批使用自己語言的口語白話書寫的歐洲作家之一。

5 譯注：此二符號的拉丁原文字面意義分別為懸吊與平坦，此處採意譯。

6 原注：請參第一章〈段落符號〉。

7 原注：反正它該怎麼著就怎麼著，我也想說一下我的推測。個人懷疑平置符號和破折號其實是同一個符號，平置符號作為主要停頓符號的功能雷同於破折號夾注括弧子句的功能。因為實際朗讀的時候，兩側破折號的位置都必得停頓。

8 譯注：皮卡點（Pica Point），印刷尺寸單位，皮卡或譯匹卡、派卡，七十二分之英寸約合0.35公厘。

9 譯注：電腦排版上所謂一em即等於中文電腦的全形字（full text）寬度，故「em quad」實際上等於全型空白，en則相對為半形空白的寬度。

10 原注：在印刷產業中，半形空白（en quad）和全型空白（em quad）都有象徵其代表字母n與m的暱稱，即核果（nut）與羊肉（mutton）。

11 譯注：M.B.帕克斯（M.B. Parkes，即Malcolm Beckwith Parkes，一九三〇年～二〇一三年），英國古文書學家，以中世紀抄本研究聞名。

12 原注：書末〈延伸閱讀〉將另行討論此書。

13 譯注：維吉尼亞．吳爾芙（Virginia Woolf，一八八二年～一九四一年），英國現代主義、女性主義作家。

14 譯注：逗折號（commash）指逗點複合破折號產生的符號用法，此詞彙係貝克在前述書評中發明並發表的。

15 譯注：《奧賽羅（Othello）》莎士比亞四大悲劇之一，約完成於一六〇三年，西元一六二二年以四開本形式出版。

16 原注：逗折號（commash）、冒折號（colash）和分折號（semi-colash）均為貝克發明的詞彙。英國小說家威爾．塞爾夫二〇〇八年在《衛報》（*Guardian*）刊載的文章則另命名為「comash」。

17 譯注：亞哈船長（Captain Ahab）、費金（Fagin）和伊麗莎白．班奈特（Elizabeth Bennet）分別為《白鯨記》、《孤雛淚》、《傲慢與偏見》中的要角，均為近代著名小說。

18 譯注：艾瑞克．帕特里奇（Eric Partridge，一八九四年～一九七九年），出生於紐西蘭的英國語源學家、俚語學家、詞典編纂家，編有《俚語與非傳統英語辭典》(*Dictionary of Slang and Unconventional English*)。

19 譯注：普魯斯特（Marcel Proust，一八七一年～一九二二年），法國意識流作家，著有《追憶似水年華》（*À la recherche du temps perdu*）。

20 譯注：孟肯（Henry Louis Mencken，一八八〇年～一九五六年）美國記者、諷刺作家、美國文化及生活評論家、美式英語學者，獲譽為「巴爾的摩聖人」（Sage of Baltimore）。

21 約翰・厄普代克（John Updike，一九三二年～二〇〇九年），美國小說家、詩人，兩度獲得普立茲獎。

22 譯注：毛姆（W. Somerset Maugham，一八七四年～一九六五年），英國多產小說家、劇作家，同時也是婦產科醫生。

23 譯注：山謬爾・李察森（Samuel Richardson，一六八九年～一七六一年），英國作家、印刷商。

24 譯注：亨利・費爾丁（Henry Fielding，一七〇七年～一七五四年），英國小說家、劇作家。其代表作《湯姆・瓊斯》曾於一九六三年改編為電影，並獲奧斯卡金像獎。

25 譯注：老貝利街（Old Bailey），倫敦中央刑事法院所在街道，故為其代稱。

26 譯注：珍・奧斯汀（Jane Austen）為《傲慢與偏見》作者，此處所提即為《傲慢與偏見》之人物與情節。

27 譯注：托比亞斯・斯摩萊特（Tobias Smollett，一七二一年～一七七一年），蘇格蘭作家、詩人、外科醫生，擅流浪漢小說（Picaresque novel），狄更斯與喬治・歐威爾皆受其影響。

28 譯注：安東尼・特羅洛普（一八一五年～一八八二年），英國維多利亞時代長篇小說家。

29 譯注：吉伯特與蘇利文（Gilbert and Sullivan），維多利亞時代幽默劇作家W・S・吉伯特（William S. Gilbert，一八三六年～一九一一年）與英國作曲家亞瑟・蘇利文（Arthur Sullivan，一八四二年～一九〇〇年）的組合，二十五年間共同創作了十四部喜劇，他們的作品直接影響了二十世紀的音樂劇。

30 譯注：《女皇陛下圍兜號》（HMS Pinafore），或譯皮納福號女王艦隊、皮納福號軍艦等，吉伯特與蘇利文創作之諷刺喜劇，劇中諷刺皇家海軍、議會政治等。

31 譯注：塞繆爾·詹森（Samuel Johnson，一七〇九年～一七八四年），英國文學評論家、詩人、散文家、傳記家，獨立編纂《英語字典》（the Dictionary of the English Language），又稱詹森字典。一般咸認為牛津英語辭典完成之前的重要英語字典傑作。

32 原注：關於肖爾斯的原始鍵盤，請參第五章〈位址符號〉。關於打字機在疑問驚嘆號艱難誕生的過程中扮演的角色，請參第二章〈疑問驚嘆號〉。

33 譯注：艾薩克·皮特曼（Isaac Pitman，一八一三年～一八九七年），私立學校教師，英語拼寫改革的倡導者，獲封爵士。

34 譯注：廉價小說（dime novel），一八六〇年起～一九一五年間流行於美國的平裝大眾小說，每本十分錢（dime）故此得名。除了售價低廉，內容也多半媚俗煽情。

35 譯注：威廉·華萊士·庫克（William Wallace Cook，一八六七年～一九三三年），美國記者、小說家。

36 譯注：漫畫嵌字師（comic book letterer），美國漫畫負責填入對話框等文字的專門人員。

37 譯注：陶德·克萊茵（Todd Klein，一九五一年生），美國漫畫嵌字師、字型設計師。

38 譯注：桌面排版（desktop publishing），又稱桌上排版，係指利用電腦「所見及所得」的特性，進行出版物的電子排版作業。

39 譯注：諧擬（parody），以詼諧方式仿前人作品的誇張表現形式。

40 譯注：湯瑪斯．品瓊（Thomas Pynchon，一九三七年生），美國後現代主義小說家，短篇小說家，作品往往涵蓋多重領域，以晦澀聞名。

41 譯注：約翰．巴斯（John Barth，一九三〇年生），美國小說家、短篇小說家，作品後現代主義及後設小說性質濃厚。

42 譯注：後設（metafictional）小說，後現代主義的流派之一，透過虛實交織的手法向讀者強調故事內容為虛構，以之解構讀者閱讀小說的方式。

43 譯注：梅森狄克森線（Mason-Dixon line），美國馬里蘭州與賓夕法尼亞州的分界線，有部分由查爾斯．梅森（Charles Mason）與傑若米．狄克森（Jeremiah Dixon）測定的，同時也是美國南北方的界線。

第九章　指標符號☞ The Manicule

古文書學中，常見一隻孤零零的手傲然懸垂文句右側，人稱指標符號。就好像白衣服沾了番茄醬一樣印在乾淨的頁緣上，有點突兀，指標符號尚未出現之前，一般人總認為頁緣應該是乾淨荒涼的。

《邁向指標符號史》中指出：「至少在十二世紀到十八世紀之間，指標符號一直都是手抄本或印刷物中最常為了讀者、也最常被讀者用於頁緣的符號。」雖距今才過了兩個世紀，指標符號卻幾乎絕跡，已然衰沒。

☞本章關鍵字

由讀者決定一切：文藝復興時期的書籍

指標符號的各種外型與名稱

指標符號進入印刷業

形形色色的指標符號

曾是頁緣的同義詞

古文書學中，常見一隻孤零零的手傲然懸垂文句右側，人稱指標符號（manicule）。就好像白衣服沾了番茄醬一樣印在乾淨的頁緣上，有點突兀，指標符號尚未出現之前，一般人總認為頁緣應該是乾淨荒涼的。

指標符號之所以和充斥今日版面的字母、數字及標點符號等字符迥然相異，其關鍵在正是醒目的擬人化姿態。明擺著就是一隻手，很難詮釋為其他事物，而中世紀晚期指標符號所需表達亦不過如此。它模擬讀者停在頁面上的手指，目光隨食指所在的方位投向有趣段落，或逡巡於頁緣與正文之間。

指標符號馬不停蹄蛻變為鉛字且繼續優雅裝飾書緣達數百年。然而就像其他許多標點符號，印刷術的降臨預示其末日，今日它被當作是營造特殊時代氣氛的新奇排版印刷手法。約克大學的威廉．H．謝爾曼（William H. Sherman）教授二〇〇五年的論述《邁向指標符號史》（*Towards a History of the Manicule*），使他獲得了獨一無二指標符號歷史學者的美譽。他在書中指出：「至少在十二世紀到十八世紀之間，指標符號一直都是手抄本或印刷物中最常為了讀者、也最常被讀者用於頁緣的符號。」雖距今才過了兩個世紀，指標符號卻幾乎絕跡，已然衰沒。

由讀者決定一切：文藝復興時期的書籍

大多數標點符號都流通於作者筆下的詞句，但指標符號的歷史卻與讀者注釋書籍的習慣緊密相關。雖然莎草紙捲軸上的古文書總因為寫得太滿而缺少注釋空間，但總之數千年來無數學者和評論家習慣在文句間評注。更有甚者，這類古文批注（scholia）能夠衍生為完全獨立，卻仍需與原文參照的繁瑣評論著作。讀者很容易察覺兩者難以搭配。

大約西元四世紀，顛覆性的書寫媒介日益普及，使書頁間的筆記變得更尋常。由護面木板裝訂的堅固羊皮紙頁面古代抄本，其便利性和機動性皆遠勝脆弱麻煩的莎草紙捲軸。書籍的分頁方式也提供了大量頁緣空間。西元四至六世紀在羅馬法書中步履維艱地起步後，書頁加旁注愈來愈普遍，演變至最後，甚至是未遭讀者塗寫的書籍才算罕見。歷史悠久的頁緣注記在文藝復興時期達到頂峰，但若想明白為何它如此普遍，首先必須了解那個年代的人對書的看法與今日是多麼不同。

二十一世紀想購買或擁有書籍幾乎不費吹灰之力（亦有人稱之只是「保管」一份書籍副本），人與實體書籍只距一只滑鼠之遙，只要輕輕一按，隔天書本就會送到你家門口，而且便宜得令人輕慢待之。不用書籤直接在書頁摺角，或外借給不可靠的朋友，在現代，擁有書籍大約就是這麼回事。電子書的門檻更低，花一點時間下載就可以讀了，也不會被讀者凌虐。你可能會把iPad摔到地上，也可能不小心坐到Kindle，但你的線上圖書庫仍安全無虞，好端端地待在網路「雲端」[1]裡。

但文藝復興時期完全不是這麼回事。就算退一步拿二十世紀逛書店、從書架抽選書籍逐頁翻閱的模式來比也還是截然不同。對於十四世紀任一位典型的買書者看來，想要擁有一本書費力又費時。若非特別訂製根本沒有書可以買。

「書」之所以可以為書，首先得由買家決定裝幀材質。一般手稿都是散頁，每一輯裝幀完成的書籍通常都是多部作品的合訂本。根據時代不同，莎士比亞或許會和宗教作品裝訂在一起，而曆法書籍也可能會與百科全書並列，此類「合輯」中值得一提的例子是一位十六世紀的詩人將另一位作者的作品與他自己裝訂成一輯，如此他便能將原作和仿作交錯並列。買書人甚至得自己負責製備抄本，大學和修道院等等有組織的買家會自行購置所需羊皮紙或紙張，然後聘請抄寫員來抄寫待裝訂的書頁。當抄寫內容組裝成輯，買家接下來會請描紅師潤飾或請插畫家來幾幅插畫。最後才由裝訂師負責配合買家的喜好來完成這本書，比如在封面加上家徽或配合買家圖書室的色調選擇封面顏色。

如此製成的書籍貴得嚇人。就算為了大學製作的平價版粗裝神學或哲學作品仍遠非學生所能負擔。呼應早期的修道院抄寫室文化，這類貧困學生有時會去租賃書籍的典範本（exemplar）自行抄寫內容。

一本書從選擇內容、指定繪飾與裝幀方式、甚而包括一開始勞心費力的抄寫，如此嚴選製作而成，其耗費之鉅致使文藝復興時期的讀書人對於書籍的投資方式迥異於現代消費者。書籍的擁有者自然而然會在書上烙印落款，閱讀時加以注釋和潤飾，劃線強調佳句，並在空白處填寫心得。讀書時必得作筆記一事令十七世紀的耶穌會士耶密斯・德雷克[2]有感而發，寫道：「若未動筆注記，則讀書全無用處、徒勞又愚蠢。除非你讀的是虔誠的湯瑪斯・肯培斯[3]之類著作。不過我自己讀那種書時還是會忍不住寫下注記。」

隨著注解風氣日盛，自也有人開始著手規劃如何妥善組織豐富的注釋。最早須歸功於聖羅伯特・葛羅西特斯特[4]，著名的十三世紀林肯區主教，以其法文外號「大頭」聞名，有此綽號因為「他的頭如此之大，恐怕可以塞下好幾個大腦。」西元一二三五到一二四三年間，葛羅西特斯特設計並記錄了內含四百多種符號的字符系統，包括希臘、羅馬字母和一系列用來將聖經主題編入索引的輔助符號。可惜他頭雖大卻似乎還是不夠用，他發現自己的系統龐雜不堪持續使用，走回頭路使用傳統的注記方式。

稍後深具影響力，作品引致新教改革的十五世紀基督教學者伊拉斯謨（Erasmus）提出了更實際的方案。他認為有良心的讀者都應該「讀出值得記下的警示良言、過時或嶄新措詞、矯飾堆砌或可接受論點、炫麗風格、格言、範例及精闢言論」，並認為「應以適當符號標記這些段落」。伊拉斯謨將選擇所謂「適當符號」的權利留給讀者，而指標符號壓倒性地脫穎而出。

指標符號的各種外型與名稱

段落符號演變歷經千年，由代表kaput的K字母一路演化到今日大家熟知的¶，而井號則由「lb」變形為「℔」繼之以「#」。指標符號卻截然不同，從出場至今，始終維持其表現形式。過去，指標符號不存在，然而一夕之間指標符號如雨後春筍迸出，從此歷久不衰。

最早可檢證的指標符號，出現於威廉一世在一〇八六年完成的英格蘭人口普查報告《末日審判書》（*Domesday Book*）中。此書原被稱為《溫徹斯特卷軸》（*Winchester Roll*）或《國王卷軸》（*King's Roll*），是史上首度為轄下土地進行官方普查的紀錄，彷彿「末日審判」一般不容許任何偏差失誤，故於後世得此暱稱。可惜唯一直接提及這部九百年歷史文獻中使用指標符號的僅有一八二四年刊載於《印刷術》（*Typographia*）期刊一篇散漫論述中的簡短旁白。該文作者約翰・強森（John Johnson）將「☞」符號（但沒有提到符號名稱）與其他「頁緣參考標記」並列，如馬爾他十字（✠）、古希臘星號（※）、劍號（†），以及一批顯然為抽象幾何圖形的符號，然後淡然寫道：「這些高深莫測的標記在大多數情況下一望即知其含意」，而他言盡於此。

到了十二世紀，指標符號再次浮出水面，但這缺乏確切實證。吉歐佛瑞・艾胥・葛萊斯特（Geoffrey Ashall Glaister）[5]在其《百科全書》（*Encyclopedia of the Book*）中描述此符號為「指號」（digit），並聲稱「可見於十二世紀初期的西班牙語手稿。」強森忽視末日審判書裡面那「一望即知」的參考標記，葛萊斯特缺乏佐證就貿然引導讀者（不過這位作者至少找到一本十二世紀的英語書籍使用指標符號），關於指標符號早期生命章節的詳細資料依然渺不可考。

自十四世紀以降，歐洲生活開始遠離中世紀的準則，往東方的嶄新貿易路線以及和阿拉伯貿易同化，逐漸擴大西方國家的視野，而主導了學術研究幾百年的僧侶和神學家老朽隊伍，拱手讓位給佛羅倫斯、那不勒斯與其他富裕的義大利城邦所培育出的新品種「人文主義學者」，他們關注自身與塵世事務，而非神言。西元一四五三年，關於智識生活的興盛與兩件震驚歐陸的政治事件產生關聯：君士坦丁堡被方興未艾的土耳其人攻陷，大批的希臘學者和文獻被送到西方，而英法百年戰爭的終止為歐洲北部帶來和平（就算只是暫時的）。文藝復興達到全盛時期，說起來與現代世界僅有咫尺之遙。

儘管指標符號的地位在十一、十二世紀始終晦暗不明，但確實在文藝復興時期成為人文主義學者的最愛。他們評論並建構一度被識為異教謬論的古典文學作品，其後三百年間，人文主義學者仍持續在西塞羅著述、法律文件和筆記的頁緣繪以不同風格的食指符號。基本款單純由手中伸出食指來標記有趣的詞彙或句子。但即使這樣簡單的食指也依創作者的天賦展現不同外貌。十四世紀的義大利學者佩特拉克（Petrarch，咸認人文主義之父）有個令人不解的習慣，他筆下的指標符號總是五指俱全。不過百年之後他的同胞伯納爾．本博[6]視之為人體解剖的精準範例。

有些指標符號猝然止於手腕，有些則連袖子都畫了出來，袖子的精緻度也展現了各個時代的流行風潮。比如佩特拉克的袖子線條流暢，但在之後幾個世紀讓位給細膩、蕾絲裝飾的袖口。這種趨勢延續至今，現代的指標符號展現出商業人士的俐落西裝袖口。袖口和袖子其實也提供了注釋指標對象、使之與標的文句連結的筆記空間。

如果某個讀者感興趣的部分延伸好幾行或好幾段，那麼指標符號的手指可能會被拉長到符合文本所需長度。在某些極端情況下，甚至會出現漆黑纏繞的蛇形手指攀爬交纏於整個頁面間指涉並劃分出相關文句，這些手指的模樣呈現出恍如恐怖電影的氣氛。有時指標符號根本一點兒都不像指標符號。在某本十四世紀的西塞羅著作中，一隻五腳章魚攀爬在相關段落上，而在一篇十七世紀關於植物藥性的論述中，由細小的陰莖圖樣指涉關於男性生殖器的討論。

儘管指標符號對讀者來說熟悉又好用，但長期以來都欠缺具體的公認名稱。威廉・H・謝爾曼在研究此符號時，發現不下於九種不同的已知名稱。除了謝爾曼的首選「指標符號」（manicule）之外，☞還曾被稱為「手號」（hand）、「導向指號」（hand director）、「食指標號」（pointing hand）、「指標指號」（pointing finger）、「指標號」（pointer）、「指號」（digit）、「索引號」（index）、「導向號」（indicator）。另外「Indicule」、「maniple」、和「pilcrow」（段落符號）也常被誤認為這斷掌的名字，但三種都是誤用。「indicule」（第二詞性變化）很可能只是誤聽或誤將「indicator」（導向符號）和「manicule」（指標符號）融合。「maniple」係指天主教神父偶爾會穿著、狀似手帕的祭袍。而老派的標點符號愛好者無疑可以察覺「pilcrow」（段落符號）是明顯的張冠李戴。

這符號或許因為本身特色已夠濃厚，其別名競爭並不怎麼激烈。指標符號數百年來都是書頁的重要部分，它不是作者用來啟迪讀者的標點，但卻是閱讀的重要一環，它是為了特定讀者導引視覺而生的頁緣墨跡。例如說這句話右邊的指標符號對我來說可能別具意義，但對你來說根本無關緊要。吾之蜜糖，彼之砒霜，只欲除之而後快。事實上有些藏書家喜歡「淨空」頁緣的雜亂注釋，回歸其原本質樸清淨（你也可能會覺得那叫荒蕪空虛）的狀態，也或許因為這樣指標符號一直無法定名。

後來獲得公認的「指標符號」（manicule）一詞源自拉丁文maniculum（意即「小手」），非必要不會有人使用。而古文書學家終於能夠繼續鑽研這些手所指向的文藝復興時期頁緣。

指標符號進入印刷業

從政治的角度上來說，一四五〇年代許多事件其實帶給文藝復興世界很大的影響。英法百年戰爭剛要結束之前，英國一方的皇室又爆發衝突陷入玫瑰戰爭。鄂圖曼帝國征服君士坦丁堡與雅典兩大西方文明瑰寶重鎮，而位於歐洲中心遭受擾亂的義大利城邦，其藝術和智識上的投入卻定義了這個時代的精神，並獲致四十年的和平。然而這一切若與約翰尼斯・古騰堡在德國美因茲發展出來的印刷術所造成的微妙震動相比，印刷術形塑時代遠勝任何戰爭、圍攻或條約之力，又是文藝復興所遠不能及的。

指標符號安然度過了活字印刷革命，井然有序的印刷書籍也未能制止讀者繼續在頁緣塗塗抹抹。像十五世紀蘇格蘭聖安德魯斯的大主教威廉・斯契夫（William Scheves）這樣的讀者，完全不受創新技術影響，一如既往以指標符號繁瑣點綴頁緣。而崇高作品如一四七六年多產的法國出版商尼可拉斯・喬森（Nicolas Jenson）所出版的聖經也未能倖免於這類讀者筆下。

很明顯地這個符號與讀者有著千絲萬縷的關係，而非作者。因此史上第一個印刷的指標符號稍晚才出現。在保羅・麥克菲林（Paul McPharlin）一九四二年出版的《羅馬數字，印刷留白與指標手指》（*Roman Numerals, Typographic Leaves and Pointing Hands*，謝爾曼的《指標符號史》之外寥寥可數的研究之一，至少有部分專門介紹這符號），他描述一四九〇年間如何印刷書籍，而指標符號又如何放置在文句中標記出空白處相關的注解☞[7]。將這符號從書頁兩側往內移動或許也沒那麼奇怪，畢竟無數的字母、數字，現在不都改由印刷呈現？但事實證明這是指標符號為其靈魂戰鬥的序幕。

指標符號在印刷出版首度亮相之後幾年，讀者與作者間的拉鋸戰不斷持續。如第六章〈星號與劍號〉所述，頁緣過去曾是讀者的工作空間兼速寫本，但逐漸被作家自己提供注解或評論的渴望所取代。印刷和手繪的指標符號身處戰場兩側，分屬不同陣營，雙方各行其是。謝爾曼指出某篇十六世紀的手稿中，「無名讀者使用指標符號指出的段落與印刷商印的拳頭所指截然不同，有時兩者甚至在同一面隔著裝訂線相互對峙。」

彷彿為了刻意使指標符號與其傳統根源分道揚鑣，它在印刷界獲得新名字。雖然保留了圖形中的食指，但原本友善的「手」卻成為「拳」，或「羊肉拳頭」（古英語俚語中所謂「粗大赤紅拳頭」）。各式各樣的手繪指標符號外觀可反映出這些符號的創

75

Satiſſactione　Fo.　LVIIII

viij.q.j.ſciendũ.xxiij.q.iiij.diſplicet.p hoc q̄ nõt Jo.an
de reliq.⁊ venc.ſctoꝝ.in Clem.ſi dñm.ſup v̓bo.ſcipm.
de obſua.jeiu.c.fi.⁊ Archid.j.q.ij.Si q̇s ꝓpter.ãdde
q̃ ſup v̓bo oia dixi.v̓.al's.⁊ hoc debꝫ vnũquoq̃ꝫ allicere.
⁊ illud etiã qđ ſcripſi in.§.Sꝫ an v̓a.v̓.hoc dico.vt q̇s
diligẽter dẽat adiplere qđ in cõfeſſione ſibi eſt jniũctuꝫ.⁊
hoc nõnt dixi in themate q̃ſtionis ꝓ pctis/qꝛ al's ceteris
parib⁹ idem op⁹ magis meritoriũ eſt in eo q̇ nõ peccauit
q̃ꝫ in eo q̇ hoc facit ꝓ pctis ſuis cũ ille ſua culpa ſe ad hoc
aſtrinxerit/ille nõ hic ſoluit qđ debꝫ ille donat.ar.inſt.đ
lega.§.ecõtrario.☞ Sed pone ſatiſfa ctionẽ alio anno
jniũctaꝫ nõ feciſti nunq̇d adhuc tenearis iterato mõ cõfi-
teri pcta tũc cõfeſſo cum pctis nũc cõfitẽdis.Dic q̄ nõ.
ſi recordẽris de ſatiſfactiõe ⁊ idẽ ſi ſis in actu ſatiſfaciẽdi
⁊ forti⁹ ſi maior q̃ꝫ annal' teneris tñ cõfiteri q̄ ſatiſfacere
neglexiſti vel cõtempſiſti ſec⁹ ſi nõ recorderis.vt ſcripſi.s̃.
in matia ꝯfeſſiõis.§.⁊ generalit' ſi q̃ras.v̓.aut neglexit.
de dubitãre aũt an ſatiſfecerit vel nõ/dic q̄ ſatiſfactiõꝫ
debꝫ iterare.xlij.di.q̇eſcam⁹.xxiiij.q.iij.corripiat.Tum
ꝓpt'ea q̃ ſcripſi.s̃.in.§.ſꝫ an v̓a ꝯfeſſio.v̓.alij aũt.qꝛ ꝓ-
deſt ad remiſſionẽ pene future.Tũ qꝛ nõ põt deo digne
ꝯpẽſare.vt ſcripſi.s̃.i pambul'.§.ſꝫ nunq̇d p p̃niaꝫ pt q̇ſ
⁊ qꝛ p̃ſumere hꝫ q̄ nõ fecit.Tũ qꝛ in facto ꝓ.o nõ eſt ꝓ-
babilis igñrantia.C.de reſcin.vẽdi.l.ſi q̇s.ff.ꝓ ſocio.l.ſi.
de Reſcriptis.ab excõicato.Tũ qꝛ hec eſt tutior.de ſpon.
juuenis.đ homi.ad audientiã.☞ Sꝫ nunq̇d ſatiſfacti-
onẽ ſibi jniũctã q̇s poſſit p aliũ implere/tetigi ſup textu.
Archid.dicit q̄ duplex ẽ effect⁹ ſatiſfactiõis.Vn⁹ ſolutõ
debiti pctoꝝ p̃cedentiũ.Ali⁹ extinctio cauſaꝝ pctoꝝ ſe-
q̃ntiũ.Quo ad ſcdm nõ põt qꝛ p jeiuniũ vni⁹ caro alteri⁹
non macerat.Quo ad p̃mũ/ſi eſt potẽs idem licꝫ iuuari
poſſit p aliũ q̇ ſecũ ieiunet.Sec⁹ ſi eſt ipotẽs corꝑalit' vel

l

Confiteri an q̇s teneat ite rũ pcta alio ãno confeſſa ſi ſatiſfactiõꝫ tũc ſibi jniũ-ctã nõ com-

Satiſfacẽ an q̇s p aliũ ꝓ peccatis ſuis poſſit.

圖9.1

印在文句間的指標符號，連結頁緣旁注與正文。本頁摘自阿博契特．昆恩（Albrecht Kunne）一四九〇年在德國梅明根印刷的作品，有著俏皮的標題《*Repetitio capituli "Omnis utriusque sexus" de poenitentiis et remissionibus*》（真傳經典課程「不分男女」關於懺悔聖事與原罪得赦）。

造者個性各不相同，然而印刷的指標符號必須冷靜、恆定，無所不包。

倒也不是說印刷指標符號必然能表現出作者或編輯的嚴謹和專業性。印刷史上有個滑稽的插曲，英格蘭國王亨利八世委任編譯的《大聖經》（*Great Bible*，聖經首部官方英譯版本），從第二版開始刪去所有注解，但卻留下通篇的指標符號☞未有任何相應注釋。其序言心虛地告知讀者如果無法理解標記的段落，請尋求牧師幫助。

作者和出版商日益渴求保護作品的完整性，於是印刷指標符號的數量穩定成長。在某些情況下，引導讀者「正確」解讀作品的願望成為狂熱激情，頁緣完全犧牲，塞滿注釋指向相關文句，幾乎沒有留下什麼空間讓讀者發揮自己的意見。到了十九世紀，手繪的指標符號已遭其無情對手印刷業排除在外。

形形色色的指標符號

印刷和手繪的指標符號還在爭奪頁緣地位之際，印刷機已開始調配整齊劃一的拳頭符號跳脫其原有指涉符號框架。

隨著印刷術而到來的所謂古版書時期（incunable period，源於拉丁文incunabula，有「搖籃」或「襁褓」之意[8]），書頁間隨處可見各種頁面鑄排實驗。或許早期的印刷書籍中最礙眼的闕漏就是缺乏適當扉頁。雖然有個類似「版權頁」的頁面在書後提供背景資訊，諸如標題、出版日期、印刷地點等，但奇怪的是幾乎都不提作者。隨著時間推移，版權頁調換到書本前面在讀者翻開書本時迎接讀者，同時也成為印刷實驗的遊樂場域。這些早期扉頁上雜亂無章的內容，有些飾以木刻裝飾邊框，有些則由雕刻插

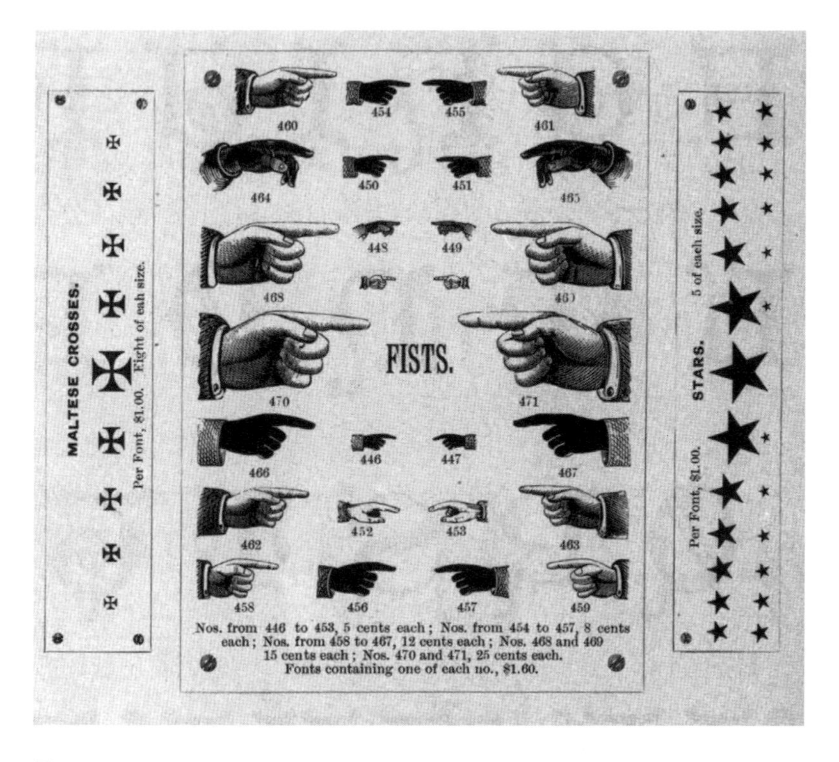

圖9.2

印刷拳頭圖飾和其他圖繪，摘自一八八七年的字型樣本書。

圖勝出。但到了十六世紀晚期，印刷商已達成心照不宣的共識，除了作品本身的插圖之外，只有相對應的字體繪飾應該出現在扉頁。這些現稱為「飾符字體」(dingbats）的印刷圖飾自成一格。

捲葉狀的「花飾圖樣」(fleuron）源自古法文floron（花），經常用以點綴扉頁或版權頁。且花飾圖樣中最古老，經常出現在古典希臘文獻中的「常春藤葉飾」(hedera，❦）直到今日仍是常用圖飾。成組的「阿拉伯藤蔓」(arabesque）繪飾也同樣常見。這源自伊斯蘭藝術的抽象圖騰頗受法國字型設計師羅伯特・格蘭頌（Robert Granjon）擁戴，可重複放置形成分隔線或邊界。拳頭圖樣促使這些飾符自然而然加入印刷行列，引導讀者留意作品的標題或作者的名字[9]。於是指標符號自其實用根源脫身，成為印刷商工具箱中的多功能成員。

指標符號不再只是責任重大的參考標記，也開始擴展其用途。一位傑出的十八世紀木雕家湯瑪斯・比維克（Thomas Bewick）在信中寫道：「我留了幾組在☞。」，直接使用指標圖號來代表「手邊」之意，正如現代作家可能會使用@來表示「在於」。歷史學家C・W・畢太菲爾（C.W. Butterfield）認為這是個應該教給學童的重要符號，於是在他一八五八年出版的教科書《文法和修辭標點符號系統》(*A Comprehensive System of Grammatical and Rhetorical Punctuation*）中如此闡釋：「非常重要的文句前面可使用索引符號」。指標符號甚至出現在十九世紀的墓碑上，正如保羅．麥克菲林所說，「直指天堂」。

最引人注目的拳頭圖樣迷你復興可見於廣告看板。除了將☞廣告重點☜括於其內，它也能指出通往音樂廳、商店或旅館的方向。為符合美國新一代消費者日益龐大的胃口，十九世紀因應廣告發展出的拳頭符號愈來愈大，也愈來愈精美。過去只需勾勒簡單輪廓，但現在的字型廠商提供變種的實心圖樣（☛）以符合日益繁重的要求。最大型的指標符號也從鑄字改由木刻印刷，以避免鉛字冷卻不勻裂開，影響大尺寸的鉛字。

拳頭圖樣無所不在，從廣告、海報、指示牌到報紙都可見其蹤影，於是親近生侮慢，指標符號最後終究自取滅亡。正如時下一般網路使用者都會下意識地忽略廣告連結，亦即令廣告商聞之色變的「廣告盲化」現象，指標符號吸引目光的功能在十九世紀下半葉逐漸弱化。一八九〇年代的消費者已沒那麼好騙，若印刷商從鉛字盒中取出拳頭符號，看上的是這個曾盛極一時符號的自我意識復甦，通常都用來表示反諷。

曾是頁緣的同義詞

印刷指標符號在現代印刷產品中仍算珍禽異獸，不過從書本頁緣解脫也使它得到其他的繁盛機遇。股票交易也使用指向拳號（pointing fist）作為指標，當企業想要影響買氣時，其標誌和宣傳小冊往往會充斥狡猾老套的指標符號[10]。

另外，諸位讀者只要在寄信的時候少付郵資，就有機會見識到指標符號的另一個棲身之所。在美國部分還沒有完全自動化的郵件處理系統中，美國郵政署會在退還信件給寄件者之前蓋上指控意義強烈的紅色指標符號，用以注記問題點。

指標符號由讀者傳遞到作者手中隨後完全跳離書頁，是少數超脫標點的符號之一。過去曾是頁緣的同義詞，如今仍獨立建在，實在令人嘖嘖稱奇。

注解

1 原注：所謂安全，是在你的電子書供應商諷刺地因版權問題而從遠端刪除你書庫中喬治・歐威爾的《一九八四》之前。

2 譯注：耶密斯・德雷克（Jeremias Drexel，一五八一年～一六三八年），耶穌會作家、人文、修辭學教授。

3 譯注：湯瑪斯・肯培斯（Thomas à Kempis，一三八〇年～一四七一年），文藝復興時期宗教作家，提倡靈修。

4 譯注：羅伯特・葛羅西特斯特（Robert Grosseteste，一一七五年～一二五三年），英國政經學家、神學家、曾任教於牛津大學，為劍橋大學的催生者。

5 譯注：吉歐佛瑞・艾胥・葛萊斯特（Geoffrey Ashall Glaister，一九一七年～一九八五年），英國文化協會（British Council）的圖書館員，曾為英國文化協會服務於超過十四個國家，為英國書目協會（Bibliographical Society）與印刷史學會（Printing History Society）的終身會員。

6 原注：伯納爾・本博（Bernardo Bembo）為樞機主教彼得・本博（Pietro Bembo）之父，他關於埃特納火山之旅的記述獲得威尼斯印刷商阿杜斯・馬努提斯出版。馬努提斯委託他的雕字師法蘭西斯柯・吉法歐（Francesco Griffo）為這本書創製新字型。而吉法歐專為《*De Aetna*》一書創製的優雅、易讀現代字型，今日仍廣獲使用，該字型以馬努提斯這著名客戶之名命名為本博字型。值得一提的是依據文藝復興早期的人文學者尼柯羅・尼柯利的筆跡製作出史上第一套斜體字的正是吉法歐。

7 原注：麥克菲林除了他關於書籍和印刷歷史的著作，也是個備受關注的傀儡師。他和同時代友人W・A・狄金斯（W. A. Dwiggins）分享他的兩大愛好排版印刷和木偶戲，而這肯定是史上首次兼最後一次，一個人的專業和興趣是如此彼此相襯的。

8 譯注：古版書（incunable）意指一五〇一年之前印刷的書籍，其拉丁文原義衍伸有「事物發展最初階段」之意，故此得名。

9 原注：保羅・麥克菲林不怎麼欣賞將指標符號視同印刷圖繪。他認為拳頭「放在背景太過張揚，就算混進花飾圖案中，它還是伸長手指，強硬得令人擔憂。」

10 原注：這種影響力確有實證，可見於Flickr網站引人入勝的指標符號討論群組：http://www.flickr.com/groups/manicule/。

第十章　引號“ ”
Quotation Marks

引號，或者該說引號雙人組（“”），從不獨自出現，並非引人注目的符號。通常這些彷彿在展現攀緣特技的「逗點」都靜默滑行，標示出對話、點出反諷的“驚人引用（scare quote）”、或陌生的“術語”。他們是功能低調的典範。

引號靜默值勤，只願為所當為，不受打擾。

“ ” 本章關鍵字

與單尖號的關係

單尖號的用途

聖經之外的單尖號

新引號出現

印刷商試用的各種形式

小說推動的引號標準化

歐洲各國五花八門的引號用法

理查茲的發明

引號，或者該說引號雙人組（“”），從不獨自出現，並非引人注目的符號。通常這些彷彿在展現攀緣特技的「逗點」都靜默滑行，標示出對話、點出反諷的“驚人引用（scare quote）”[1]，或陌生的“術語”。他們是功能低調的典範。

就算引號確實能夠引發爭論，也只會引發溫和的嘖嘖聲而非真正的激辯。不過關於該使用’單引號’或“雙引號”確實有著橫跨大西洋的分歧[2]，但這也遠不如差點被其冷僻用法拖累而幾近滅絕的分號那樣讓人手足無措。偶爾在非必要場合使用引號也不會像濫用所有格號[3]那樣引發憤怒呼聲。比如要求在英國議會放置所謂“罰款箱”，咖啡店提供「新鮮烘焙的“貝果”」、「“鮮魚”」，最多只會引來一些酸言酸語。「倒置逗號」（即引號）和「牛津式逗號」（序列逗號）[4]不同，無法成為推特上的話題，也無法成為流行歌曲的靈感來源[5]。

顯然就連對逗號、分號等符號發火的琳恩·特魯斯[6]也無法以同樣的怒火對引號開槍。這位專事針砭標點符號的夫人雖在開頭鏗鏘有力的宣稱「關於引號使用有許多無知之處」，但隨後散漫無章的寥寥數頁與她戮力指摘的撇號和逗號相比實在不算什麼。謝天謝地，引號靜默值勤，只願為所當為，不受打擾。

與單尖號的關係

現代引號的根源已潛藏於本書。沒錯，就是在亞歷山大圖書館獲得一席之地的單尖號（*diple* ／ >），用於文句側邊標記值得留意的內容。而其加上點點的手足「加點單尖號」（*diple periestigmene* ／ ⋟）用來標記學者對其他評論家不能苟同之處。

單尖號是由西元前二世紀的元祖評論家阿里斯塔克隨同星號和炙劍號（obelus [7]）等符號一同創造，因由兩個筆畫構成而得名[8]，單尖號雖帶有尖刺，用法卻相對溫和。阿里斯塔克的單尖號可用來表示文句中援用歷史上知名事件，某方面來說也是古代版的指標符號，常用來引發讀者的關注。不過指標符號往往伴隨注解者的洞見而生，或許是滔滔不絕的意見，也或許是頁緣寥寥數語。而低調的單尖號只靜默對應文本中原有的內容。這就是有趣的地方，單尖號陳述了意見，但你必須自己找到它。

雖然使用範圍曖昧不明讓單尖號的進展遲滯不前，也有些古代抄寫員忽略這個符號可以用來縮排或凸排值得一提的文句。但幾個世紀以來，單尖號仍是標注對應重要參考文本的絕佳手段。

單尖號的用途

對非基督信仰的希臘人來說，阿里斯塔克這些珍貴標記至關重要，但對創建新的基督教來說，他的文獻考證工具或許更加重要。並不只因為「基督教教父」[9]意欲闡明並宣揚的對象是上帝之子及其門徒的言詞而非荷馬史詩，且正如奧瑞金將星號與炙劍號應用於他殫心竭慮編輯的舊約聖經，單尖號也因此在宗教彌撒中再次取得一席之地。在此過程中單尖號的應用範圍也一度經過琢磨精練，對基督教來說其形制具備特殊價值。

為基督教，也由基督教所產生的文學端賴教堂廣為傳布之賜，多至不可勝數。現知西元二世紀的西方手抄本約有一半與基督教相關，到了西元八世紀比率更上升到驚人的五分之四。作者互相讚嘆、評論並抨擊彼此的作品，引用聖經來支持各自的論點。除了熟悉的單尖號之外，還有什麼符號更適合用來引用這世上最有價值的文獻？聖依西多祿在他七世紀的《詞源》中記述標點符號，而他對單尖號的敘述簡略生硬而清楚：「我們的抄寫員在牧師的書本中使用單尖號來區隔或釐清所引用的神聖經文。」此言甚是精闢。

然而早期單尖號不是用來區分聖經引文的唯一方法。許多神學著作如同聖經本身代代相傳，歷代版本即使內容相同，但呈現方式往往有若干相異之處。比如大約西元五九〇年，文法學家杜齊烏斯（Dulcitius）潛心編修聖奧古斯丁的《三一論》（*De Trinitate*），關於上帝三位一體本質的拉丁文論述。聖奧古斯丁第五世紀的原版內容直接寫下聖經內容，未加任何標點，然而杜齊烏斯的版本中則使用單尖號來區分引文。杜齊烏斯以當時典型的無空白大寫字體呈現，並以高點號作結。於是《約翰福音》1.1的著名開頭就像這樣：

> HESAIDINTHEBEGINNINGTHEREWASTHEWORD˙
（他說太初有道˙）

西元六世紀另一個版本的《三一論》中，抄寫員挑戰霸道的連書，以字母等寬的間隙隔開引文，且未使用單尖號：

HESAYS IAMINTHEFATHERANDTHEFATHERINME
（他說　我在我父內我父亦在我內）

稍後隨著字距空白取代連書，西元十世紀的《三一論》自然也跟上轉變的潮流以小寫字呈現，並穿插字距空白的雛形與點號，同一句引文此時呈現為：

hesays. iaminthefather &thefather inme˙
（他說 . 我在我父內 & 我父亦在我內˙）

西元第八世紀在英格蘭北部韋爾茅斯·迦羅地區（Wearmouth-Jarrow）修道院抄寫的手稿，採用另一種強調重要文句的方式。引文不只用傳統的單尖號做區別，還使用了不同字體。文本主體為小寫體（原產於不列顛群島的島國字體／insular），引文則為大寫的安瑟爾字體。如此一來引文和原文呈現不同的視覺效果，正如同現代書籍會改變字體外貌（縮排、斜體、縮小字體等）來引用整段文句，韋爾茅斯·迦羅地區的抄寫員在數千年前就嘗試了類似形式。

此後直到西元第一個千禧年之間，仍有其他引文方式接連出現、興盛而後衰敗。比如古希臘文獻中引用佳句的方式仍可見於早期拉丁文抄本。之後某些抄寫員簡單劃上底線強調引文，還有些人用紅墨水來突出引文。

有時單尖號會將自己的功能讓給其他符號。在各個時代的不同抄本之間，有些引文由類似破折號的單短線或雙短線標於頁緣（-、=），有時則加上點點如同古希臘的綁結符號（÷）和下半綁結符號（-·）。說起來這些早期的基督教學者可能都唱著同樣的讚美詩[10]，但他們引用經文的方式沒有共識。

聖經之外的單尖號

即使基督教文獻日益壯大，單尖號擔任的角色偶爾還是會超過傳統的聖經引文範圍。在西元五世紀的手抄本《致耶柔米》（*Apology against Jerome*）[11]中，盧分納斯（Rufinus of Aquileia）斥責過去的朋友兼盟友聖耶柔米（St. Jerome）批判某些原為他們所支持、奧瑞金所信奉、具有爭議性的信念（他著名的《六經合編》）。關於神學辯論的具體細節已超出本書範圍，此處只是想表達今時一如往日，牆頭草不被稱許，盧分納斯確實因耶柔米利己心態的立場變化感到衷心憤怒。盧分納斯為了區分他自己和他怯懦對手的言論，在序言中如此寫道：

> **為了避免讀者混淆本書中引用的文句，請留意句首標記單符號的是筆者著作，而句首標記雙符號的是筆者對手的言論。**

盧分納斯所說的「符號」正是單尖號，單獨或成雙（>>）分別使用於他自己早期的作品及耶柔米的作品。盧分納斯的作品是基督教著作，但就算他賦予了單尖號新的層次和意義，單尖號卻依然是古老的希臘異教傳統符號。事實上熟悉早期網路的讀者，或許會發覺盧分納斯使用單尖號的方式有些眼熟。以「網際網路交流」（Usenet）系統為基礎的網路討論版[12]於引用前言時採用一個或複數的右尖括號（>、>>、>>>等）來標示回覆文章的層級順序，舉例來說：

>>嗨、你好嗎？

>我很好啊，你呢？

我也不錯。

雖然單尖號在基督教文獻中保有其特殊地位（也因此在一般寫作亦維持其地位），但當幾個世紀以來的抄寫方式產生了巨大突破，其地位也受到搖撼。拉丁文勝過希臘文成為西方主要的書記語言，莎草紙捲軸讓位給羊皮紙抄本，而新貴草書小寫體力搏傳統的大寫字體。劇變迭起，遂催生了單尖號的諸多接班人。除了原就有人使用、類似破折號的符號，還有一系列「墮落」或「自貶」的單尖號（二十世紀引號編年史專家派崔克·麥葛柯〔Patrick McGurk〕的蔑視之詞）逐漸取而代之。有些作家在傳統的>符號筆劃之間裝飾點點，有些法文手抄本則將這符號轉向成為類似V字母的符號、兩劃之間亦懷抱一點。這過程就像℔逐漸變異成#，或*et*轉化為&，單尖號擬似箭頭的外形亦產生了仿似字母s和r的替代符號，最後成為如同現代逗號的彎曲符號。而奇怪的是，只有在英國產生獨特的盎格魯撒克遜變體，即兩點加上一個逗號組成的標記（..,）。

西元八世紀結束的時候，已看不到老式平淡>的蹤影，接下來七百年間的手抄本中欲取而代之的符號百家爭鳴紛亂不休。直到印刷術降臨才終於弭平這些「墮落自貶」單尖號的烏合之眾引發的騷亂，歸於一致。

新引號出現

正如前面章節所述，印刷從根本上永遠改變了書寫和標點符號。手繪插圖和描紅標點[13]等費時的奢侈之舉在導入新的生產方式後成為規模經濟的犧牲品，引號亦深受影響。古騰堡的活字印刷系統使劃底線或彩色印刷顯得費時又不切實際，更別說早期的印刷機都不怎麼樂意特別削製單尖號的諸多變種後代。因此早期的印刷書籍採用改變字體、加注括號甚或直接加上陳述性動詞等權宜之計來引用文句。《古騰堡聖經》完全沒有使用圖像字符來區分引文。

單尖號於十六世紀初改頭換面，「墮落」的手寫單尖號大軍一夜之間遭到簡單的雙逗號（„）撤換。相較於傳統手稿，逗號是嶄新符號，衍生自標注短暫停頓的短斜線（/）[14]。印刷師直接採用逗號，恍若單尖號未曾存在過。彷彿某天某位印刷師直接從鉛字盒中撿出類似單尖號但形態較為柔軟彎曲的鉛字符號。

雙逗號原先只是權宜之計，但使用頻率逐漸增加且獨自坐大，遂成為印刷作品不可或缺之新成員。樞機主教約翰・費希爾[15]一五二五年的《*Defensio Regie Assertionis contra Babylonicam*

Capituitatem》（致國王對巴比倫囚擄論）[16]是一篇有著長標題的短文，一如以內鬥為傳統的神學爭論。在此文中可一瞥早期以逗號作為引號的樣貌。費希爾用來挑釁路德的引文以成列雙逗號標示在頁緣而非引文頭尾。然而費希爾的雙逗號和尖角向內的單尖號不同，雙逗號的弧度都分別面向文句。置於右頁（*recto*）頁緣的雙逗號維持正常角度（„），但位於左側（*verso*）頁面的雙逗號則轉了一百八十度（“）。雖然此後兩百五十年間這種符號都還未有正式名稱，但總之「倒置逗號」已然誕生。

儘管現代讀者熟悉的逗號外貌已可見於《致國王論》，但其用途尚未定型。費希爾用雙逗號來標示其對手馬丁·路德的言論，但其他引文無論引自英王亨利八世（此文事實上正是針對亨利八世而寫）、聖經或其他宗教典籍，都未獲特別處理，只簡單使用「他表示……」之類插入語表達。

前述新引號整齊垂直排列於文句側邊，費希爾的逗號並未精確標示出引用的主文內容，而且可能是事後添補的。

《致國王論》發表四年後，法國著名的印刷商久弗瓦·托立（Geofroy Tory）發行了大量小冊名為《花海天堂》（*Champ Fleury*），闡述解決早期引號使用者面臨困境的替代方案。《花海天堂》既是印刷學上的傑作，同時也慷慨激昂地提出語言和書寫的標準。托立提議建構才剛復興的羅馬字型，依據各自腔調作為發音標準，並使用撇號來代表節略的字母。《花海天堂》如同

《致國王論》使用雙逗號當作引號，不過相同處僅止於此。費希爾把引號逗點放在外側頁緣，托利則改放在書頁內側頁緣，以免與外緣的頻繁注記相互衝突，同時這些逗號全都如同單尖號開口向外。不僅如此，托利還自在引用古典作家的文句，這是新一代人文主義世界迅速侵蝕聖經和宗教書籍過往特殊地位的徵兆。

印刷商試用的各種形式

引號從聖經典籍轉而援用於一般參考文獻的案例日益增加，而十六世紀印刷商也實驗了不同的表現方式。比如一五四九年版的《花海天堂》就曾以斜體字呈現拉丁語引文，這也為後世文本開啟了方便之門，能夠任意採用引號或斜體來標記作者認為值得引述的文句。在那個時代無論讀者或作者都熱衷於標記「格言」(sententiae [17]，有分量、眾所皆知、值得注意的警句)。作家能夠以斜體字或引號呈現格言，但讀者只能加上指標符號之類標記或抄到自己的「備忘錄」供日後參考。(使用斜體的習慣一脈相傳，今日作家仍會以斜體字或斜體文句來標記特別重要的內容。)

與此同時，大眾開始意識到作家採用的引號日趨多樣化。約翰·惠吉夫（John Whitgift）一五七四年標題狂妄的《致湯瑪斯·卡爾懷特對諫言之答覆》(*The defense of the answere to the admonition against the reply by Thomas Cartwright*）一書滿是格言、引文及待駁斥的論點，各式內容均有相異的排版方式，但不知何故此書沒有完全沒有引號。作者本人的文句以歌德字體呈現，作者對手的引文則顯示為較小號的歌德字體，引自聖經的拉丁語均為斜體，其譯文則為羅馬字體。惠吉夫偏執的規避引號並非特例，首部付印的莎士比亞劇本僅晚於《對諫言之答覆》數年，書中亦不含任何引號。無論是吟遊詩人或印刷商，任何角色想要重複別人說的話，只要簡單用個分號或逗號導入引文已然足夠。

隨後將近十六世紀末，引號往其現代形式邁進了兩大步。首先，倒置逗號由與世隔絕的頁緣處移動到正文中，占據引文每行的左側開頭位置。第二個突破發生在一五七四年，警世詩集《司法官之鏡》（*The Mirour for Magistrates*）首度直接將引號標示在引文上：

“女人（據說）是爭鬥之源
“如此致命彷彿未曾得見
“來吧，因我的手應賦予你生命
“且為吾等凡人的紛爭復仇

也許因為對於一般讀者的批判能力抱持懷疑態度，且倒置逗號無法像單尖號那樣有效引發讀者對文句的特殊關注，印刷商稍後於一五八七年版採取預防措施，在精闢的智慧結晶前面加上五角星。偶爾星號字符會直接針對引文：

“需忠誠如所有弟兄皆同意
“為保持國境★和諧穩定
“而不和諧將導致王國傾頹

可惜《司法官之鏡》使用引號的方式不過是虛幻曙光。引號、斜體，和其他印刷排版區分依舊讓人眼花撩亂，想要有約定俗成的標準化用法實在機會渺茫。手抄文獻反映出的優柔寡斷仍可見於印刷作品。直接和間接的引文都可能由相互競爭的短斜線、底線、陳述性動詞等方式來表現，而倒置逗號往往特別保留給警句。令人困惑的引號叢林日益不羈。

小說推動的引號標準化

小說以十八世紀新形態的文學之姿出現，同時推動引號的標準化，整頓自然勢不可免。正如同對於現實主義的追求使丹尼爾・狄福、亨利・費爾丁和山繆爾・李察森使用所謂長破折號抹除可供識別的細節[18]增加真實感，正規對話也成了小說的早期形制。避免自行轉述，改由敘事者過濾資訊，這些新銳小說家將筆下角色未經矯飾的對話直接呈現在讀者面前。這種嶄新直接的表達方式必得將對話與敘事區隔開來。

安插對話的新方法不斷加速進化。比如狄福一七六五年版《摩爾・弗蘭德斯》以分段來表示敘述者改變。不過還是保留頁緣的倒置逗號用於偶爾出現的警句，另加上縮排與主文做區隔。山繆爾・李察森一七四八年的書信體小說《坷麗莎》（*Clarissa*）恪守傳統，引用書信的每一行都加上引號。不過此書有時會以創新手法加上引號，即直接將左引號放在引文開頭並在引文結束處加上「沉默標記」右引號（”）。然而李察森依舊偏好以破折號或另起一行來區隔口語對話中的說話者。此世紀初也還能看到以斜體字與羅馬字來切換對話者的技巧，另還有一些作品採取較為直接簡單的方式、如舞台劇腳本般逐一引介說話者。

整體而言，前幾個世紀各行其是的混戰，終於開始凝聚為較可辨別的現代風格。李察森清楚明白的左右引號逐漸獲得其他作品採用。到了十八世紀末，頁緣引號大致上已遭淘汰。至於陳述性動詞先是退居到括號中和對話本身一同出現，稍後完全退出引文，只出現在兩個分隔的引述句之間，以一七七八年匿名發表的小說《關於伊麗莎・華威》（*The history of Eliza Warwick*）為例：

‘是的。’我答道。‘但我很快就會隨你而去，你的亨特利應該在你將前去的未知世界繼續保護你－他是你的護衛、你的隨從、直到永遠。’“不！”她語氣堅定哭道“不，我命你……”

《關於伊麗莎．華威》顯示了作家和印刷商必得面對的另一個決定，即該如何善用單引號與雙引號。活字印刷廠通常都會為了較普遍的雙逗號鑄造鉛字，這也等於排除了其他符號，但雙引號與其單引號兄弟之間的相對使用方式尚懸而未決。《關於伊麗莎．華威》的神祕作者抑或其印刷商使用單引號和雙引號來區隔對話者，而另一部匿名發表的作品《心之悲歌》（*The Sorrows of the Heart*）則分別用單雙引號區別直接或間接的引述。

最後到了十八世紀末期，雙逗號的成長陣痛期已然過去。引言由成對的左右倒置逗號前後夾注，以頁緣標記來注釋「連續」引文的作法已不合時宜[19]。跨越段落的引文只需要在開頭加上一對倒置逗號，再用單獨的右引號為引文做結。單、雙引號交替使用於直接和間接引語（或反之亦然，取決於該國習慣），引用拉丁文之類外語則以斜體為之。引文時代近在眼前，至少對英文來說如是。

歐洲各國五花八門的引號用法

英國小說崛起的同時，歐陸的羅曼史小說也同樣從沉重的形式主義轉型為活潑的寫實主義。滔滔不絕的夸夸其談轉為短兵相接的機敏應答。法國及德國作家發現自己也必須精進對話的洗練程度。法國出版商並不以倒置逗號作為權宜之計而滿足，他們改以跟單尖號有些類似的雙尖號（*guillemets* ／ «»[20]）自豪地和他們的老祖宗相互呼應。

脫穎而出的倒置逗號始終讓人難以捉摸，雙尖號的起源同樣也無法確定。有些說法將功勞歸於十六世紀來自法國一帶特魯瓦（Troyes）的鑄字師紀堯姆．勒貝（Guillaume Le Bé）。由於 *guillemet*（雙尖號）是「紀堯姆」（Guillaume）這名字的暱稱，咸認這符號以其創造者命名。可惜這個理論有致命缺陷，勒貝出生於一五二五年，而雙尖號最早出現於一五二七年。要說有誰在兩歲的時候就發明了新標點根本是天方夜譚。唯一可以確定的是，關於這符號（或類似產物）最早的記述可溯自一五四〇年，由法國學者兼印刷師艾蒂安．多勒（Étienne Dolet）提出。而其小巧成雙，近似雙尖號的外形（(( ))）則由鼎鼎大名的克勞德．加拉蒙[21]在一五三〇到一五四〇年作成。

大多數歐洲印刷師安置引號的方式和其英國同行相差不遠，但偶爾也會好大喜功貪繞遠路。有位現代學者如此描述十八世紀的德國排版實例："引文的開頭、結尾和頁緣分別使用倒置逗號、法式標點和德式逗號。»儘管單純一件事要如此勞師動眾，但德語引文的作法就是如此謹慎保守，且始終如一。現代的德語用逗號框起對話，（其位置、方向均有別於英語作品），„就像這樣"。或用往內指的雙尖號，»就像這樣«。

至於法語引文則依舊令人目不暇給，大量穿插使用令英國人祖先盎格魯撒克遜人陌生不已的破折號和雙尖號。奇怪的是，得為此負責的恐怕是早期的英國小說家山繆爾．李察森。和他同時代的法國文學理論家尚．法蘭西斯．馬蒙泰[22]看上了李察森熱愛使用破折號區別說話者的手法並將之發揚光大。法文和德文一樣通常使用雙尖號來呈現對話，只不過和英文的倒置逗號一樣曲度向外，«就像這樣»。不同的地方則是連續對話，由一對雙尖號框起整段對話，另外使用破折號來替換說話者並保留陳述動詞。以大仲馬的《基督山恩仇記》為例：

«嗨！愛德蒙，你沒看到你的朋友？或是你太過驕傲，不願同他們說話？

－不，我親愛的卡德魯斯，我並不驕傲－我只是太開心了，我想幸福比驕傲更容易令人盲目。

－說得好！算你有理，卡德魯斯說道。»

橫跨多段的引文又有所不同。先使用破折號（而非雙尖號）作為引文的開頭，其後在每一段落開頭使用尖端向內的雙尖號。諸如此類古怪用法仍常見於現代法文小說，雙尖號及破折號依舊亂舞於高盧人的對話中，和冷靜規律的盎格魯撒克遜文本迥然相異。

理查茲的發明

歷經十七和十八世紀的混亂和整合後，英文引號的用法已然穩定，隨著印刷排版和語法流變仍泰然自若。然而一九四二年一位粗魯的文學評論家開始大膽嘗試「改革」引號得來不易的地位。

英語文學評論家艾佛．A．理查茲（Ivor A. Richards）分別在劍橋大學和哈佛大學擔任英語教授至一九三九年及一九七四年，是個強硬的改革派。理查茲強烈支持他的劍橋哲學家同僚C．K．歐格登發明、由八百五十個單字及簡化文法組成的「基本英語」（Basic English）。基本英語以成為「全球性第二外語」為目標，對教育工作者提出了誘人前景。比如二次世界大戰後，理查茲說服美國海軍使用基本英語培訓中國水兵。而《生活雜誌》（*Life*）、《時代雜誌》和《哈潑雜誌》（*Harper's Magazine*）也都注意到了基本英語。雖然後者未必全然支持。歐格登創製的語言甚至在小說中取得一席之地[23]，科幻小說家H・G・威爾斯[24]和羅伯特・海萊因[25]都採用基本英語作為未來的世界通用語。

或許因為基本英語大獲好評，理查茲有恃無恐地在他一九四二年的文學評論手冊《如何讀一頁書》（*How to Read a Page*）中以簡短篇幅陳述屬於他自己的語言改革。在題為〈引號專門化〉的短文中，理查茲列出各種強加於這符號的不同含義。比如標記引文、暗示反諷或懷疑的「驚人引用」、指涉詞彙本身而非詞彙的意義等等，他哀嘆「我們想累死這個任勞任怨的傢伙嗎」。

理查茲遂提議在對話和引文之外的特定情況以上標字母替換引號。比如用w字母來表示引用的詞彙指涉詞彙本身。根據他的系統，^{w}桌子^{w}即「桌子」這個詞彙。更進一步用字母r表示引用的詞彙指涉前人的定義，約略為「根據……」之意。理查茲以^{r}自然^{r}為例表示，懷德海[26]的^{r}自然^{r}並非華茲華斯[27]的^{r}自然^{r}。其中最直截了當的「!」表示驚訝或揶揄的!怪叫!，而最晦澀的或許是用來並列同義詞、代表「……與所述……」（said with）的sw。理查茲如此賣弄道：「^{sw}藝術^{sw}就是^{sw}獨特形式^{sw}」。

理查茲的《如何讀一頁書》通篇熱情展示他的新系統，且堅持在所有專業作品中使用此系統。直到一九七四，他去世五年之前，他終於被一本散文集說服，決定放棄。鑑於本書和幾乎所有現代書籍採用的穩定常規引號系統，可知理查茲的引號系統無法蔚為潮流其來有自。理查茲的專門化引號就像馬丁・斯貝柯特的疑問驚嘆號，必須對抗根深蒂固的正統，且居於考究而排他性強烈的學術象牙塔中，理查茲身為自己這套系統唯一的發明人、使用者兼推廣者，其結果可想而知。從沉默的單尖號、虔敬的聖經標記到小說書頁中隨處可見的符號，引號長達兩千年的旅程看來尚未結束。

注解

1. 譯注：驚人引用（scare quote），即用引號來表達對於該引用詞彙的反義、諷刺或質疑等等。
2 譯注：美式英語傾向先使用雙引號，引號之中再度引用才使用單引號，英式英語則相反。
3 譯注：原文「grocer's apostrophe」意指將所有格號（或稱單引號、撇號）加在商店名稱後，指稱該商店所屬店鋪之表現方式。
4 譯注：牛津式逗號（Oxford comma）、即序列逗號（Series comma）指提出一連串人事物時用來分隔的逗號，亦放置於and, or或nor之前。
5 譯注：美國的獨立搖滾樂團吸血鬼週末樂團（Vampire Weekend）有一首歌即以〈牛津式逗號〉（Oxford Comma）為名。
6 譯注：琳恩・特魯斯（Lynne Truss，一九五五年生），英國作家、記者，其代表作即為針砭標點符號的暢銷書《教唆熊貓開槍的「，」：一次學會英文標點符號》（*Eats, Shoots & Leaves: The Zero Tolerance Approach to Punctuation*）。
7 原注：關於星號、炙劍號與亞歷山大圖書館其他的貢獻，請參第六章〈星號與劍號〉。
8 譯注：單尖號原文diple在希臘文中為「重複」、「雙倍」之意。
9 譯注：基督教教父（Fathers of the Church），指早期（約至西元六、七世紀為止）基督教的思想家。
10 譯注：「唱著同樣的讚美詩」為雙關語，原文「singing from the same hymn sheet」在英文俚語中意指「意見相同」、「陳述同一件事」。

11 原注：「護教學」（Apologetics，或譯辯惑學）通常意指關於基督教的智識辯論，但也常見於基督教學者與神職人員相互辯論的作品標題。

12 譯注：網際網路交流系統（Usenet），在台灣一度盛行的BBS文化即是中文Usenet的應用。BBS引言亦採用重複的>符號或冒號表現引言層次。

13 原注：關於段落符號描紅面臨印刷術的衝擊，終於步向衰沒的過程，請參第一章〈段落符號〉。

14 原注：關於短斜線標記，請參第八章〈破折號〉。

15 譯注：約翰．費希爾（John Fisher，一四六九年～一五三五年），英國樞機主教，人文主義者，因反對國家干預宗教、支持教宗、拒絕承認亨利八世為英國教會最高領袖而遭處刑。

16 譯注：《*Defensio Regie Assertionis contra Babylonicam Capituitatem*》為一篇反對亨利八世與第一任妻子凱瑟琳離婚的文章。其中巴比倫囚擄（Babylonian Captivity）為聖經典故，應有對應馬丁・路德一二五〇年論聖禮的神學論述《教會被擄於巴比倫》（On the Babylonian Captivity of the Church）之意。

17 原注：拉丁語sententia轉化為英語詞彙「sententious」（說教過度），其過度自我中心的含義正來自於過度使用此類「格言」。

18 原注：關於破折號與早期小說中的現實主義，請參第八章〈破折號〉。

19 原注：或許正是放棄逐行加引號的用法催生了現代的區塊引文。排版大師羅伯特．布林斯特（Robert Bringhurst）表示某些印刷商以空白來取代頁緣引號，保持引文與主文的視覺空間區分。但也有其他說法認為只是古老的縮排引文方式持續至今。也有少量研究分別支持兩方論點。

20 譯注：雙尖號（guillemets），英文又稱為「French quotation marks」（法式引號）或「angle quotes」（曲角引號），和中文中的書名號《》不同。

21 譯注：克勞德．加拉蒙（Claude Garamond，約一四九〇年～一五六一年），法國印刷師、活字師，首位將字型設計、雕製字型等工作商業化者，催生了印刷產業，許多當今知名字體（如Garamond）皆受他影響。

22 譯注：尚．法蘭西斯．馬蒙泰（Jean-François Marmontel，一七二三年～一七九九年），法國歷史學家，作家。

23 原注：喬治．歐威爾一開始對基礎英語的前景抱持謹慎樂觀的態度，但他後來背棄構建基礎語言的初衷，在《一九八四》中採用這語言作為「黨」的「新語」（Newspeak）並加以諷刺。

24 譯注：H．G．威爾斯（H. G. Wells，一八六六年～一九四六年），英國小說家、記者、政治家、社會學家、歷史學家。以時間旅行作為小說主題造成轟動，咸認科幻小說之父。

25 譯注：羅伯特．海萊因（Robert A. Heinlein，一九〇七年～一九八八年），美國科幻小說家，公認科幻小說三巨頭之一，人稱科幻先生（Mr. SF）。

26 譯注：懷德海（Whitehead，即Alfred North Whitehead，一八六一年～一九四七年），英國數學家、哲學家，二十世紀重要思想家，曾獲英王授勳。過程哲學（process philosophy）的奠基者，創立形上學體系，其著作《自然之概念》（*The Concept of Nature*）對傳統自然觀點作出哲學上的反思。

27 譯注：華茲華斯（Wordsworth，即William Wordsworth，一七七〇年～一八五〇年），英國浪漫主義詩人，與雪萊、拜倫齊名，曾為桂冠詩人、湖畔詩人之一、文藝復興以來最重要的英語詩人之一，亦有哲理詩（philosophical poem）之創作，亦有認為華茲華斯的好友約翰·斯圖爾特（John “Walking” Stewart）所著《自然啟示錄》（*The Apocalypse of Nature*）受華茲華斯哲學概念所影響。

第十一章　反諷與嘲諷⸮
Irony and Sarcasm

有些反諷很單純，有些則不。標點符號對於這些反諷沒有幫助也非必要。

意在言外的「言語反諷」則不然。反諷者和其聽眾都很有可能拿捏不當。這類型的反諷常見於現代人的溝通。若想要以書面為之，作者和讀者都必須同時是技巧高超的反諷者和具備一定程度洞察力的觀眾。因此書面呈現的言詞反諷吸引許多作家、學者、記者、字型設計師亟於「修正」它的缺點。

本章關鍵字

反諷的歷史

蟄伏之後復出於歐陸／反話符號問世

反諷體

孟肯與反諷體／反諷體的真正創造人：一個傳奇人物

數位化嘲諷

網路世界的反諷體振興活動／神出鬼沒於印刷史上的表情符號／二十世紀以後的零星登場／惡名昭彰的「嘲諷圈點」

嚴格說起來，反諷（irony）旨在表達與所述狀況相異或相悖的含義。字典定義的詳解或許略有出入，但基本上大同小異。比如「蘇格拉底式反諷」（Socratic irony）是對於眼前的主題佯作無知，如教師另以問題答覆學生提出的問題，或辯論高手誘使對手自掘墳墓[1]。而「戲劇性反諷」（dramatic irony）意謂戲劇作品的觀眾已領會劇情，但劇中某個或某些角色卻對之懵然無知。常被引用的案例是羅密歐因茱麗葉看似亡故而自殺，但觀眾都知道她並沒有死。「情境式反諷」（Situational irony）描述硬是出現結果不同於預期、令人驚詫的場合或事件，其手足「宇宙反諷」（cosmic irony）則看透了幕後黑手。若有人嘟囔「這不是很諷刺嗎？」幾乎都是指情境式反諷。

因此判定前述狀況是否帶有反諷意味，完全取決於旁觀者。有些反諷很單純，有些則不。標點符號對於這些反諷沒有幫助也非必要。

意在言外的「言語反諷」則不然。反諷者和其聽眾都很有可能拿捏不當。這類形的反諷常見於現代人的溝通。西元兩千年一項關於美國大學生會話的研究發現，言語反諷（連同其頑劣的養子女如嘲諷、誇飾和含蓄陳述等）占了整整百分之八的對話[2]。既然言語反諷大為仰賴言詞的細微之處和語調呈現，若想要以書面為之，作者和讀者都必須同時是技巧高超的反諷者，以及具備一定程度洞察力的觀眾。因此書面呈現的言詞反諷吸引許多作家、學者、記者、字型設計師亟於「修正」它的缺點。

反諷的歷史

反諷的概念在古希臘時代就已得名（但沒有任何輔助標點）。當時的劇作家採用實際特徵、道具和人格特質固定的定型人物（stock character）來編劇。喜劇的要角之一是看似丑角的裝傻者（eirôn），專擅透過自我貶低和佯作無知的手法戳破其對手吹牛者（alazon）。之後eirôn先是衍生出希臘詞彙eirôneia，繼之以現代詞彙「irony」。雖然反諷在古代的智性生活中至關重要，但作者往往會讓讀者自己去發掘其中奧妙。書面的反諷標記並非誕生在亞歷山大圖書館或羅馬參議院，而是英國復辟時期的核心。

一六六八年出現第一個創製出來圈點反諷文句的書面標記，見於英國牧師兼自然哲學家約翰·威爾金斯（John Wilkins）所出版的《論真實字符與哲學語言》（*Essay towards a Real Character and a Philosophical Language*）。威爾金斯雖然身為保皇黨眼中釘克倫威爾（Oliver Cromwell）的大舅子，但英王復辟後威爾金斯仍獲選為新生英國皇家協會（Royal Society）的第一書記，同時身兼牛津大學沃德罕學院（Wadham College）及劍橋大學三一學院的負責人。這位溫和的牧師可說是該時代的小達文西，他涉足許多領域，推論月球上有外星生物的可能性（同時設計飛往月球的飛行機）、揣想建構潛水艇「方舟號」、寫出關於密碼學的第一本英文著作，並製作透孔的蜂箱，不必殺死蜜蜂就能夠取蜜。但《論真實字符與哲學語言》一書才是他最輝煌的成就。

一六六六年的倫敦大火破壞威爾金斯的部分手稿，因此他被迫延後兩年出版此書。書中大膽以二分法宣稱分類於「真實字符」的字母和符號，適用於「能夠以言語文詞明確表達的事物與概念」，而與之相對的「哲學語言」則是詞彙的發音指南。威爾金斯遠在世界語（Esperanto）[3]創制之前兩百年、歐格登對英語下手[4]之前三百年，就已創造出一種全新的語言。

此書如今看來或許稍嫌狂妄，因為不過是十七世紀一位著迷於人工語言者的顛峰之作。文藝復興衍生出資訊爆炸的年代，知識與思想彷彿野火燎原，大眾教育與科學程度均有所提升。然而過去曾是國際學術語言龍頭的拉丁文卻已衰沒。更重要的是，新一代的「自然哲學家」了解到一般自然語言的偏頗和限制，用於傳達科學知識並非完美工具。對威爾金斯和他同時代的人來說，使用專屬建置、全球通行的語言來分析並傳遞資訊是個魅力無限的概念。於是十七世紀中葉出現「哲學語言」和「真實字符」的進一步發明，重點在於不受語言進化過程中無數複雜性影響，單純以人工分類事物與概念。

威爾金斯參戰前已有許多相關論述，比如一六四七到一六五二年間，荷蘭商人弗朗西斯·勞多維（Frances Lodowyck）出了些書提出「新一代完美語言和世界通用書寫系統」，而文藻華美的蘇格蘭作家托馬斯·厄克特爵士（Sir Thomas Urquhart），在一六五一年書名拗口的小說《艾考斯基巴勞倫》（*Ekskybalauron*）和一六五二年《洛高龐德謝克森》（*Logopandecteision*）中大肆吹噓自創的通用語（但未獲大眾認可）。威爾金斯則與另一位蘇格蘭語言學家喬治·丹格諾（George Dalgarno）合作，但他們在建構其「哲學語言」時意見不合而拆夥。丹格諾搶先威爾金斯在一六六一年匆忙推出他自己的論述《符號標記》（*Ars Signorum*），但在威爾金斯的鉅作推出後便相形見絀。真正結束通用語百家爭鳴的是威爾金斯的「真實字符」。

威爾金斯的通用語就像萬靈金丹，無所不包的杜威十進分類法[5]，將所有概念涵蓋到嚴明的層級結構中。比如「火焰」是由意謂元素的「屬」（genus）：de、意謂火焰的「異」（difference）：b，以及表示該詞彙係元素一部分的「種」（species）：a，這三者組出的複合詞彙deba。然而除了這套分類學之外，威爾金斯還畫蛇添足，擅入標點符號和書寫領域提出創新說法，宣稱應使用倒置的驚嘆號（¡）來標示反諷。

威爾金斯之所以設計出史上第一個反諷符號的理由並不可考。早在六十年前，深具影響力的荷蘭人文主義學者伊拉斯謨已發覺缺少這類符號，並表示：「反諷無家可歸，唯句讀有異。」。威爾金斯是否知道伊拉斯謨此言，或是否受其啟發，如今不明。然而無論威爾金斯的靈感從何而來，他所選擇的¡似乎再貼切不過了。出現驚嘆號已然昭示了這句話的語氣，而將這符號倒置呈現擬似字母i的外貌同時暗示了反諷（irony）及這句話含義上的反轉。可惜不管威爾金斯選擇的符號有多貼切，它非但是諸多反諷符號中第一個出現的，也是第一個失敗的。

十七世紀末期，已不再有人相信人為設置的分類學能夠引領人類脫離混亂，而關於通用語能夠充分演示分類學的美夢也逐漸幻滅。威爾金斯該文是薄命通用語的最後一絲希望，也因此至今人們仍認為他雖敗猶榮。他隨筆提到的倒置驚嘆號也與其理論一同沉沒，望之消逝無蹤[6]，就此底定失敗先例。

●蟄伏之後復出於歐陸

蟄伏將近兩個世紀後，反諷符號再度出現於英吉利海峽的另一端。或者更精確地說，一個嶄新的反諷符號誕生。土地測量員簡．巴比特斯．安伯羅斯．馬希林．傑歐柏[7]出生於法國大革命期間，離開學校後周遊歐洲荷比盧三國十年，最後在一八一九年停留於布魯塞爾並歸化為荷蘭公民。傑歐柏是平版印刷提倡者（平版印刷係巧妙利用油墨疏水性的嶄新印刷方式）。隨著時間流逝，傑歐柏涉入更多樣化的產業。比如用數百英尺長的水管研究人類聲音的傳播、鼓吹剛獨立的新國家比利時引進鐵路、在家中使用他自行設計的煤氣燈系統。不過到了一八三七年，他又回頭做自己的老本行，並成為兩份報刊的東家。

於是某位讀者或許會因為在一八四一年十月十一日的《比利時郵報》（*Le Courrier Belge*）中讀到以一系列三角形、擬似聖誕樹的圖符（ᐃ）標注的文章而感到驚訝。其開場白如下：

Qu’est-ce à dire? Quoi ᐃ(1) lorsque la France piaffe et trépigne impatiente de se lancer sur les champs de bataille; lorsque l’Espagne, fatiguée d’une trève de quelque mois, recommence la guerre civile, la Belgique resterait tranquillement occupée d’industrie, de commerce, de chemins de fer et de colonisation! Mais c’est absurde.

要說什麼？什麼ᐃ(1)法國不耐地奔騰於沙場、西班牙厭倦了數月休戰重啟內戰、比利時靜悄悄地致力於產業、貿易、鐵路和殖民！但這太荒謬了。

歐洲「漫長十九世紀」的政治動盪顯然激怒了傑歐柏，他認為有必要發明標記來充分展現他的怒火。他在文章注腳處如此說明：「(1)⸮這是一個反諷標點」（*Ceci un point d'ironie*）。傑歐柏的聖誕樹符號在文中又出現了數次，用以開啟、結束、並穿插於具備反諷含義的段落。

雖然傑歐柏的新符號只巡街那麼一回就束諸高閣，但他一八四二年的新書又回歸這個主題。他不斷擴大其創新標點的選項，提議將箭頭狀的符號朝不同方向擺放，藉以當作表示「刺激、憤怒或猶豫」的標點。他也就此萌發出更多能夠表示同情或反感、苦惱或滿意，高聲或低調驚訝的符號。

雖然傑歐柏是當代的偉大知識分子，但他的作品卻只在法語世界中留給人朦朧印象，其外的世界幾乎完全遺忘了他。他後半生著迷於唯靈論[8]，並寫下大量著作。受到唯靈論宰制的他最後一無所有。而他的反諷符號歷經短暫吹捧又被製造者拋棄，本身際遇就已十足諷刺。

另一位關注這個主題的作家是日內瓦出生的哲學家盧梭，在他一七五二年的《語言起源論》（*Essai sur l'origine des langues*）中呼應伊拉斯謨的控訴，斷言反諷語句的語調特性無法反應在書面記載上。雖然盧梭拒絕自己解決這個問題，但可以看得出反諷在法語作家心中有多麼重要。

圖11.1

阿卡特・布拉姆的「皮鞭狀」反諷點號。首見於一八九九年《反諷的聖體光》。

傑歐柏去世後沒幾年出生的詩人馬塞爾・班哈特（Marcel Bernhardt）也接著宣告參戰。他的筆名阿卡特・布拉姆（Alcanter de Brahm）較為人所知。而他一八九九年的《反諷的聖體光》（*L'ostensoir des ironies*）[9]是蜿蜒曲折的哲學之道，他在其中提到了一個新標點、造型特異的反向問號（⸮）。阿卡特的反諷點號（*point d'ironie*）流露令人會心一笑的幽默，為了強調言語反諷所傳達的情緒，他形容這符號「具備皮鞭的外形」，同時為了擔心這符號會失去反諷應有的毒鉤，為它取的法文名字還具備「完全不諷刺」的雙關意義[10]。

直到二〇〇五年去世之前都在芝加哥大學擔任英語名譽教授的韋恩·C·布斯（Wayne C. Booth），在他一九七四年的鉅作《反諷修辭學》（*A Rhetoric of Irony*）中，也提到布拉姆的反諷點號[11]。首先他並不認同反諷點號，認為那會減損反諷程度（不過布拉姆自己倒也第一個承認他的創作有此侷限），布斯接著表示任何讀者遇到這符號都會面臨兩難。究竟是這符號本身象徵反諷，還是使用這符號才是種反諷？不過稍後探討文獻中的反諷表現時，他自己也下了一個反諷的注腳：

> **如果布拉姆打算擴展他的系統，他一定會想要一整組的評價子符號，包括*＝普通、†＝佳、‡＝不太好、§＝非常好、‖＝也許該刪掉。**

想也知道布斯這一套「評價子符號」酸話沒有任何人會採用。

若你覺得布拉姆的反向問號看來熟悉，或許因為他不是第一個使用這個符號的人，他甚至也不是第一個用這個符號來表示反諷的人。亨利·登漢在十六世紀用來為反問句做結的「反詰點號」（percontation point，稍早探討疑問驚嘆號時提過），正是左右反向的問號（؟），其外形與布拉姆的符號幾乎一模一樣。登漢也使用專門符號來強調某種言詞反諷，他自己就預示了阿卡特三百年後的反諷標記。

登漢的反詰點號和布拉姆的反諷點號都表現得比威爾金斯的倒置驚嘆號和歐傑柏的聖誕樹來得好，雖然說穿了，這些符號全都乏人問津。登漢的反詰點號或許受益於十六世紀對於標點符號能屈能伸的標準，活躍了大約五十年，而布拉姆的世紀末反諷符號也獲《新拉洛斯圖繪百科全書》（*Nouveau Larousse Illustré* encyclopedi）納為條目，就此封藏展示櫃直到一九六〇年。在各自的時代中，兩者都只是語法學上新奇的小玩意兒，難登大雅之堂。反諷符號仍受詛咒沉睡。

布拉姆的皮鞭狀反諷點號最後一次出現在《小拉洛斯百科辭典》（*Petit Larousse Illustré*）之後數年，又一位法國知名作家開始尋求屬於他自己的反諷標號。一開始那不過是個提案。以其家族鬥爭與青春叛逆的小說聞名於世的艾爾維．巴贊（Hervé Bazin），在他一九六六年的《採鳥羽：轉移》（*Plumons l'oiseau: divertissement*）改採刻意俏皮的語調為之。尚．皮耶．馬利．艾爾維．巴贊（Jean Pierre Marie Hervé-Bazin）一九一一年生於法國昂傑（Angers）嚴謹的天主教家庭，自幼就開始抨擊資產階級生活的狹隘，多次離家出走，竭力激怒他咄咄逼人的母親。

兩人間的嫌隙一直蔓延到他一九四八年的驚世之作《毒蛇在握》（*Vipère au poing*），他在書中虛構了童年的奮鬥史，甚至新穎地在書中為霸道的母親虛構名字為「瘋豬」（Folcoche，法語中folle是瘋狂而cochonne是豬）本書一鳴驚人，但也成了文壇醜聞。

到了一九六六年這位作家已不如當年火爆，而《採鳥羽》是對於拼寫和語法改革的溫柔突襲。除了論述現代法語不合理之處、描述他提議的拼音系統（l'orthographie lojike）、兼論語法的變化，巴贊還抽空對他所謂的「語調點號」（Les points d'intonation）有所著墨。他和盧梭一樣主張書面語言缺乏口語中的毫釐之差與精妙之處。他和盧梭不一樣的是創造了一整套無所不包的新標點來解決問題。除了「摯愛點號」、「信仰點號」、「權威點號」、「歡呼點號」、「懷疑點號」[12]之外，還有巴贊自創的「反諷點號」。他是這樣說的：

> 反諷點號（Le point d'ironie）：ψ̣
> 這符號採用希臘字母 ϕ 的結構。Ψ（psi）字母外形如箭在弦，可對應於ps，亦即利箭穿空的嘶聲。還有比這個更適合代表反諷的嗎？

儘管給了這麼個生動如畫的解釋，他以箭為靈感的反諷點號離開《採鳥羽》之後便無著力處，今時今日這符號的處境和威爾金斯、傑歐柏、布拉姆等人提出的符號不相上下，只不過是標點符號史上一個有趣但經常被遺忘的注腳。

反諷符號獨有的自打嘴巴特質似乎牢不可破。韋恩・C・布斯對布拉姆早期的點號不以為然，說好聽點是在考證深奧的語言，總之其疑慮在於：如果一句話裡面的反諷特質需要打個電報通知讀者，那還算是個反諷嗎？雖然威爾金斯、巴贊等人都嘗試解決這難題，但結果只是讓他們創造的反諷符號難堪地備受煎熬。

●反話符號問世

二〇〇七年，長達數世紀且總是無疾而終的追尋反諷符號之旅終於又發展出新的後話。早期的符號已被人遺忘，距離韋恩・C・布斯批評反諷符號的概念也過了數十年，新的挑戰者螳臂擋車挺身而出。

每年荷蘭書展的開幕晚會（Boekenbal）都會設定主題。二〇〇七年三月書展設定的主題是「愚人頌[13]－取笑、反諷與嘲諷」。隨之而生的鋸齒狀驚嘆號、即反話符號（ironieteken，⸮）也在那年問世。初時一切看來還很樂觀，反話符號由享譽全歐、獲獎無數的字型設計公司安德威（Underware）進行設計，和布拉姆與巴贊的反諷點號同樣根源於傳統文學，說起來還算有幾個名義上的靠山。

雖然反話符號只是為了宣傳荷蘭圖書晚會而委製的，安德威公司的巴斯・賈卡柏（Bas Jacobs）對他的小任務可毫不含糊。他簡單改良驚嘆號為容易手寫的新符號，且認為：

> **形式越單純，越容易長久。疑問驚嘆號正是一則反例。除此之外必須看起來毫不突兀，不能過度雕琢也不可太冷靜理智，必須像是現存的標點符號。**

賈卡柏低調的反話符號轟轟烈烈地出場。文化部長在圖書晚會上將之呈獻給滿屋子的傑出荷蘭作家，隔天它就出現在國家報紙《新鹿特丹商業報》（*NRC Handelsblad*）的滿版廣告上，同時安德威公司也在該公司網站供人下載的數種字型裡面加上這個符號。雖然大出鋒頭，但樹大招風，還有人察覺到如果同時併排兩個反話符號，很不幸的，看起來就像惡名昭彰的納粹親衛隊徽ϟϟ，當然也有很多人根本沒發現。

無論這個令人不快的印刷巧合是否必須為它的衰滅負責，反話符號在荷蘭文學界激起的漣漪並不持久。這優雅縝密、說起來與反諷符號的本質最不相襯的符號，倒是活得比印刷排版老骨董

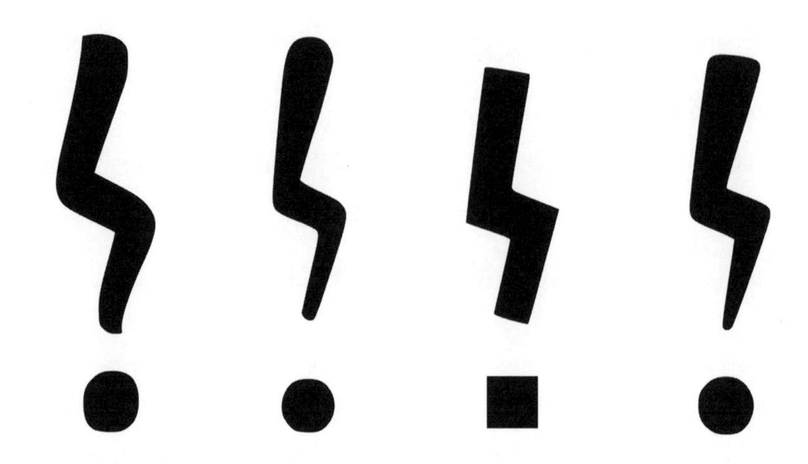

圖11.2
圖為安德威公司的反話符號，字型由左至右分別為Dolly、Century Catalogue、Share，以及Cardo。

長一些些。這個概念之所以能夠復甦，並非仰賴傳統作家的打字機，也非出自字型設計師筆下，而是網路聊天室與部落格之間那大量的反諷話語。

反諷體

二十一世紀的書面反諷符號復興尚未開始之前一切突然急轉直下。若說反諷符號無法持久，也許書稿本身就是解決問題的關鍵。當少數法國作家死命追求堪用的反諷符號而不可得，直接改用不同字型，實在是十分盎格魯薩克遜人的作風。

●孟肯與反諷體

二〇〇五年馬里蘭州的報業龍頭《巴爾的摩太陽報》（*The Baltimore Sun*）進行全面改版，重新審閱了視覺設計的每個環節。版面和刊頭均有所更動、照片放置於醒目之處、並委託法國字型設計師簡．法蘭西斯．波切茲（Jean François Porchez）設計全新字型。為了紀念太陽報最著名的作家孟肯，將這個字型命名為「孟肯」，波切茲是這樣說的：

> **據《倫敦每日郵報》（*London Daily Mail*）所述，H．L．孟肯對印刷世界很有意見，並不以眼前的打字機為滿足。他覺得美國人讀不懂反諷，於是提議創造稱為反諷體（ironics）的字型，傾斜的方向與一般斜體字相反，藉以表明作者意在嘲謔。**

名為亨利．路易斯（Henry Louis）的小孟肯，由於某個耶誕節早晨他父親把一套印刷玩具組的小寫r字母扳壞，開始習慣用縮寫「H．L．」代表自己。孟肯在二十世紀前期為太陽報寫稿，他「是天生的幽默大師且技藝精湛、風格靈活、無拘無束、詼諧逗趣、始終優美清晰。」自詡菁英分子的他直陳民主的衡平傾向[14]令他啞然失笑，人稱巴爾的摩聖人的他並非站在美國普羅大眾的角度思考。比如一九六二年他寫下名句：

> **就我所知（我還聘雇專人協助研究觀察），世界上沒有人因為低估了廣大普羅大眾的智慧而損失金錢，也沒有人因之失去官職。**

孟肯提案的「反諷體」看起來似乎與他酸溜溜的幽默感完全吻合。

然而《巴爾的摩太陽報》的檔案卻推翻了孟肯說的可信度。波切茲在每日郵報的說法導致專欄作家凱西・霍特豪斯（Keith Waterhouse）寫了兩篇文章，兩篇都簡述了孟肯的反諷體。首先在二〇〇三年：

> **美國人不會反諷。**
> **他們的語言大師H・L・孟肯曾提出與斜體字傾向不同邊的特殊字型「反諷體」來表明作者不是認真的。**

之後在二〇〇六年：

> 反諷對機敏的作家來說一直是個頭疼的問題，他們必須對較遲鈍的讀者解釋自己只是在反諷。不過偉大的美國記者孟肯發明了一種傾斜方向與斜體字相反的反諷體替他們解決了問題。

霍特豪斯絕對是英語權威，他為《每日鏡報》（*Daily Mirror*）寫下內部格式指南（稍後以《霍特豪斯的撰報指南》〔*Waterhouse on Newspaper Style*〕之名正式出版），以及後來特地寫的續作《英語我們的英語：如何傳唱》（*English Our English: And How to Sing it.*）。可惜對新聞學來說，報導來源至關重要，而這件事完全缺乏證據。霍特豪斯的文章標明了其因與其果，但若他獲知一些無可辯駁的證據表明孟肯只是「反諷體」這個名字的創造者，恐怕得保密到二〇〇九年九月他過世為止。為顧全大局而堅稱簡．法蘭西斯．波切茲的孟肯字型確實以此字體的創造者命名，以保守古板的羅馬字、斜體和粗體字看來，還真的深具反諷特質。

●反諷體的真正創造人：一個傳奇人物

那麼，究竟是誰創造了反諷體？除孟肯之外，年代較晚的二十世紀記者出線，這位英語專欄作家兼評論家叫伯納德・雷文（Bernard Levin）。他二〇〇八年寫了篇題為《好、好困難》（*Ha Ha Hard*），的文章，發表在雷文的老東家倫敦《泰晤士報》，文章如此開頭：

幽默十分有趣，又或者並非如此，無論如何，它容易招致誤解，無庸置疑。已故的偉大伯納德・雷文曾說過，泰晤士報應該弄個叫作「反諷體」的字型，提醒那些冷淡死板的讀者，他其實只是在胡扯瞎扯。

雷文與H・L・孟肯有許多相似之處。天賦遠勝常人，自視也高於常人，一生志業幾乎只奉獻給一家報社。雷文像孟肯一樣望之似反諷體創始者，但也同樣與事實不符。根據雷文自己的說法他並沒有發明反諷體，只是第一位報導這件事的記者。一九八二年雷文在泰晤士報[15]的專欄中，指稱湯姆・德柏格（Tom Driberg，當時剛辭世的工黨議員兼業界同行）是反諷體的創造者：

至於試圖開開玩笑……這麼說吧，已故的湯姆．德柏格之前曾說字型設計師應當設計一個斜度相反的新面孔字體，並稱之為「反諷體」。不正經的話都該採用這種字體，如此一來就沒人會搞錯啦。直到這提案順利成真，我仍心懷新聞學教給我少數有用的事情：笑話不能太過直白，讓某些嗜血笨蛋聽得懂重點。

雷文不但跟孟肯一樣沒有發明反諷體，而且跟他一樣把大眾都當白痴。

反諷體的鼻祖湯姆．德柏格（而非H．L．孟肯、凱西．霍特豪斯甚或伯納德．雷文）獲得曾為劍橋大學出版社龍頭的布魯克．屈奇雷（Brooke Crutchley）認同。屈奇雷在一九九四年一封給《獨立晨報》（*The Independent*）的信中如此寫道：

為了避免誤解，已故的湯姆．德柏格出了個主意，使用字體傾斜相反的字型並應該稱之為「反諷體」。

在諸多報紙頁面和編輯專欄之間，德柏格身為反諷體發明者的事終於得到證實。

湯瑪斯·愛德華·尼爾·德柏格（Thomas Edward Neil Driberg）一九〇五年出生於英國，身為公務員之子，並成為一名受人尊敬的政治家、成功的記者兼虔誠的教士。德柏格年少時曾為英國共產黨員，於一九四五年轉而投效工黨，隨後度過漫長的工黨議員生涯。一九五七年和一九五八年曾任工黨主席，一九六五年榮任於女皇執行職權時專屬的諮詢機構樞密院，他去世於一九七六年，在此前一年終於獲封布拉德維爾男爵。同時他在新聞業的貢獻如下：年輕的湯姆·德柏格在暢銷的《每日快報》（*Daily Express*）寫文章，耕耘自有收穫，稍後以筆名「威廉·希其」（William Hickey）執筆上流社會花邊專欄。而湯姆也一直是天主教轄下聖公宗高教會的忠貞成員。他一九五一年與艾娜·瑪莉·濱菲德（Ena Mary Binfield）結褵，婚禮被一位嘉賓描述為「極盡奢華」。

不過德柏格死時，他完美的外在形象開始崩解。首先，他的同性戀傾向已非祕密，甚至他在泰晤士報上的訃聞都略有述及。這是報業第一宗公眾人物過世後遭強迫出櫃的案例。下一波爆料出現在一九七九年，湯姆被控在英國安全局的指示下以共產黨員身分刺探共產黨分子，因被俄羅斯間諜安東尼·布朗特（Anthony Blunt）舉發遭共產黨除籍。之後更進一步傳出他一九五六年訪問莫斯科時，嘗試安排美人計的圈套卻反遭蘇聯國安會暗中監視，行動代碼「勒沛奇」（Lepage）。其中最誇張的則是一九八九年有人宣稱英國最惡名昭彰的黑魔法師，自稱「惡獸666」[16]的阿萊斯特．克勞利（Aleister Crowley）曾指名德柏格為他的繼任者。

湯姆．德柏格的人生諷刺性地一塌糊塗，他是個與神祕學術士共進午餐的已婚同性戀牧師、醉心於上流社會花邊新聞的左翼政客、同時監看祖國與可怖蘇聯國安會的愛國者。還有誰比他更適合提議創制一套別有含義的字體？而倒向斜體字反側的字型，就是所謂「反諷體」（ironics）。

可惜直到一九八二年伯納德．雷文追憶德柏格時，根本也沒什麼作品使用傳說中的反諷體印製。但就像馬丁．K．斯貝柯特吃過的苦頭，即使走在時代尖端的電腦程式如高德納的$\TeX$[17]願意鬆動字體設定，嶄新的排版印刷工具加上一切書寫印刷設備，只要無法得到大眾支持就是白搭。而看來確實沒有人支持反諷體。

數位化嘲諷

二十世紀後半可說是反諷符號的休耕期。反諷體雖然難登大雅之堂，但卻是那段時間反諷標點的唯一旗手，連最頑強的法國人都束手無策。新的反諷點號仍是勒不了韁的旋轉木馬。

網際網路的出現讓許多隱蔽於歷史暗影中的符號重見天日——平凡的@符號變得不可或缺、井號轉型為活躍的標籤符號、疑問驚嘆號獲得新一代青睞。傳說中的反諷體看到一線希望，而反諷符號自然也重獲新生。但其新生將有個問題，言語反諷的幽暗細微之處，耐受不住新媒體的眩目強光照耀。網際網路意欲表達的並非反諷，而是赤裸裸的嘲諷。

●網路世界的反諷體振興活動

反諷體身為網路上的反諷符號大賽亞軍，在二〇一一年夏天被翻出來鞭屍。在百比赫廣告公司[18]紐約分公司實習的納森·黃（Nathan Hoang）、簡·金（June Kim）和布雷克·吉摩爾（Blake Gilmore）聯手推出Sartalics.com。為因應嶄新的電子化世界，他們將用途設定為傳達嘲諷而非反諷。

既是獨立創新，納森·黃等三人宣稱他們發明的嘲諷體（sartalics）概念並非承自反諷體。但他們還是做足功課，且在網頁上尊以前輩祖師之名，列出H·L·孟肯的名字。與邁入五十周年的疑問驚嘆號相比，Sartalics.com才起步一兩年。馬丁·K·斯貝柯特在印刷品、電視和廣播電台推廣他的符號，納森·黃等三人也用他們的二十一世紀廣告精神宣傳他們的企劃。在尖刻的網路世界中反諷體轉型為嘲諷體，而推特、YouTube和網頁都聯手推廣這個詞彙。

ABCDEFGHIJKLMNOPQRSTUVWXYZ&
abcdefghijklmnopqrstuvwxyz&
$¢£1234567890 .,-—:;!?() []* % ‘’“”

圖11.3

納森·黃、簡·金與布雷克·吉摩爾在Sartalics.com推出的「嘲諷體」之Monotype Arial字體樣本。由於字體本身帶有斜度，每行字先以羅馬字體排版再將全文做出斜度，如此才能保留字詞間距也較能為人接受，此即「反向斜體」式字距調整。

Sartalics.com團隊察覺早期的反諷符號面臨的困境，因此他們的目標遠不止於創造一個標點符號或一種嘲諷體如此單純。他們認為必得將嘲諷體變成電腦與網路內建的基本特質，和斜體或粗體字一樣普遍、重要、隨手可得。作為輔助標示還有問題必須克服，其反向傾斜的文句型態無法在微軟的IE瀏覽器中正確顯示，對於超過四分之一的網路使用者來說那根本沒有意義。而嘲諷體必須單次標記一整段[19]，無法單獨「嘲諷化」詞彙或片語。

二〇一一年七月推出的Sartalics.com在推特與部落格文章造成一陣熱潮，雖然出奇制勝但才過了一個月就退燒了。接著在同年十二月，當紅社交網站Reddit.com推出了另一個彼時看來尚不起眼的嘗試：創製同類的嘲諷體。在短短幾天內就得到超過五百則留言關注，和Sartalics.com一起在部落格及加拿大的《環球郵報》（*Globe and Mail*）等主要報紙再度掀起一波熱潮。嘲諷體恐怕也活不長久，但他們的曝光率確實也遠勝其同類先祖。

●神出鬼沒於印刷史上的表情符號

反諷體藉由嘲諷體之名，以驚人的聲勢借屍還魂，轉化為嘲諷符號的反諷符號則低調許多，在西元一九九九年九月向美麗新世界勇敢踏出第一步。當時加州聖荷西市正舉辦第十五屆國際標準碼會議，一組學者提出一份題名資訊豐富但略嫌浮誇的文章〈國際碼與通用字符集中的衣索比亞語群[20]書寫系統標準擴展之路線圖〉（*A Roadmap to the Extension of the Ethiopic Writing System Standard Under Unicode and ISO-10646*）。涵蓋詳盡字符的國際碼是ASCII碼的正統繼承人，定義由古往今來自超過九十種字體的十萬零九千種符號，包括拉丁文、阿拉伯文、希臘文，古斯拉夫語、日文、中文、楔形文字等等。加入國際碼的字符必須確知獲得主流使用，因此雅斯特瑞・奇吉（Asteraye Tsigie）、丹尼爾・雅卡柏（Daniel Yacob）和其他共同作者列入了一些衣索比亞語群的俗語，他們如此記錄某個類似符號的用法：

> 衣索比亞語群嘲諷符號「帖賀斯拉符記」（Temherte Slaq）
>
> 帖賀斯拉符記外形和倒置驚嘆號（¡）雷同，但在衣索比亞語群中語意有所不同。通常出現在句尾（相對於西班牙文將之放在句首），表示虛假的陳述，常見於嘲諷性質的社論漫畫。帖賀斯拉符記在兒童文學和詩意表現上也十分重要。

令人吃驚的是，史上第一個嘲諷符號和史上最早的類反諷符號竟然恰巧完全相同。約翰．威爾金斯倒置驚嘆號的精神再度復活。奇吉與雅卡柏的團隊緣何接受這個提案已未可知，但其影響力倒比較容易衡量。十三年後，帖賀斯拉符記仍可憐兮兮苦等國際碼協會的審批。不管對於衣索比亞語群的語言使用者來說，這符號在表示反諷時多麼好用，又或者奇吉與雅卡柏如何深思熟慮地提案這符號認為能夠廣獲使用，終究還是胎死腹中。對網路上的反諷符號來說，這不是一個吉兆。

在這時運不濟的開拓者之後出現了不同形式、範圍和比重的嘲諷符號。二〇〇一年部落客塔拉．利羅亞（Tara Liloia）推出帖賀斯拉符記的第一個後繼新符號。利羅亞發現線上互動時，書面的嘲諷長期被誤認為真誠發言，利羅亞貼出〈嘲諷符號〉一文大膽嘗試解決這個問題，她寫道：

> **我提議使用標點符號來釐清困擾讀者的嘲諷言論。其實最貼切的嘲諷符號是眨眼笑臉圖樣，但那不是正式字符。你撰寫商業書信給生意夥伴時總不能矯情的擺個ASCII碼表情符號吧。真的不可以。……我的解決方案是波浪符號。～**

塔拉・利羅亞提議以波浪符號作為卡通式笑臉的「專業」替代品，簡單、容易輸入，且十分短命。雖然在網路論壇上確實可以找到一些使用波浪符號來代表嘲諷的例子（至少超～嚴謹的《都市辭典》也是這麼說唷～），但它還是無法在網路上得到廣泛支持。比利羅亞的波浪符號更重要的是，她發覺必須對嘲諷言論劃定界線並制式化其表現方式（看似侷限於網路）。文學作家和記者關注的則是如何釐清網路上放肆的匿名言論必然導致反諷成為赤裸裸的嘲諷。

正如利羅亞所述，最貼切的嘲諷符號是「眨眼笑臉」（; -)或;)）。那是由ASCII碼組合而成[21]，側轉九十度即可看出是用來表示特定情緒的「表情符號」。雖然利羅亞認為表情符號的文化水準不夠高，不足以作為嘲諷符號的候選人，但自從ARPANET[22]問世至今，表情符號已成為網路語言的重要元素。而表情符號付印的歷史可追溯到更久之前。

卡內基梅隆大學（Carnegie Mellon University）曾把水銀外洩的假消息笑話當作真實的安全警示，而貼出那則假消息的數位留言板使用者也開始提出區分詼諧言論與正經內容的方式。一九八二年九月十九日，教職員史考特・E・法曼（Scott E. Fahlman）加入辯論：

我提議用以下符號組合來表示詼諧言論：

:-)

轉九十度來讀。而鑒於目前趨勢似乎標記那些「不是」在開玩笑的言論還比較省事。那麼就該使用：

:-(

之後的網路史上，法曼表示情緒的小圖樣雖然不見得受到歡迎，但已成為線上溝通的重要部分。所謂「笑臉符號」可說是網路上首見的反諷符號，表明對於該符號前面所述內容應該不以為意、一笑置之。然而笑臉符號本身其實比它的現代用法更古老。傑歐柏、布拉姆及巴贊等人創制反諷符號的同時，也有一群英國作家利用打字機鍵盤上有限的字符拼湊出擬似人臉的歡欣、悲傷及反諷等情緒。表情符號就好像布拉格拋窗事件[23]一樣再次復甦於現代歷史上。

雖然很難界定表情符號首次在印刷界亮相是什麼時候，可能性極高的候選人之一是一八六二年《紐約時報》刊登的林肯談話全文。文中記錄觀眾對於林肯風趣演說的反應為：（掌聲與笑聲;)。那就是後來塔拉・利羅亞認為不能正式代表嘲諷的眨眼笑臉符號。然而若未獲實證也不能將這當作真正的表情符號。可以肯定的是談話紀錄由手工打字排版而成，並不會是功能多合一的萊諾鑄排機在機械排版過程中造成鉛字倒置，所以「;)」非常有可能是刻意為之，而非語法上看來較為正確的「);」。另外，此文其他部分對於觀眾反應的陳述均使用方括號（[]）而非圓括號（()），更顯見前述笑臉符號使用係屬刻意為之。但換個角度來看，「;)」是整份談話紀錄中唯一一個「表情符號」，且整份講稿有許多排版錯誤，多到讓人很難把這表情符號排除在外。雖然看起來確實像是那麼回事，但史上一個出現的表情符號其真正含義難以證明。

另一方面，下一個出現在歷史上的表情符號絕對是蓄意的，本質上確實也是刻意的反諷。一八七一年創立的美國政治諷刺週刊《帕克》（*Puck*）內容全仰賴漫畫家提供。一八八一年它發表一篇短文宣稱：「本報排版部門絕不會任由強硬的藝術家橫行。」這裝模作樣的開戰宣言還伴隨一系列用句號、括號和破折

圖11.4

「研習情感與表情符號」：圖中的表情符號由左至右分別是快樂、憂鬱、冷漠、驚訝。刊載自一八八一年三月三十日《帕克》週刊。

號構成的表情符號，意圖描繪出該雜誌編輯四面楚歌的境地。

這篇短文夾在諷刺美國司法系統的報導、以及反對「排版部門」干涉創作的漫畫之間，與其表情符號插圖就像夾心配料。《帕克》刊載這些表情符號的目的顯然不是為了破壞排版常規[24]。

一八八七年間通往現代表情符號的蜿蜒之路持續擴展，當著名（且令人害怕的）評論家安布羅斯・比爾斯[25]語帶譏諷的寫了一篇關於寫作改革的短文〈為簡明扼要〉（*For Brevity and Clarity*）。除了提出一些輔助性簡潔版用詞，如「投身婚姻生活的神聖桎梏」簡寫為「締婚」和「凡有識者無不敬仰」簡寫為「人皆敬」[26]，比爾斯還提出了新的標點符號，旨在幫助可憐的作家傳達幽默或諷刺：

> 說到改革語言，我熱切希望將一切託付給標點符號上的一大進步——標記捧腹笑意的揶揄點號（snigger）。它的外形就像微笑時揚起的嘴角：‿。可以加在詼諧或諷刺的句尾，也可以加在任何輕鬆言論詼諧或諷刺的子句後面。比如：「愛德華・博克[27]先生是神的傑作‿。」

比爾斯提出「揶揄點號」或「捧腹大笑標記」其實本身就是反諷之舉，他只是以此揶揄當時過度嚴謹的作家。想當然耳，‿並未留傳後世[28]。

發明網路之前，最後一個出現的表情符號在一九六〇年代末期姍姍來遲。首先是《讀者文摘》在一九六七年的五月號引用了巴爾的摩《週日太陽報》（*Sunday Sun*）專欄作家羅夫．瑞博特（Ralph Reppert）的文章。瑞博特描述他的伊芙阿姨「是我見過唯一可以寫出表情的人」：

> **伊芙阿姨特有的表情符號長這樣：－）表示她俏皮的吐舌微笑。她前一封信是這樣寫的：「你凡妮表妹又變成天生金髮囉－）。」**

伊芙阿姨的創新之舉就和比爾斯的揶揄點號一樣，並非認真的提議，且如曇花一現。

兩年後在另一個與《讀者文摘》天差地遠的文學領域中，最後一個知名的笑臉符號從作家納博柯夫的崇高內心湧現。納博柯夫受訪時控制慾強得出名，他堅持要事先收到所有問題以便他擬定有力答覆。《紐約時報》記者奧登．惠特曼（Alden Whitman）詢問納博柯夫本人如何為他自己在當代作家中排名，這位俄羅斯流亡者迂迴答道：「我常常在想，印刷上該有個特殊的微笑標記，一個微微彎起的符號、向上彎的圓括號，如此一來我就能夠回答你的問題了。」

納博柯夫不知不覺間機智地重塑安布羅斯・比爾斯咧嘴的笑意標記。雖然後來法曼的表情符號常被與之相提並論，但納博柯夫的「上彎圓括號」只不過是個排版印刷上的笑話，與其他先例一樣，朝生而暮死。

●二十世紀以後的零星登場

過往曾出現過這麼多眨眼笑臉，且儘管其過去深富傳奇性，塔拉・利羅亞仍對此輕佻符號感到不安，進而創造出她獨特的嘲諷符號，而她並不孤單。下一個新符號（不過有些人可能還是會覺得眼熟）恰如其分地來自諷刺報紙兼網站《洋蔥報》（*Onion*）[29]的元老之一。喬西・格林曼（Josh Greenman）二〇〇四年在線上的《石板雜誌》（*Slate*）一篇文章中寫道：

> 英語必須進化。……我們不需要更多引號來「劃界」或嘗試「老酒」裝「新瓶」。我們需要誠實展現我們今時今日的生活方式。諸位美國同胞、我們需要迎接一個新的標點符號，一個涵蓋現代對話中的反諷和銳利，並可釐清而非聚合或混淆的符號。
>
> 是時候該接受嘲諷點號了。

照格林曼在《洋蔥報》的工作經歷看來，他想必比大多數人都更深切體會「現代對話的反諷和銳利」。使用豐富的反諷手法出招卻必須認真為反諷或嘲諷符號提案，總之他的文章呼應馬丁・斯貝柯特三十六年前疑問驚嘆號宣言所引發的熱潮與熱情，標題以粗體展示他新鑄製而成的「嘲諷符號」，一切盡在不言中：「標點符號的一大步¡」。

喬西・格林曼聲稱不清楚帖賀斯拉符記或約翰・威爾金斯十七世紀的反諷符號，但這巧合實在太過驚人，使用¡做為同一反諷符號、用於兩種語言、分屬三個提案、橫跨四個世紀。雖然格林曼只是利用這個嘲諷符號來抒發他的嘲諷評論，並非真的想導入嶄新的標點符號，但他選用倒置驚嘆號仍不失為一記高招，隱喻逆轉詞句原先導向的含義。當然這也無關緊要了，格林曼的¡符號已完成任務，誕生在一段論述中隨即死去，由於作者改換主題，轉瞬即逝。

排版師邱茲・坎寧漢（Choz Cunningham）似乎意識到新標點提案必然發生的缺失，在二〇〇六年孤注一擲大膽提出自己的建議。他的「嘲諷表記」（snark）由兩個能夠輕易輸入的標準字符構成，既表嘲諷也表反諷，無疑也算得上是個早期的嘲諷符號。坎寧漢的提案透過其專屬網站TheSnark.org響應稍早重獲新生的@和＃：

最有說服力的解決方案是波浪符號。它自一九六〇年代就靜默蟄伏，縱使它幾乎被列入所有的電腦鍵盤配製，卻始終未曾引發流行，也未曾具備主要功能。早期的部落客塔拉・利羅亞曾建議使用波浪符號來明確標記嘲諷句的結尾。……併用經典反諷點號和嘲諷的波浪符號，平實與風格兼備。嘲諷符記就此誕生！

他如此舉例：

使用嘲諷符記非常簡單，在「.」（句號）後面加一個「~」（波浪符號）就成了。

除了簡單配對句號和和波浪符號（.～），坎寧漢還描摹了嘲諷符記另一種形式，將兩個符號緊密嵌合為單一字符（.~）。

坎寧漢不遺餘力的推廣其提案，掩蓋了嘲諷符記與其前身之間的區別。利羅亞與格林曼簡短銳利的文章狡黠幽默，TheSnark.org卻全能而冷淡。初時的熱潮退去後，TheSnark.org終究還是成為乏人問津的廢棄網頁[30]，隨著頁面上顯示的最後更新日距今愈來愈遠，坎寧漢不再吹捧這個網站。而尋求可行的反諷或嘲諷符號顯得日益困難。

●惡名昭彰的「嘲諷圈點」

反諷符號變化無常的數位型態始於無疾而終的外來符號帖賀斯拉符記，之後陸續出現徒勞無功的仿冒品，近來則已見證了三種新形態，每一種都「幾乎」可以解決問題。超越了反話符號、帖賀斯拉符記及那一家子近親，迄今最受關注但也受人非議的，是標點符號史上前所未見惡名昭彰的「嘲諷圈點」（SarcMark®）。

既然連安德威這樣經驗豐富的字型設計公司，都有可能因為一時失誤忽略並置反話符號的後果馬失前蹄。或許可以說排版經驗不足者實在不宜創制新標點。但來自密西根州謝比爾鎮的保羅與道格拉斯．J．薩克（Paul and Douglas J. Sak）父子檔團隊無所畏懼。兩人的本行分別是工程師和會計師，但他們不但設計了新的嘲諷標記，還為這個標記申請專利並對使用者收費。

薩克父子的「嘲諷圈點」企劃經歷了認真、長期的努力。他們祕密作業，在二〇〇八年六月註冊了網域名稱「SarcMark.net」，隨後一個月以「標點符號字體」為名提出專利申請。二〇一二年該專利正式獲准並公開，他們隨後也將「嘲諷圈點」一詞申請商標註冊。薩克父子行事可謂滴水不漏。

SarcMark.net網頁上關於嘲諷圈點之敘述措詞幾乎與前人那些符號並無二致：

說話時我們用不同的語氣、抑揚、音量來質疑、驚嘆並傳達我們的情感。書面文字則有問號和驚嘆號來記述這些想法，但嘲諷語氣卻什麼也沒有！當今之世評論、辯論、修辭日益增長，若想確保嘲諷的訊息、評論或意見不會被錯漏，現在就是最好的時機！為嘲諷平權，請用嘲諷圈點。

嘲諷圈點外形有點像是@或倒置的數字6中間加一個點。尺寸與現有字型一致，中間加一個點是也為了與問號和驚嘆號等句末收尾的標點符號格式一致。嘲諷圈點和安德威公司的反話符號一樣有數位版字型可供下載，但和反話符號不同的是，嘲諷圈點有收費。個人用戶需花費一點九九美元購買嘲諷圈點的非商業目的使用權，企業用戶則不太妙，必須直接洽詢薩克父子。

若說其他反諷與嘲諷符號的創制者與使用者感到不悅或許也不為過，當然這也很難說。

初時對於創制這符號的報導都還算有禮而寫實，例如《每日電訊報》（*The Daily Telegraph*）的〈旨在杜絕電子郵件混亂的嘲諷標點〉、《多倫多星報》（*The Toronto Star*）則說〈嘲諷一擊中標記〉。但隨著報導日益增加，看不下去的人也都出聲了。嘲諷圈點從頭到腳幾乎都讓各個評論家感到不悅。它的外形設計是有缺陷的，專門介紹科技與科技小物的澳洲吉莫多（*Gizmodo*

Australia）網站評論直接破題：

〈嘲諷圈點：當你笨到不懂如何在網路上嘲諷人的時候就可以用〉

……只要花一・九九美金下載這個看起來像倒置胎兒的符號，你每次上網的時候就可以用它來展現你掌控英語的能力有多麼高超（插入嘲諷圈點）。

其他還有一些論點呼應舊時對於反諷符號的評論，認為這類符號打從一開始就不該存在，作家有本事就該自己確切表達出嘲諷之意，否則就不如不要。《衛報》的湯姆・梅哲（Tom Meltzer）全然以諷刺手法寫了創制此符號的報導，並刻薄地結論如下：

嘲諷公司真正的突破是發現了即使人們已書寫反諷與嘲諷文字長達數百年，但竟然還有人蠢到不知道別人在說反話。嘲諷圈點解決了這個問題，下載這個字體只要一・九九美金（一・二歐元），價格十分合理。下載到它，吾願已償。

不只這些報章輿論，薩克父子發表了第一篇新聞稿才一個月後，就出現了叫做「開放嘲諷」的擬革命網站，呼籲大家將嘲諷圈點列入黑名單，並推廣久經考驗的倒置驚嘆號（亦即帖賀斯拉符記）。該網站擺出好戰姿態對抗「嘲諷符號公司〔Sarcasm, Inc.〕的貪婪資本家」，並宣稱：

〈怪物出沒網路——開放嘲諷怪物〉

近來某些資本主義勢力將新觀念帶進網路：無處不在的嘲諷者必須獲得許可並下載他們稱做「嘲諷圈點®」的新「標點」，以便釐清作品中的嘲諷成分。

愈來愈多聲音聯合起來譴責這種想法。現在正是時候，「開放嘲諷論者」應該在全世界面前公開發表自己的觀點、自己的目的、自己的傾向，正如這則關於「開放嘲諷怪物」的寓言故事。……世上所有的嘲諷者，聯合起來！

之所以會迅速建構出旨在「起義推翻」嘲諷圈點的網站，可說是激進網路行動的體現，強烈謾罵、反對資本主義凌駕集體主義、專利設計凌駕開放標準[31]、智慧財產凌駕言論自由，皆以心照不宣的手法明嘲暗諷之。

然而這一切或許都搞錯了重點。儘管正義之怒蜂擁而至，但嘲諷圈點確實成功闖入了主流媒體，這是疑問驚嘆號之後唯一做到這件事的新標點。其他反諷符號有哪個能夠宣稱自己得到《紐約每日新聞》、《衛報》或《每日電訊報》甚或是《ABC新聞》的關注呢？雖然媒體金礦素有明訓，沒新聞才是壞新聞，但不幸的是薩克父子在媒體上也只能找到嘲諷圈點的壞新聞。於是不言可知，嘲諷圈點才剛推出就已載浮載沉、困守水面，命懸法律之一線。

反諷符號（包含嘲諷符號）史上即使險象環生，仍是一頭難以捉摸的異獸。數百年來已有無數符號輪番用來表示反諷與嘲諷，包括威爾金斯和格林曼的¡、登漢和布拉姆的⸮、巴贊的ψ、孟肯和德柏格的反諷體、安德威公司的反話符號!等等。這一切符號全遭拋棄，於是重責大任全都落在眨眼笑臉的肩上。方便順手、簡明易瞭，通行到連俄羅斯投機企業家都宣稱已在二〇〇八年為它註冊商標，史考特．E．法曼原創表情符號的狡黠後代絕對是個反諷符號沒錯。結案;)。

注解

1 原注：演員薩夏・拜倫・柯恩（Sasha Baron Cohen）飾演的喜劇電影人物阿里G（Ali G）、芭樂特（Borat）和布魯諾（Brüno）亦使用這種手法諷刺無知或偏見者，證明了蘇格拉底式反諷並非古典希臘哲學家所專屬。

2 原注：根據作者本人的經驗，這數字也未免低估過度了。

3 譯注：世界語（Esperanto），西元一八八七年開始創製的人工語言，定位為國際性的輔助語言，目前為唯一有母語使用者的人工語言。

4 原注：關於C・K・歐格登的「基本英語」，請參第十章〈引號〉。

5 譯注：杜威十進分類法（Dewey Decimal System），美國圖書館學家麥爾威・杜威（Melvil Dewey，一八五一年～一九三一年）發明的圖書分類法，大多數的英語國家（如美國）的圖書館均採用此分類法。此分類法以三位數字代表分類碼，另以兩位數字的附加碼表示地區、時間等。

6 原注：不過語言愛好者如果得知知名英語同義字字典《羅傑的詞彙寶庫》（*Roget's Thesaurus*）大量借鑑威爾金斯的分類體系，或許會略感安慰。

7 譯注：簡・巴比特斯・安伯羅斯・馬希林・傑歐柏（Jean-Baptiste-Ambroise-Marcellin Jobard，一七九二年～一八六一年），生於原法國屬地的比利時平版印刷師、比利時第一位攝影師。

8 譯注：唯靈論（spiritualism），十九世紀於法國興起的哲學學說，因相信靈魂及靈性的教誨亦被視為迷信。

9 譯注：聖體光（monstrance），或譯聖體光座、聖體光供架等，天主教祭具，中央留空給聖體，四周以金屬做出光芒四射的造型，示現聖體發光的狀態。

10 譯注：「point d'ironie」的法文字面意義即為「反諷的點號」，但由於法文中的否定表現法之一為「ne…point…」（完全不……）故此名亦具有「一點也不諷刺」的雙關意義。

11 原注：布斯的《反諷修辭學》中誤植布拉姆創作的符號為上下顛倒的問號（¿）。

12 譯注：巴贊的點號均為驚嘆號的變體，如摯愛點號形似兩個對向彎曲的驚嘆號組成的愛心圖案，信仰點號則為十字架底下加一點。

13 譯注：《愚人頌》（*In Praise of Folly*）是伊拉斯謨的諷諭作品，採用大量文藝復興時期流行的古典文學典故。

14 譯注：衡平傾向（leveling tendencies），自由主義者對民主政府的期待分為市場型與衡平型。市場型觀點僅要求政府保護人民的自由與基本權利，此外之爭議或失衡狀況則透過市場機制來解決。衡平傾向的觀點認為政府應該插手社會權與福利權、藉以保障弱者。

15 原注：雷文關於反諷體的專欄文章也可見於一九五三到一九九一年發行的英國文學文化期刊《境遇》（*Encounter*）。值得題外一書的是，《境遇》異樣離奇的是由美國中情局和英國秘密情報局偷偷成立並暗中贊助的。目的是為了彌補反共言論之不足，並與頗受歡迎的左翼刊物《新政治家》（*New Statesman*）相抗衡。一九六七年此刊接受中情局贊助之事被公諸於世，迫使此刊的編輯兼創辦人（且正巧是湯姆．德柏格的牛津同期生）史蒂芬．斯彭德（Stephen Spender）辭職，不過他宣稱他對於幕後金主的來頭一無所知。

16 譯注：巨獸666（Great Beast 666）典出舊約聖經，啟示錄中所稱惡魔化身。

17 原注：關於印刷排版的電腦化，請參第七章〈連接符號〉。

18 譯注：百比赫廣告公司（Bartle Bogel Hegarty）常簡稱BBH公司，為全球知名的英國廣告公司。

19 原注：稍後該團隊在推特表示可使用反向斜線作為區隔標記標注\嘲諷\的內容。

20 譯注：衣索比亞語書寫系統（Ethiopic writing system），通稱吉茲書寫系統（Ge'ze script），用於大部分閃族語系，目前衣索比亞通用、屬於衣索比亞語群的阿姆哈拉語（Amharic language）亦包含在內。

21 譯注：原注說明ASCII（美國資料交換標準碼）係一系列寬度相同的字符，常用以組成表情符號等「ASCII圖畫藝術」。早期網路速度受限，在以文字傳輸為主的網路世界上，ASCII圖畫藝術係是十分風行的圖像構成方式。關於ASCII詳細資訊，請參第三章〈井號〉與第五章〈位址符號〉。

22 原注：關於ARPANET的歷史，請參第五章〈位址符號〉。

23 譯注：布拉格拋窗事件（defenestrations in Prague），捷克著名歷史事件。捷克民風強悍自主，二度發生起義民眾將官員、主教等壓迫者自高樓丟出窗外的事件。

24 譯注：該雜誌上刊登的表情符號打破英文橫排的慣例，刻意將英文標點直排組合出各種表情。

25 譯注：安布羅斯．比爾斯（Ambrose Bierce，一八四二年～一九一三年失蹤），美國記者、小說家。擅諷刺小說與超自然小說、恐怖小說。

26 譯注：原作者係將英語常用說法「投身婚姻生活的神聖桎梏」（join in the holy bonds of wedlock）與「凡有識者無不敬仰」（much esteemed by all who knew him）縮簡為新詞彙「jedlock」及「mestewed」。

27 譯注：愛德華．博克（Edward Bok，一八六三年～一九三〇年），年紀略輕於安布羅斯．比爾斯的荷裔美國編輯、普立茲獎得主，比爾斯曾評論博克的作品富人道主義精神，是當代作家中唯一可以留存於世的作品。

28 原注：國際碼中有個「微笑」符號‿，無巧不巧跟安布羅斯．比爾斯的「捧腹大笑標記」十分相似。

29 譯注：《洋蔥報》（*the Onion*）一九八八年創刊，美國知名諷刺性報紙，模擬正式報紙格式，以誇大諷刺等手法杜撰新聞，由於模擬手法逼真，其報導亦常被誤認為真實新聞。

30 原注：筆者初撰本文時TheSnark.org仍是有效網站，不過數個月後本文尚未編寫完成，它已被廣告頁面取代了。

31 譯注：開放標準（open standards），現代科技新興開放式技術開發、免費分享的概念，多用於網路相關事業與科技。

後記

結果本書探討的既非特殊標點符號，也非常見的一般標點符號。本書全貌織就於各個符號過往的經緯交錯之間。今日的書寫系統包括我們每天日常生活中接觸的印刷或電子投射字符，以及占據逐漸同化的電腦螢幕、平板電腦、智慧型手機螢幕之上的潦草手寫，這些歷史回眸凝望我們。

比如句號是亞歷山大圖書館曾享有創作自由下口語上的先驅產物，而它較年幼的手足星號與劍號是早期基督徒提出的文學十字軍東征不吉之兆。羅馬字母引領我們從古羅馬的圖拉真之柱[1]到查理曼大帝的中世紀宮廷，斜體字變幻出阿杜斯、伊拉斯謨，以及文藝復興時期的新科學。草草一圈畫成的@符號屬於只有少數幸運人士能奢華擁有筆墨紙年代的遺贈，而受到量產小說大力推廣的引號則提醒我們現在擁有的一切是多麼奢侈。

創新科技導致標點符號承受的景氣循環至今不息。自印刷問世，我們不再使用描繪精細的段落符號來為書本區分章節，但後來它也獲平反，我的電腦就可以自由打出☞、⸮和¶。鳩占鵲巢的連接減號告訴我們有效率的打字機如何摧殘我們曾發展完備的印刷排版，不過現今的文字處理器能夠迅速自動將之轉換回長、短破折號，給了我們重振過往的一線曙光。

我所書寫、敲打出的每個章節都與過去相連結，而每個神祕的符號更是如此。希望本書能讓你下次坐下來寫點東西時，靈機一動在文句中加個段落符號、疑問驚嘆號或指標符號。它們經歷了這一切，我們也只能如此回報了。

注解

1 譯注：圖拉真之柱（Trajan’s column）是紀念羅馬皇帝圖拉真的石柱，雕刻其上的字體是西方拉丁字母的標準字型代表，也因此英文字體的標準體被稱為羅馬字體。

延伸閱讀

《暫停與效果：西方標點符號》(Parkes, M. B. *Pause and Effect: Punctuation in the West*. Berkeley: University of California Press, 1993.)

M．B．帕克全面、權威且不可侵犯，關於標點符號自古希臘以來變遷之鉅作。這本重量級的學術鉅作其可讀性、輔助性和精美設計均顯現精細之處，且或許是關於現代標點起源最重要的一本著作。

《字型排版元素》(Bringhurst, Robert. *The Elements of Typographic Style: version 3.2*. Vancouver, BC: Hartley and Marks, Publishers, 2008.)

讓我迷上排版印刷的第一本書。如果你對於印刷、書本設計或字型有點興趣，挑這本書就對了，讀此書可樂在其中。

《關於排版印刷的二三事》（Gill, Eric. *An Essay on Typography*. Jaffrey, NH: David R Godine, January 1993.）
本書新版頁面比例有些奇怪，且原版畫面重現度不佳，但依然引人入勝並顯示了排版印刷無須盲從舊規。

「The Digital Scriptorium」網站（www.digital-scriptorium.org）
由加州大學柏克萊分校與紐約哥倫比亞大學合作主導，將大量來自全美各地大學院校圖書館藏的手抄本數位化。從這裡可以找到許多精心鐫刻的符號。

「Digitised Manuscripts at the British Library」網站（www.bl.uk/manuscripts）
雖然沒有The Digital Scriptorium那麼好用，但大英博物館的數位化手稿館藏絕對是首屈一指的。其瀏覽功能遠勝搜尋。

「Flickr: The ☞ Manicule Pool」網頁（www.flickr.com/groups/manicule/pool）
協作收集所有新舊指標符號的圖庫。

致謝

本書寫成端賴許多人幫忙，我已盡力列出所有人名，但若有不慎遺漏，在此先行致歉。

我很幸運能夠與許多與創制、記錄或使用本書所載符號的人聯繫。以下按字母排列：邱茲・坎寧漢（Choz Cunningham）、鮑勃・佛列克（Bob Fleck）、文森・佛羅斯（Vince Frost）、亞倫・吉爾斯（Alan Giles）、喬西・格林曼（Josh Greenman）、艾倫・哈利（Allan Haley）、納森・黃（Nathan Hoang）、巴斯・賈卡柏（Bas Jacobs）、艾力克斯・傑（Alex Jay）、道格・克爾（Doug Kerr）、迪克・里翁（Dick Lyon）、哈利・麥金塔（Harry McIntosh）、蘇密特・保羅查哈利（Sumit Paul-Choudhury）、理察・波特（Richard Polt）、簡・法蘭西斯・波切茲（Jean François Porchez）、保羅・森格爾（Paul Saenger）、馬汀・尚恩（Martin Schøyen）、威廉・H・謝爾曼（William H. Sherman）、寇斯提・塔福（Kirsty Tough）及彼得・威爾（Peter Weil），這些人幫助我得以保持精確，不迷失方向。最後是幫了我大忙的潘

妮．斯貝柯特（Penny Speckter），她是我第一個大膽丟出電子郵件的對象，而她回了我第一封信，讓我知道這麼做是可行的。她持續的支持對我來說也是無價之寶。

本書（原版）中出現的照片、掃描圖像和插畫來源不一。包括蘿拉．巴可（Laura K Balke）、馬汀．坎貝爾．凱利（Martin Campbell-Kelly）、史丹．卡利（Stan Carey）、陶德．查特曼（Todd Chatman）、桃樂絲．克萊頓（Dorothy Clayton）、鮑勃．克汀傑（Bob Crotinger）、海倫．康敏（Helen Cumming）、法蘭克．戴維斯（Frank Davies）、康蘇羅．度切克（Consuelo W. Dutschke）、珍．葛斯古（Jean Gascou）、大衛．葛斯文（David Gesswein）、達瑞爾．葛林（Daryl Green）、佛羅里安．哈德維（Florian Hardwig）、強納森．霍夫勒（Jonathan Hoefler）、菲利浦．休（Phillip Hughes）、露絲．安瓊斯（Ruth Ann Jones）、大衛．麥基瑞克（David McKitterick）、理察．奧蘭姆（Richard Oram）、蓋．裴瑞德（Guy Perard）、瑞密歐．露茲（Remeo Ruz）、蕾貝卡．蕭伯（Rebecca Schalber）、茱莉．史卓生（Julie Strawson）、蔻內莉亞．濟霍德（Cornelia Tschichold）、吉姆．范邦索（Jim Vadeboncoeur Jr.）、詹姆斯．威克爾（James Vielkel）、黛博拉．懷特（Debra White）及鮑伯．威爾（Bob Will）都額外費力幫我組織排列這些圖像。

吾友傑夫．山德斯（Jeff Sanders）幫我編輯早期草稿、不厭其煩地鼓勵我，並在寫作過程中提供無價的旁觀意見。阿拉戴爾・吉隆（Alasdair Gillon）與多明尼克・克雷弗（Dominic Crayford）分別將《關於排版印刷的二三事》與《字型排版元素》（*The Elements of Typographic Style*）推薦給我，若非如此，恐怕我對排版印刷與標點符號的熱情不會點燃。凡妮莎・安德雅（Vanessa D'Andrea）幫我翻譯了一些第十一章提到的法文資料，而約翰・寇旺（John Cowan）與亞歷山大・布魯克（Alexander Brook）為了第八章提到的某個刁鑽拉丁文書名應如何翻譯而爭論。馬克・佛斯（Mark Forsyth）、艾利克・強森（Eric Johnson）、佐朗・明德維克（Zoran Minderovic）、提姆・諾（Tim Nau）、比爾・波拉克（Bill Pollack）、派翠克・雷（Patrick Reagh）、傑夫・夏（Jeff Shay）與莉茲・維若妮絲（Liz B. Veronis）都幫我找到並修正許多形式與實質上的錯誤。新科博士麗葛・A・斯朵克（Leigh A Stork）在我撰寫本書的過程中，先成為我的女友，繼而為未婚妻，最後成為我的妻子。她在過去兩年間容忍我不斷談論段落符號與疑問驚嘆號，始終無條件的支持我與我的作品。

我的經紀人蘿莉・阿克密爾（Laurie Abkemeier）與編輯布蘭登・加里（Brendan Curry），還有W・W・諾頓出版社（W. W. Norton）的托托羅里（Tortoroli）與蜜契爾・寇爾斯（Mitchell Kohles），在寫作過程中始終幫助並支援我。拉雪爾・

曼迪克（Rachelle Mandik）負責審稿讓本書的最後手稿成形，並藉由茱蒂絲·阿貝特（Judith Abbate）活潑的設計與布萊德·瓦洛（Brad Walrod）細心的排版讓手稿成書。他們始終冷靜應對菜鳥作者的問題轟炸。

最後，也最重要的，我必須感謝ShadyCharacters.co.uk網站上多不勝數的讀者及評論者，若沒有你們，這一切全不會成真。

感謝大家！

圖片版權說明

圖1.1 Courtesy of Monotype Imaging. Gill Sans, Joanna, and Perpetua are trademarks of The Monotype Corporation registered in the United States Patent and Trademark Office and may be registered in certain jurisdictions.

圖1.2 Author's collection.

圖1.3 Author's collection.

圖4.1 Author's collection.

圖4.2 Public domain image taken by Adrian Pingstone and courtesy of Wikimedia Commons.

圖4.3 Courtesy of Felix O.

圖5.1 Public domain.

圖6.1 Author's collection.

圖7.1 *Gutenberg-Forschungen,* Gottfried Zedler. Leipzig: O. Harrassowitz, 1901.

圖7.2 Public domain.

圖7.3 Author's collection.

圖8.1 Public domain.

圖8.2 Scanned by Jim Vadeboncoeur, Jr., public domain image.

圖9.1 Inc-ii-856, image 149. Universitäts- und Landesbibliothek, Technische Universität Darmstadt.

圖9.2 Public domain.

圖11.1 Public Domain.

圖11.2 Cardo, Share, Century, and Dolly typefaces courtesy of Underware.

圖11.3 Author's collection.

圖11.4 Public domain.

RG8009

英語符號趣味學

有了電話才有#，有了電腦才有——，
@原來是從打字機上被選中！

•原著書名：SHADY CHARACTERS: THE SECRET LIFE OF PUNCTUATION, SYMBOLS & OTHER TYPOGRAPHICAL MARKS•作者：凱斯・休斯頓 Keith Houston•翻譯：林佩熹•封面設計：elf-19•責任編輯：徐凡•國際版權：吳玲緯•行銷：陳麗雯、蘇莞婷•業務：李再星、陳玫潾、陳美燕、杻幸君•副總編輯：巫維珍•副總經理：陳瀅如•編輯總監：劉麗真•總經理：陳逸瑛•發行人：凃玉雲•出版社：麥田出版／城邦文化事業股份有限公司／104台北市中山區民生東路二段141號5樓／電話：(02) 25007696／傳真：(02) 25001966、發行：英屬蓋曼群島商家庭傳媒股份有限公司城邦分公司／台北市中山區民生東路二段141號11樓／書虫客戶服務專線：(02) 25007718 ; 25007719／24小時傳真服務：(02) 25001990 ; 25001991／讀者服務信箱：service@readingclub.com.tw／劃撥帳號：19863813／戶名：書虫股份有限公司、香港發行所：城邦（香港）出版集團有限公司／香港灣仔駱克道東超商業中心1樓／電話：(852) 25086231／傳真：(852) 25789337／E-mail：hkcite@biznetvigator.com、馬新發行所／城邦(馬新)出版集團【Cite (M) Sdn Bhd／41, Jalan Radin Anum, Bandar Baru Sri Petaling, 57000 Kuala Lumpur, Malaysia.／電話：(603) 90578822／傳真：(603) 90576622／印刷：中原造像股份有限公司／2015年（民104）5月初版／定價360元

國家圖書館出版品預行編目資料

英語符號趣味學：有了電話才有#，有了電腦才有——，@原來是從打字機上被選中！／凱斯・休斯頓Keith Houston著；林佩熹譯. -- 初版. -- 臺北市：麥田出版：家庭傳媒城邦分公司發行, 民104.05
面；　公分. --（不歸類；009）
譯自：Shady Characters : the Secret Life Of Punctuation, Symbols, & Other Typographical Marks
ISBN 978-986-344-230-1（平裝）
1. 英語　2. 符號學
805.1　　104005836